三重门

韩寒

作家出版社

图书在版编目（CIP）数据

三重门 / 韩寒著 .—北京 : 作家出版社, 2018.6（2022.5 重印）

ISBN 978-7-5063-8230-4

Ⅰ. ①三… Ⅱ. ①韩… Ⅲ. ①长篇小说—中国—当代

Ⅳ. ① I247.5

中国版本图书馆 CIP 数据核字（2015）第 197984 号

三重门

作　　　者 : 韩　寒

责任编辑 : 省登宇

助理编辑 : 周李立

装帧设计 : TT Studio

出版发行 : 作家出版社有限公司

社　　　址 : 北京农展馆南里 10 号　　邮　　　编 : 100125

电话传真 : 86-10-65067186（发行中心及邮购部）

86-10-65004079（总编室）

E-mail: zuojia @ zuojia.net.cn

http: //www.zuojiachubanshe.com

印　　　刷 : 北京盛通印刷股份有限公司

成品尺寸 : 142×210

字　　　数 : 210 千

印　　　张 : 9.375

版　　　次 : 2018 年 6 月第 1 版

印　　　次 : 2022 年 5 月第 6 次印刷

ISBN　978-7-5063-8230-4

定　　　价 : 46.00 元（精）

一

人的目标是和经济同涨同落的。前几年经济大好，下海的人数比上海的人口都多。渐渐这些改从商的人里教师比例越来越大，那些人做梦有暇，还说"为教育事业筹款"，引得许多教师一起做梦，都恨知识不能当钱花，便抛下学生赚钱去了。

林雨翔所在的镇是个小镇。小镇一共一个学校，那学校好比独生子女。小镇政府生造的一些教育机构的奖项全给了它，那学校门口"先进单位"的牌子都挂不下了，恨不得用奖状铺地。镇上的老少都为那学校自豪。那学校也争过一次气，前几届不知怎么的培养出两个理科尖子，获了全国的数学竞赛季亚军。消息传来，小镇沸腾得差点蒸发掉，学校领导的面子也顿时增大了好几倍，当即把学校定格在培养理科人才的位置上，语文课立马像闪电战时的波兰城市，守也守不住，一个礼拜只剩下四节。学校有个借口，说语文老师都转业当秘书去了，不得已才……林雨翔对此很有意见，因为他文科长于理科——比如两个侏儒比身高，文科侏儒胜了一公分——所以他坚持抗议。

林雨翔这人与生俱有抗议的功能，什么都想批判——"想"而已，他胆子小，把不满放在肚子里，仅供五脏之间的交流。

小镇还有一个和林雨翔性格雷同的人，叫马德保，马德保培育成功这性格比林雨翔多花了三十年，可见走了不少冤枉路。马德保没在大学里念过书，高中毕业就打工，打工之余，雅兴大发，涂几篇打工文学，寄了出去，不料编辑部里雅兴发得更厉害，过几个月就发表了出来。马德保自己吓了一跳，小镇文化站也吓了一跳，想不到这种地方会有文人，便把马德保招到文化站工作。马德保身高一米八五，人又瘦，站着让人担心会散架，天生一块写散文的料。在文化站读了一些书，颇有心得，笔耕几十年，最大的梦想是出一本书。最近整理出散文集书稿，寄出去后梦想更是鼓胀得像怀胎十月的女人肚子，理想中的书也呼之欲出。后来不幸收到出版社的退稿信函，信中先说了一些安慰话，再点题道："然觉大作与今人之阅读口味有所出入，患无销路，兹决定暂不出版。"马德保经历了胎死的痛苦，只怪主刀大夫手艺不精，暗骂编辑没有悟性驽钝未开，决心自费出书，印了两百本，到处送人。小镇又被轰动，马德保托书的福，被镇上学校借去当语文老师。

有人说当今学文史的找不到工作，这话也许正确，但绝不代表教文史的也找不到工作。那几个出走的语文老师一踏入社会便像新股上市，要的单位排队，顿时学校十个语文老师只剩六个。师范刚毕业的学生大多瞧不起教师职业，偶有几个瞧得起教师职业的也瞧不起这所学校，唯有马德保这种躲在书堆里不谙世道的人才会一脸光荣地去任职。他到学校第一天，校领导都与他亲切会面，足以见得学校的饥渴程度。

马德保任一个班级的语文老师和文学社社长。他以为现在学生的语文水平差，把屠格涅夫教成涅格屠夫都不会有人发现，所以草草备课。第一天教书的人都会紧张，这是常理，马德保不知道，以为自己著作等身，见多识广，没理由紧张。不料一踏进教室门，紧张就探头探脑要冒出来，马德保一想到自己在紧张，紧张便又扩大N倍，还没说话脚就在抖。

一个紧张的人说话时的体现不是忘记内容，而是忘记过渡，马德保全然不知道自己在说什么，两句毫无因果关系的句子居然能用"所以"串起来。讲课文失败，掩饰的办法就是不断施问。毕业班的林雨翔看透了马德保的紧张，又想在听课的老师面前表现，连连举手胡诌，马德保本来是在瞎问，和林雨翔的答案志同道合，竟可以一一匹配。渡过难关后，马德保对林雨翔极口揄扬，相见恨晚，马上把他收进文学社。

二

　　林雨翔老家在农村，这村倚着一条铁路。前几年火车提速，但那里的孩子却不能提速。一次在铁路上玩时一下被轧死两个，亏得那时五岁的林雨翔在家里被逼着读《尚书》，幸免于难，成为教条主义发展至今唯一成就的一件好事。林父先是恐惧不安，成天让林雨翔背《论语》《左传》。但那两个为自由主义献身的孩子在人心里阴魂不散，林父常会梦见铁轨边肚子骨头一地都是，断定此地不可久留。正好区委里的一个内部刊物要人，林父荣升编辑，便举家搬迁。不幸财力有限，搬不远，只把家挪了一两公里，到了镇上。离铁轨远了，林父心里踏实不少，每天早出晚归工作也挺顺心。

　　林父这人爱书如命，可惜只是爱书，而不是爱读书。家里藏了好几千册书，只作炫耀用，平日很少翻阅。一个人在粪坑边上站久了也会染上粪臭，把这个原理延伸下去，一个人在书堆里待久了当然也会染上书香。林父不学而有术，靠诗歌起家，成了区里有名气的作家。家里的藏书只能起对外炫耀的作用，对内就没这威力了。林雨翔小时常一摇一晃地说："屁书，废书，没用的书。"话由林母之口传入林父之耳，好比我国的古诗经翻译传到外国，韵味大变。林父把小雨翔痛揍一顿，理由是侮辱文化。林雨翔那时可怜得还不懂什么叫"侮辱"，当然更别谈"文化"了，只当自己口吐脏话，吓得以后说话不敢涉及到人体和牲畜。林父经小雨翔的一骂，思想产生一个飞跃，决心变废为宝，每天逼小雨翔认字读书，自己十分得意——书这东西就像钞票，老子不用攒着留给小子用，是老子爱的体现。

没想到林雨翔天生——应该是后天因素居多——对书没有好感，博大地也想留给后代享用，他下意识里替后代十分着想。书就好比女人，一个人拿到一本新书，翻阅时自会有见到一个处女一样怜香惜玉的好感，因为至少这本书里的内容他是第一个读到的；反之，旧书在手，就像娶个再婚女人，春色半老红颜半损，翻了也没兴趣——因为他所读的内容别人早已读过好多遍，断无新鲜可言。林雨翔竭力保留书的新鲜，弄不好后代困难时这些书还可以当新书卖呢。林父的眼光只停留在儿子身上，没能深邃到孙子的地步，天天死令林雨翔读书，而且是读好书。《红楼梦》里女人太多，怕儿子过早对女人起研究兴趣，所以列为禁书；所幸《水浒传》里有一百零五个男人，占据绝对优势，就算有女人出现也成不了气候，故没被禁掉，但里面的对话中要删去一些内容，如"鸟"就不能出现，有"鸟"之处一概涂黑，引得《水浒传》里"千山鸟飞绝"。无奈《水浒传》里"鸟"太多，林父工作量太大，况且生物学告诉我们，一样动物的灭绝是需要一段时间的，所以林父百密一疏，不经意留下几只漏网之"鸟"，事后发现，头皮都麻了，还好弭患及时，没造成影响。

林父才疏，只识其一不识其二，把老舍《四世同堂》里的"屌"

错放了过去。一天偶查字典，找到"屌"字，大吃一惊，想老舍的文章用词深奥，不适合给小雨翔看，思来想去，还是古文最好。

　　然而古文也难免有这类文字。堂堂《史记》，该够正经了，可司马迁著它时受过宫刑，对自己所缺少的充满向往，公然在《史记》里记载"大阴人"（大生殖器的人），这书该禁。《战国策》也厄运难逃，有"以其髀加妾之身"的描写，也遭了禁。林父挑书像拣青菜，中国丰富灿烂的文献史料，在他手里死伤大片。最后挑到几本没瑕疵的让林雨翔背。林雨翔对古文深恶痛绝，迫于父亲的威严，不得不背什么"人皆有所不忍，达之于其所忍，仁也；人皆有所不为，达之于其所为，义也"，简单一点的像"无古无今，无始无终"。背了一年多，记熟了几百条哲理，已具备了思想家的理论，只差年龄还缺。七岁那年，林父的一个朋友，市里一家报社的编辑拜访林家，诉苦说那时的报纸改版遇到的问题，担心众多。小雨翔只知道乱背"畏首畏尾，身其余几"，编辑听见连小孩子都用《左传》里的话来激励他，变得大刀阔斧起来，决定不畏浮云，然后对林雨翔赞赏有加，当下约稿，要林雨翔写儿歌。林雨翔的岁数比王勃成天才时少了一半，自然写不出儿歌。八岁那上学，字已经识到了六年级水平，被老师夸为神童。神童之父听得也飘飘然了，不再逼林雨翔背古文。小雨翔的思想得到超脱，写诗一首：

　　　　小鸭子　嘎嘎叫

　　　　不吃饭　不睡觉

　　　　到底这是为什么

　　　　原来作业没有交

林父看了大喜过望，说是象征主义。这首诗寄给了那编辑，不日发表。林父在古文里拣青菜有余暇，开讲西方文学，其实是和儿子一起在学。由于林雨翔的处女作是象征主义的路，林父照书大段解释象征主义，但没有实例，只好委屈布莱克，由唯美主义摇身变成象征主义，讲解时恰被林母听见，帮他纠正——林母以前在大专里修文科，理应前途光明，不慎犯了个才女们最易犯的错误，嫁给一个比她更有才的男人。家庭就像一座山，双方都要拼命往上爬，而山顶只容一个人站住脚。说家像山，更重要的是一山难容二虎，一旦二虎相向，必须要恶斗以分轩轾。通常男人用学术之外的比如拳脚来解决争端，所以说，一个失败的女人背后大多会有一个成功的男人。林父林母以前常闹矛盾，几欲离婚，幸亏"武松"诞生。林雨翔天资可爱聪颖，两人把对对方的恨转变成对孩子的爱，加上林母兴趣转移——完成了一个女人最崇高的使命后，老天赏给她搓麻将的才华，她每天早出晚归搓麻将。这样也好，夫妻口角竟少了许多。个中原因并不复杂，林父想骂人时林母往往不在身边，只好忍住。久而久之，林父骂人的本能退化——这话错了，对男人而言，骂人并不是一种本能，骂女人才是本能。

　　由于林雨翔整天在家门口背古文，小镇上的人都称之为"才子"。被允许读其他书后，才子转型读现代小说，读惯了古文，小雨翔读起白话小说时畅通顺快得像半夜开车。心思散极，古文全部荒废，连韩非子是何许人都不记得了。中国的长篇小说十部里有九部是差的，近几年发展得更是像广告里的"没有最差，只有更差"，只可惜好莱坞的"金酸梅"奖尚没涉足到小说领域，否则中国人倒是有在国际上露脸的机会。所以，读中国长篇小说很容易激起人的自信，林雨翔读了几十部后，信心大增，以为自己已经饱读了，且饱得厉害——不是人所能及的饱，而是蛙蛇过冬前的饱，今朝一饱可以长期不进食。

于是林雨翔什么书都不读了，语文书也扔了。小学里凭他的基础可以轻松通过，升了中学后渐渐力不从心，加上前任语文老师对他的孤傲不欣赏，亟来用荀子劝他，说什么"君子务修其内而让之于外"，见未果，便用庄子吓他"不能容人者无亲，无亲者尽人"。依旧没有效果，只好用老子骂他，说雨翔这人"正复为奇，善复为妖"，预言此人"胸襟不广，傲而无才，学而不精，懦弱却善表现，必不守气节，不成大器"。万没想到这位语文老师早雨翔一步失了节，临开学了不翼而飞，留个空位只好由马德保填上。

雨翔得到马德保的认可，对马德保十分忠心，马德保也送他的散文集《流浪的人生》给林雨翔，林雨翔为之倾倒，于是常和马德保同进同出，探讨问题。两人一左一右，很是亲密。同学们本来对林雨翔的印象不好，看见他身旁常有马德保，对马德保也印象不佳——譬如一个人左脚的袜子是臭的，那么右脚的袜子便没有理由不臭。

其实林雨翔前两年就在打文学社的主意，并不是想要献身文学，而是因为上任的社长老师坚信写好文章的基础是见闻广博，那老师旅游成癖，足迹遍及全国，步行都有几万里，我红军恨不能及。回来后介绍给学生，学生听她绘声绘色的描述，感觉仿佛是接听恋人的电话，只能满足耳瘾而满足不了眼瘾，文章依然不见起色。社长便开始带他们去郊游。开始时就近取材，专门往农村跑。头几次镇上学生看见猪都惊喜得流连忘返半天，去多以后，对猪失去兴趣，遂也对农村失去兴趣。然后就跑得远了些，一路到了同里，回来以后一个女生感情迸发，著成一篇《江南的水》，抒情极深，荣获市里征文一等奖。这破文学社向来只配跟在其他学校后面捡些骨头，获这么大的奖历史罕见，便把女学生得奖的功劳全归在旅游上，于是文学社俨然变成旅行社，惹得其他小组的人眼红不已。

林雨翔也是眼红者之一。初一他去考文学社，临时忘了《父与子》是谁写的，惨遭淘汰。第二次交了两篇文章，走错一条路，揭露了大学生出国不归的现象，忘了唱颂歌，又被刷下。第三次学乖了，大唱颂歌，满以为入选在望，不料他平时颂歌唱得太少，关键时刻唱不过人家，没唱出新意，没唱出感情，再次落选。从此后对文学彻底失望。这次得以进了文学社，高兴得愁都省略掉了。

那天周五，下午有一段时间文学社活动。路上林雨翔对马德保说："马老师，以前我们选写文章的人像选歌手，谁会唱谁上。"

马德保当了一个礼拜老师，渐渐有了点模样，心里夸学生妙喻盖世，口上替老师叫冤："其实我们做老师的也很为难，要培养全面发展的学生，要积极向上，更主要是要健康成长。"言下之意，学生就是向日葵，眼前只可以是阳光，反之则是发育不佳。

"那最近有什么活动呢？"

"噢，就是讲讲文学理论、创作技巧。文学嘛，多写写自然会好。"

雨翔怕自己没有闭门造车的本领，再试探："那——不组织外出活动？"

"这就是学校考虑的事了，我只负责教你们怎么写文章——怎么写得好。"马德保知道负责不一定能尽责，说着声音也虚。

雨翔了解了新社长是那种足不出户的人，对文学社的热情顿时减了大半。踱到文学社门口，马德保拍拍林雨翔的肩，说："好好写，以后有比赛就让你参加，你要争口气。"里面人已坐满，这年代崇敬文学的人还是很多的。所以可见，文学已经老了，因为一样东西往往越老越有号召力；但又可以说文学很年轻，因为美女越年轻追求者就越多。然而无论文学年轻得发嫩或老得快死，它都不可能是中年的成熟。

马德保介绍过自己，说："我带给大家一样见面礼。"学生都大吃一惊，历来只有学生给老师送东西的义务，绝没有老师给学生送东西的规矩。

马德保从讲台下搬出一叠书，说："这是老师写的书，每个人一本，送给大家的。"然后一本一本发，诧异这两百本书生命力顽强，大肆送人了还能留下这么多。社员拿到书，全体拜读，静得吓人。马德保见大作有人欣赏，实在不忍心打断，沉默了几分钟，忽然看到坐在角落里的一个男生一目十页，唰唰乱翻。平常马德保也是这么读书的，今天不同，角色有变化，所以心里说不出的难过。可书已送人，自己又干涉不了，好比做母亲的看见女儿在婆家受苦。马德保实在看不下去，口头暗示说："有些同学读书的习惯十分不好，速度太快，这样就不能体会作者着笔的心思，读书要慢。"

这话把想要翻一页的人吓得不敢动手，只好直勾勾地看着最末几行发呆——其实不翻也不会影响，因为马德保的散文散得彻底，每篇都像是玻璃从高处跌下来粉碎后再扫扫拢造就的，怕是连詹克明所说的"整合专家"都拼不起来了。

雨翔悄声坐到那个翻书如飞的男生旁。两人素未谋面，男生就向他抱怨："这是什么烂书，看都看不懂。"

林雨翔为认识一个新朋友，不顾暗地里对不起老朋友，点头说："是啊。"

"什么名字？"林雨翔问。

“罗——罗密欧的罗，天——”男生一时找不出有“天”的名人，把笔记本摊过去，拿笔一点自己的大名。

“罗——天诚，你的字很漂亮啊。”

罗天诚并不客气，说：“是啊，我称它为罗体字！”说着满意地盯着“裸体字”，仿佛是在和字说话：“你叫林雨翔是吧，我听说过你的名字。”

一切追求名利的人最喜欢听到这句话。林雨翔心里回答“正是老子”，嘴上窘笑说：“是吗？”

罗天诚像没在听林雨翔说话。林雨翔那个“是吗”凝固在空气里翘首以待回应。

“上面那根排骨叫什么名字？我看见他跟你挺好的。”林雨翔不愿和排骨苟活一起，不屑道：“他是我一个老师，看我将来会有大出息，故意和我套近乎。”

“我看是你和他套近乎吧？”罗天诚冷眼看他，拆穿谎言。雨翔苦心经营的虚荣感全部被反诘歼灭掉，痛苦不堪，硬笑一下，懒得和罗天诚这怪人说话。

马德保终于开讲。第一次带一大帮文学爱好者——其实是旅行爱好者——他有必要先让自己神圣，昨晚熬到半夜，查经引典，辞书翻了好几本，总算著成今天的讲义，开口就说：

“文学是一种美的欣赏美的享受，既然如此，我们首先要懂得什么是美。研究美有一门学问，叫美学——研究丑的就没有丑学，所以可以看出美的重要——”马德保顿了顿，旨在让社员有个笑的机会，不料下面死寂，马德保自责讲得太深，学生悟性又差，心里慌了起来，脑子里一片大乱，喝一口水稳定一下后，下面该说的内容还是不能主动跳出来。马德保只好被动搜索，空旷的记忆里怎么也找不着下文，像是黑夜里寻摸一样小东西。

马德保觉得学生的眼睛都注意着他，汗快要冒出来。万不得已，翻开备课本，见准备的提纲，幡然大悟该说什么，只怪自己的笨：

"中国较著名的美学家有朱光潜，这位大家都比较熟悉，所以我也不再介绍了——"其实是昨晚没查到资料，"还有一位复旦大学的蒋孔阳教授，我是认识他的！"真话差点说出来"我是昨晚才认识的"，但经上面一说，好像他和蒋孔阳是生死至交。

马德保为证明自己的话，不得不窃用蒋的学生朱立元一篇回忆恩师文章中的一段话："我当时去拜访他时，他问得很仔细，他问到狄德罗的'美在关系'说内容时，我举了狄德罗对高乃依悲剧《贺拉斯》分析的例子，说到老贺拉斯的一句关键性台词'让他去死吧'时，我的先生轻声纠正说：是'让他死吧'，这件小得不能再小的事情却给我留下了深刻的印象。"[①]说别人的话能做到像马德保一样情真意切着实不易，但一切初次作案的小偷花不义之财时都会紧张，马德保念完后局促地注意下面的反应，生怕听到"老师，这个我读过"的声音，调动全身一切可调动的智慧准备要解释，幸好现在学生无暇涉猎到考试以外的书籍，听得都像真的一样。

马德保再阔谈希腊神话与美学的关系。

罗天诚推几下林雨翔，问："你听得懂他在讲什么？"

"讲故事吧。天知道。"

罗天诚变成天，说："我知道，他这是故意卖弄，把自己装成什么大学者，哈……"

林雨翔听得兴趣索然。他对美的认识处在萌芽阶段，不比马德

---

① 引自辽海出版社 1998 年版《复旦逸事》第 179 页。

保的精深。百般无聊中，只好随手翻翻《流浪的人生》，看到一篇《铁轨边的风》，想起儿时的两个伙伴，轻叹一声，看下去。马德保开头就装神扮鬼，写道："我有预感，我将沿着铁轨流浪。"预感以后，大作骈文：

> 两条铁轨，千行泪水。风起时它沉静在大地暖暖的怀里酣睡着，酣睡着。天快亮了。千丝万缕的愁绪，在这浓重的夜空里翻滚纠结；千疮百孔的离思，在这墨绿的大地中盘旋散尽。
>
> 沿着她走，如风般的。这样凄悲的夜啊，你将延伸到哪里去？你将选择哪条路？你该跟着风。蓝色的月亮也追寻着风向。在遥远的地方，那片云哟……

雨翔想，这篇无疑是这本书里最好的文章，他为自己意外地发现一篇美文欣喜不已。其实他也没好好读过《流浪的人生》。当初的"倾倒"只是因为书而不是书里的内容，这次真的从垃圾堆里拣到好东西，再一回被倾倒。

马德保第一堂课讲什么是美，用了两个钟头，布置议论文一篇，预备第二堂讲如何挑选芸芸众生里的美文，懒得全部都写，只在讲义上涂"如何选美"，第三堂课要讲找到美文以后的摘录感悟，当然叫"选美之后"，第四堂终于选美完毕，讲授怎样能像他一样写文章。一个月的计划全部都订好了，想天下美事莫过于去当老师，除了发工资那天比较痛苦外，其余二十九天都是快乐的。

林雨翔回到家，向父亲报喜说进了文学社。林父见儿子终成大器，要庆祝一下。只是老婆不在，无法下厨——现在大多家庭的厨房像是女厕所，男人是从不入内的。他兴致起来，发了童心，问儿子："拙荆不在，如何是好？"

林雨翔指指角落里的箱子，说："吃泡面吧。"林家的"拙荆"很少归巢，麻将搓得废寝忘食，而且麻友都是镇里有头有脸的人物，比如该镇镇长赵志良，是林母的中学同学，都是从那个年代过来的，蹉跎岁月嘛，总离不开一个"蹉"字，"文革"下乡时搓麻绳，后来混上镇长了搓麻将，搓麻将搓得都驼了背，乃是真正的蹉跎意义的体现。另外还有镇里一帮子领导，白天开会都是禁赌对人民群众精神文明建设的意义，一到晚上马上深入群众，和人民搓成一片。林母就在麻将桌上建立了与各同志之间深厚的革命友谊，身价倍增，驰名于镇内外。这样林父也动怒不了，一动怒就是与党和人民作对，所以两个男人饿起来就以吃泡面维生。可是这一次林父毅然拒绝了儿子的提议，说要改种花样，便跑出去买了两盒客饭进来。林雨翔好久不闻饭香，想进了文学社后虽然耳朵受苦，但嘴巴得福，权衡一下，还是值得的。

两个男人料不到林母会回家。林母也是无奈的，今天去晚一步，只能作壁上观。麻将这东西只能"乐在其中"，置身其外去当观众是一种对身心的折磨，所以早早回来——自从林母迷恋上麻将后，俨如一只猫头鹰，白天看不见回家的路，待到深夜才可以明眼识途。

林父以为她是回来拿钱的，一声不发，低头扒饭。林雨翔看不惯母亲，轻声说："爸，妈欠你多少情啊。"

"这你不懂，欠人家情和欠人家钱是一回事，她心里也不会好受的。"

林母竟还认得厨房在哪里，围上兜去做菜，娇嗔说："你们两个大男人饿死也活该，连饭都不会做，花钱去买盒饭，来，我给你们炒些菜。"

林父一听感动得要去帮忙——足以见得欠人钱和欠人情有很大的不同。比如别人欠你一笔钱，拖着久久不还，你已经断然失望，这时，那人突然还钱了，你便会觉得那仿佛是身外之财，不是你的钱，然后挥霍掉；但若是别人欠你一份情，也久久不还，待到那人还你情时，你会倍加珍惜这情。

雨翔心里笑着。林父帮忙回来，想到正事，问："那个赏识你的老师是——"

"马老师，马德保。"

"马德保！这个人！"林父惊异得要跳起来。

林雨翔料定不会有好事了，父亲的口气像追杀仇人，自己刚才的自豪刹那泄光，问道："怎么了？"

林父摇摇头，说："这种人怎么可以去误人子弟，我跟他有过来往，他这个人又顽固又——嗨，根本不是一块教书的料。"

林雨翔没发觉马德保有顽固的地方，觉得他一切尚好——同类之间是发现不了共有的缺点的。但话总要顺着父亲，问："是吗？大概是有一点。"

林父不依不饶："他这个人看事物太偏激了，他认为好的别人就不能说坏，非常浅薄，又没上过大学，只发表过几篇文章……"

"可爸，他最近出书咧。"

林父一时愤怒，把整个出版界给杀戮了，说："现在什么世道，出来的书都是害人的！"铲平了出版界后，觉得自己也有些偏激，摆正道："书呢？有吗？拿来看看。"

林雨翔不知道自己的父亲和老师有积怨，诚惶诚恐地把书翻出来递给父亲，林父有先知，一看书名便说："不行。"看了略要更是将头摇得要掉下来。

林母做菜开了个头，有电话来催她搓麻将，急得任那些菜半生不熟在锅里。林父送她到了楼下，还叮嘱早些回来——其实林母回家一向很早，不过是第二天早上了。

林雨翔望着父亲的背影，自言自语道："哈，赌场出疯子，情场出傻子。"

三

　　马德保的理论课上得人心涣散，两个礼拜里退社的人数到了十五个。马德保嘴上说："文学是自愿，留到最后的最有出息。"心里还是着急，暗地里向校领导反映。校方坚持自愿原则，和马德保的高见不谋而合，也说留到最后的最有出息。又过半个礼拜，没出息的人越来越多，而且都退得理由充足，有自己写条子的，说：

　　　　本人尚有作家之梦，但最近拜谒老师，尊听讲座，觉得我离文学有很大的距离，不是搞文学的料，故浅尝辄止，半途而废，属有自知之举。兹为辞呈。

　　这封退组信写得半古不白，马德保捧一本字典翻半天，终于搞懂是要退出，气得撕掉。手头还有几张，惶恐地再看，下封就有了直奔主题的爽快：

　　　　马老师，您好。我由于有些事情，想要退出文学社。

祝文学社越办越好！

马德保正在气头上，最后一句祝福读着也像是讥讽，再撕掉。第三封就文采飞扬情景交融了：

> 我是文学社一个普通的社员，但是，最近外公卧病，我要常去照顾，而且我也已经是毕业班的学生了，为了圆我的梦，为未来抹上一层光辉，我决定暂时退出文学社，安心读书，考取好的高中。马老师的讲课精彩纷呈，博古通今，贯通中西，我十分崇敬，但为了考试，我不得不割爱。

马德保第一次被人称之为"爱"，心里高兴，所以没撕。读了两遍信，被拍中马屁，乐滋滋地想还是这种学生体贴人心。

在正式的教学方面，马德保终于步入正轨，开始循规蹈矩。教好语文是不容易的，但教语文却可能是美事里的美事，只要一个劲叫学生读课文。"书读百遍，其义自见"。这古训在今天却不大管用，可见读书人是越来越笨而写书人越来越聪明了。语文书里作者文章的主题立意仿佛保守男女的爱情，隐隐约约觉得有那么一点，却又深藏着不露；学生要探明主题辛苦得像挖掘古文物，先要去掉厚厚的泥，再拂掉层层的灰，古文物出土后还要加以保护，碰上大一点的更要粉刷修补，累不堪言。

马德保就直接多了，不讨论，不提问，劈头就把其他老师的多年考古成果传授给学生。学生只负责转抄，把黑板上的抄到本子上，把本子上的抄到试卷上，几次测验下来成果显赫，谬误极少。唯一令马德保不顺心的就剩下文学社。

这天他偶然在《教学园地》里发现一篇论文，说要激发学生的兴趣就要让学生参与。他心想这是什么歪论，让学生参与岂不是扫了老师的威风，降了老师的威信？心里暗骂是放屁，但好奇地想见识一下施放者的大名，看了吓一跳，那人后面有一大串的旁介，光专家头衔就有两个，还是资深的教育家，顿时肃然起敬，仔细拜读，觉得所言虽然不全对，但有可取之处，决心一试。

第三次活动马德保破例，没讲"选美以后"，要社员自由发挥，写一篇关于时光流逝的散文。收上来后，放学生读闲书，自己躲着批阅。马德保看文章极讲究修辞对偶，凡自己读得通顺的一律次品。马德保对习作大多不满意，嫌文章都落了俗套。看到罗天诚的开头，见两个成语里就涉及了三只动物——"白驹过隙，乌飞兔走"，查过词典后叹赞不已，把罗天诚叫过去当面指导。林雨翔看了心酸，等罗天诚回来后，问："他叫你干什么？"

罗天诚不满说："这老师彻底一点水平都没有，我看透了。"

马德保批完文章，说："我有一个消息要转告大家，学校为了激发同学们的创作灵感，迎接全市作文比赛，特地为大家组织了外出踏青，具体的地方有两个供选择，一是——"马德保的话戛然止住，盯着单子上的"甪"字发呆，恨事先没翻字典，只好自作主张，把水乡甪直抹杀掉，留下另一个选项周庄，谢天谢地总算这两个字都认识，否则学生就没地方去了——校领导的态度与马德保一样，暗自着急，组织了这次秋游，连马德保也是刚被告知的。

社员一听全部欢呼，原本想这节课后交退社书的都决定缓期一周执行。

周庄之行定在周日，时限紧迫，所以社员们都兴奋难抑，那些刚刚退社的失悔不已，纷纷成为坏马，要吃回头草。不幸坏马吃回头草这类事情和精神恋爱一样，讲究双方面的意愿：坏马欲吃，草兴许还不愿意呢。马德保对那些回心转意的人毫不手软，乘机出恶气说要进来可以，周庄不许去，那些人直诧异心事被看穿，羞赧得逃也来不及。

学生到了一定的年纪，就会认识到钱的价值。以前小学里出游，总要带许多东西一点钱；现在学生已经懂得中国的政局稳定，绝无把人民币换成货品以保值的必要，所以都带一点东西许多钱。林雨翔要了三百，料想在周庄花已经够了，手下留情的话还可以用剩一些。林父对钱怜惜，转而变成对旅游的痛恨。结果旅游业步出版业的后尘，被林父否定得有百害无一利，什么"浪荡公子的爱好""无聊者的选择"。钱虽说给了，林父对学校却十分不满，说毕业班的人还成天出去玩，天理何在。

周日早上，学校门口停了一辆小面包车。天理虽然暂时不知道在哪里，但天气却似乎是受控在马德保的手中，晴空无云，一片碧蓝，好得可以引天文学家流口水。林雨翔不爱天文，望着天没有流口水的义务；只是见到面包车，胃一阵抽搐，这才想到没吃早饭。他没有希特勒"一口气吞掉一个国家"的食量和利齿，不敢妄然打面包车的主意，只好委屈自己向罗天诚要早饭。

罗天诚眼皮不抬，折半截面包给林雨翔。林雨翔觉得罗天诚这人的性格很有研究价值，便问："喂，小诚诚，你好像很喜欢装深沉。"

罗天诚低声说："深沉是无法伪装的。"

"那你去过周庄吗？"

"去又如何，不去又如何？"

"问一下罢了。周庄那里似乎有个……大贵人，后来出钱建——是修长城，被皇帝杀掉了。这个人脑子抽筋，空留一大笔钱，连花都没花就——"

罗天诚叹道："钱有什么意思。一个人到死的时候，什么名，什么利，什么悲，什么喜，什么爱，什么恨，都只是棺木上的一缕尘埃，为了一缕尘埃而辛苦一生，值吗？"语气里好像已经死过好几回。

林雨翔不比罗天诚死去活来，没机会爬出棺材看灰尘，说："现在快乐一些就可以了。"

罗天诚解剖人性："做人，要么大俗，要么大雅，半俗不雅是最痛苦的。徐志摩是大雅，马德保是大俗，但他们都是快乐的人，可你却半俗不雅，内心应该十分痛苦。"

林雨翔整理内心感受，没有痛苦。说马德保快乐是可以理解的；徐志摩除了飞机失事头上一个大洞死得比较不雅外，评上大雅是没有异议的；可林雨翔没有证据说明他不俗不雅，便问："那你呢？"

罗天诚被自己的问题反呛一口，看窗外景物不说话，由大雅变成大哑。

林雨翔的问题执意和罗天诚的回答不见不散，再问一声："那你呢？"

罗天诚避不过，庄严地成为第四种存在形式，说："我什么都不是。"

"那你是——"

"我是看透了这些。"

林雨翔心里在恣声大笑，想这人装得像真的一样，脸上却跟他一起严肃，问："你几岁了？"

"我比你大。相信吗，我留过一级。"

林雨翔暗吃一惊，想难怪这人不是大雅不是大俗，原来是大笨。

"我得过肝炎，住了院，便休了一个学期的学。"

林雨翔心里猛地停住笑，想刚才吃了他一个面包，死定了。身子也不由往外挪。

罗天诚淡淡说："你怕了吧？人都是这样的，你怕了坐后面，这样安全些。"

林雨翔的心里话和行动部署都被罗天诚说穿了，自然不便照他说的做，以自己的安全去证实他的正确，所以便用自己的痛苦去证实他的错误。说："肝炎有什么大不了的——"为了要阐明自己的凛然，恨不得要说"你肝没了我都不怕"，转念一想罗天诚肝没了自己的确不会害怕被染上，反会激起他的伤心，便改口说，"我爸都患肝炎呢。"

林雨翔把自己的父亲凭空栽上肝炎病史后，前仆后继道："我的爷爷也是肝炎呢！"说完发现牛皮吹歪了，爷爷无辜变成病魔。轻声订正："也患过肝炎呢！"

"你没得吧？"

"没有。"

"以后会的。"罗天诚的经验之谈。

"唔。"林雨翔装出悲怆。

"到你得了病就知道这世上人情冷暖了。"

"是吗——"林雨翔说着屁股又挪一寸。

车到大观园旁淀山湖，车里的人兴奋得大叫。上海的湖泊大多沾染了上海人的小气和狭隘。造物主仿佛是在创世第六天才赶到上海挖湖，无奈体力不支，象征性地凿几个洞来安民——据说加拿大人看了上海的湖都大叫"Pool！Pit！"，恨不得把五大湖带过来开上海人的眼界。淀山湖是上海人民最拿得出手的自然景观，它已经有资格让加拿大人尊称为"pond"了。一车人都对着淀山湖拍照。

上海人的自豪一眨眼就过去了。车出上海，公路像得了脚癣，坑洼不断，一车人跳得反胃。余秋雨曾说去周庄的最好办法就是租船走水路，原因兴许是水面不会患脚癣，但潜台词肯定是陆路走不得。马德保是不听劝诫的人，情愿自己跳死或车子跳死也要坚持己见。跳到周庄，已近九点。

周庄不愧是一个古老的小镇，连停车场都古味扑鼻，是用泥土铺成的。前几天秋雨不绝，停车场的地干后其状惨烈，是地球刚形成时受广大行星撞击的再现。一路上各式各样的颠都在这里汇总温故知新一遍。

文学社社员们全下了车，由马德保清点人数。本想集体活动，顾虑到周庄的街太小，一团人定会塞住，所以分三人一小组。林雨翔、罗天诚之外，还加一个女孩子。那女孩是林雨翔班上的语文课代表，叫沈溪儿。她和林雨翔关系不太好，因为她常提防着林雨翔借着丰厚的古文知识来夺她的课代表之位——她小时候是林雨翔的邻居的邻居，深知林雨翔当年的厉害。可林雨翔向来对女子过目就忘，一点也记不起有过这么一个邻邻居。其实林雨翔对语文课代表的兴趣就似乎是他对女孩子的兴趣，一点都没有的，只是有一回失言，说语文课代表非他莫属，吓得沈溪儿拼命讨好原来的语文老师，防盗工作做得万无一失。

对男子而言，最难过的事就是旅行途中二男一女，这样内部永远团结不了。所幸沈溪儿的相貌还不足以让男同胞自相残杀，天底下多一些这样的女孩子，男人就和平多了。更幸运的是林雨翔自诩不近色；罗天诚的样子似乎已经皈依我佛，也不会留恋红尘。

周庄的大门口停满了各式各样的公车，可见我国政府对提高官员的艺术修养是十分注重的。中国人没事爱往房子里钻，外国人反之，所以刚进周庄，街上竟多是白人，疑是到了《镜花缘》里的白民国。起先还好，分得清东南西北，后来雨翔三人连方位都不知道了，倒也尽兴。

游周庄要游出韵味，就必须把自己扔到历史里。那里的布局杂而有章乱而有序。这种结构很容易让人厌烦，更容易让人喜欢，但这些要先把自己沉溺在周庄里才能下定论。

有了这个特征，周庄很能辨别人性——看见第一眼就大喜的人，是虚伪的；而大悲的人，是现实的；不喜不悲的人，恐怕只有罗天诚一个。林雨翔尽兴玩了两三个钟头，觉得不过尔尔，几条河而已。沈溪儿高兴得不得了，牵着林雨翔的手要他快走，林雨翔每次都是缩手已晚，被仇人当狗一样带着散步。

沈溪儿撒娇要乘船。不漂亮的女孩子撒娇成功率其实比漂亮女孩子要高，因为漂亮女孩子撒娇时男的会忍不住要多看一会儿，再在心里表决是否值得；不漂亮的女孩子撒的娇，则像我国文人学成的西方作家写作手法，总有走样的感觉；看她们撒娇，会有一种罪恶感，所以男的都会忙不迭答应，以制止其撒娇不止。

沈溪儿拉住点头的林雨翔兴奋得乱跳。待有空船。周庄船夫的生意极佳，每个人都恨不得脚也能划桨，好多拉些生意。五十米开外的河道上有一只船游兴已尽，正慢慢靠来；船上的船夫两眼并没看河道，而是盯住乘客谈笑。这船上只坐了一个人，背对着林雨翔，耐冷如北极熊，秋意深浓时还穿着裙子。一头的长发铺下来快盖住了背包。那头长发耀眼无比，能亮彻人的心扉，让女的看了都会自卑得要去削发，男的看了恨自己的手没有地方贪官的魔掌那么长，只能用眼神去爱抚。

林雨翔也忍不住斜视几眼，但他记得一部小说里的警世妙句"美女以脸对人，丑女以背对人"，心里咬定那是个丑女，不禁为那头发惋惜。

沈溪儿也凝望着背影，忘却了跳。罗天诚虽已"看破红尘"，只是看破而已，红尘俗事还是可以做的，所以索性盯着长发背影发呆。

三个人一齐沉默。

船又近一点，沈溪儿喃喃着："是她，是 Su——Su——"看来她和船上那女孩认识，不敢确定，只念她英文名字的前两个字母，错了也好有退路。船夫（poler）该感到庆幸，让沈溪儿一眼认出来了，否则难说她会不会嘴里胡诌说"po——po（尿壶）"呢。

沈溪儿终于相信了自己的眼力，仿佛母鸡生完蛋，"咕——咕"几声后终于憋出一个大叫："Susan，Susan——"

船上的女孩子慢慢回眸，冰肌如雪——如北方的雪。哪个女孩子如上海的雪，也算她完了。

沈溪儿确定了，激动得恨不得投河游过去。船上女孩子向她挥手，露齿一笑。那挥手的涉及范围是极广的，瞄虽然只瞄准了沈溪儿，但林雨翔罗天诚都沾了溪儿的光，手不由升起来挥几下。这就是为什么霰弹要在一定距离内才能发挥最大威力。

沈溪儿视身上的光为宝，不肯施舍给林罗两人，白眼说："她又不是跟你招手，你激动什么！"说着想到中文里的"你"不比英文里的"You"，没有骂一拖二的神奇功能，旋即又转身笑罗天诚："喂，你别假深沉，你也是啊，自作多情。"

训完后迎接 Susan。船快靠岸了，Susan 拢了拢头发，对沈溪儿嫣然一笑，说："你也在这里啊，真巧。"然后小跨一步要上岸，不幸估计不足，差点跳水里，踉跄了一下。林雨翔忙要伸手去拉，沈溪儿宁朋友死也不让雨翔玷污，拍掉他的手，扶住 Susan。Susan 惊魂甫定，对林雨翔赧然一笑。林雨翔怔住，杜甫的《佳人》第一个被唤醒，脑子里幽幽念着"绝代有佳人，绝代有佳人"。第二个苏醒的是曹植的《美女赋》"美女妖且闲……"，这个念头只是闪过，马上又变成《西厢记》里张生初见崔莺莺的情景"只叫人眼花缭乱口难言，魂灵儿飞在半天"。然后变性，油然而生《红楼梦》里林黛玉第一次见贾宝玉的感受："好生奇怪，倒像在哪里见过一般，何等眼熟到如此！"畅游古文和明清小说一番后，林雨翔终于回神，还一个笑。

沈溪儿偶见朋友，不愿意再划船了，要拉着去玩。林雨翔追上去严肃道："喂，马德保说了，不准——"

"马德保马德保，你跟他什么关系，听话成这样！走，Susan。"沈溪儿怒道。

Susan 有些反应，问："他是不是那个你说的精通古文的林雨——"

"就是这小子。"沈溪儿答。

"哇，古文耶——"Susan 说着伸出手，"你好，久仰了。"

林雨翔惊喜地伸手，惹得罗天诚在一旁眼红。沈溪儿拍人的手上了瘾，打掉 Susan 的手说："握什么，不怕脏？"林雨翔握一个空，尴尬地收回手搔头说："哪里，只是稍微读过一点。"

Susan 把这实话当谦辞，追问："听沈溪儿讲你能背得出《史记》？"

林雨翔自己也吓了一大跳，恨沈溪儿吹牛也不动脑筋，凭林雨翔的记忆力，背《老子》都是大有困难的；何况在林家，《史记》乃是禁书，林雨翔连"世家""列传"都会搞混，哪有这个本事，忙说："以前小时候的事情了，现在不行了，老矣！"

这憋出来的幽默惹得Susan格格地笑，手抚一下头发命令："那可不行，你一定要背！"

林雨翔被逼得直摆手："真的不行！真的——"说着还偷窥几眼Susan。

罗天诚被晾在一边，怪自己连《史记》都没看过，否则便可以威风地杀出来向Susan大献殷勤。

林雨翔把话岔开，问："你没有中文名？"沈溪儿代答道："要你管，她在加拿大时我就这么称呼她。"

林雨翔追问："加拿大，怎么样？"

沈溪儿又成代言人："你没听说过？外国有个加拿大，中国只有大家拿！"

林雨翔一听，爱国胸怀澎湃，又懒得跟沈溪儿斗，问Susan："你这样不冷？"

这话把Susan遗忘的"冷"全部都提醒上来了，说："当然冷——冷死我了——可这样能贴近江南小镇啊——江南美女都是这样的。"

林雨翔见Susan的话头被转移掉了，暂时没有要背书的危险，紧张顿时消除，老饕似的呼吸空气。

"你要背《史记》噢，不许赖！"Susan笑道。

林雨翔一身冷汗。沈溪儿怕雨翔被折磨死，博爱道："好了，Susan，别难为林大才子了。你怎么会在周庄呢？真怪。"

"来玩啊。上海这地方太不好玩了，佘山像小笼馒头似的。嗯！

看了都难过，还是周庄好玩一些。你来多久了？还拖了一个——大才子！哈哈，我没打扰你们吧，如果我是灯泡，那我就只好——消失！"

林雨翔被她对佘山的评价折服，傻笑着。罗天诚大失所望，原来搞这么久Susan还没发现自己，恨自己方才深沉得太厉害，心斋做过了头，回到人世间就丢面子了。

沈溪儿见Susan误会了，厌恶得离林雨翔一大段距离，说："呀！你太坏了！我和这小子？"然后吐吐舌头，表示林雨翔不配。

"我在船上还看见你和他牵着手呢。"Susan罗列证据。

沈溪儿脸上绯红，拼命甩手，恨不得断臂表示清白："哪里啊，是他非要拉住我的！"

"什么！我——我没——"林雨翔焦急地解释。Susan打断说："才子，好福气噢，不准亏待了我的朋友，否则——"

那"否则"吓得林雨翔心惊肉跳，沈溪儿还在抵抗说"没有没有"。Susan也不追究，招呼着一起玩。走了一程才发现还有个男孩子，忙问："你叫什么名字？"

罗天诚受宠若惊，说："我叫罗天诚，罗——罗密欧的罗，天——"直恨手头没有笔墨让他展示罗体字。Susan说："我知道了，罗天诚，听说过。"罗天诚吃惊自己名扬四海，问："你是哪个学校的？"

"和你一个啊。"Susan略有惊异。

罗天诚虽像佛门中人，但做不到东晋竺道生主张的"顿悟"，问Susan："什么一个？"

"一个学校啊。"

"什么？一个学校！"罗天诚佛心大乱。林雨翔也骇然无语，惊诧这种破学校也能出大美女，而且自己竟从未见过，不由对学校大起敬佩，想这小镇真是藏龙卧虎的地方。

四人一起游周庄。周庄的一些古街也增大了吞吐量，可以容四人并排走，那时就出现了问题，究竟谁走 Susan 旁边。沈溪儿只能罩住一面，Susan 另一面全无防守。林雨翔今天对 Susan 大起好感——如果说没有哪个男孩子见了美女会不动情，这话不免绝对；至少有表面上若无其事如罗天诚者，内心却澎湃得像好望角的风浪。林雨翔表里一致，走在 Susan 身边，大加赞赏："哇，你的头发是用什么洗发水洗的？"

沈溪儿拦截并摧毁这句话："你是谁，要你管三管四干什么？"

"喂，我问的是 Susan，你是谁，要你管三管四干什么？"骂人时最痛苦不过于别人用你的话来回骂你，分量也会猛增许多。沈溪儿充分领教了自己的厉害，恨自己还没这话的解药，只好认骂。

林雨翔再问："你跟 Susan 是什么关系？"

"朋友关系——好朋友。"沈溪儿吃一堑，长了好几智，说话都像下棋，考虑到了以后几步。

"那好，你可以干涉你的好朋友吗？"

沈溪儿不料刚才自掘的坟墓竟这么深，叹气摇头。Susan 则是秉着大清王朝的处事精神，放俄国和日本在自己的领土上打仗，她则坐山观虎斗。

到了必要时，Susan 略作指示，让两人停战："好了，你们太无聊了。我肚子饿了，想吃中饭了，你们吃吗？"沈溪儿愤然道："我们俩吃，别叫他们！"

"没关系的，一起吃嘛。"Susan 倒很大度。

沈溪儿劝Susan："喂，你可想清楚了，这是引狼入室，懂吗？"

Susan微微一笑："什么狼，他们俩又不是色狼。"

雨翔的潜意识在说"我正是"，却一脸严肃，说："当然不是了。罗天诚，是吗？"

这个问题的回答难度是极高的。罗天诚省悟过来，他回答"是"也不是，"不是"也不是，只好放弃。

沈溪儿讥讽："咦，林雨翔，你不是说你不近女色的吗？怎么？"说出这个问题后得意非凡，想应该没有被他还击的可能。

林雨翔忙说："朋友，不可以吗？"——其实，这世上最可畏的男人是自称不近女色的，他们只是未遇理想中的女色罢了，一旦遇上，凭着中国汉字的博大精深，"不近女色"马上会变成"不禁女色"，所以，历史学科无须再追究汉字是不是仓颉所创，总之，汉字定是男人造的，而且是风流男人造的。

快出周庄了，发现有家古色古香的面馆，里面棕红的桌椅散发着陈腐味，所以，扑鼻就是历史的气息。四个人饥不择食，闯了进去。店主四十多岁，比店里的馒头要白白胖胖多了，乃是"四书"里君子必备的"心宽体胖"型。有了君子的体型不见得有君子的心。店主虽然博览过众多江南美女，但见了Susan也不免饥饿得像在座四人。他对Susan搓手问："小姑娘，你要什么？"其余三人像是不存在于店里。

"喂，你还要问我们呢！"沈溪儿不服道。

店主忙换个语气："你们也要来点什么？"

沈溪儿气得要走，雨翔拉住她说算了，店主是不会对她起非礼之心的。

四个人要了菜后坐赏街景。沈溪儿说店主不是好人，罗天诚严肃道："做人，要么大俗，要么大雅，半俗不雅是最痛苦的了。Susan，你是大雅，店主是大俗，我就是半俗不雅。"Susan 听得崇拜不已，笑着说："我哪里是大雅，不过你说得很对！"

林雨翔觉得这话好生耳熟，终于想起是他在车上说过的话，只是徐志摩换成 Susan，马德保换成店主，而罗天诚本人因动了凡心，自愿由圣人降到半俗不雅。林雨翔从椅子上跳起来，说："这话你说过！你在——"

沈溪儿四两拨千斤，轻声就把这话掐断："说过又怎么了，我们反正没听过。你这人也太自私了，听过的话就不许别人听了。"

罗天诚说："林雨翔，你太重名利了，以后会后悔的，我说过，当一个人要死的时候，什么——"

林雨翔这次学乖了，和罗天诚一起说："什么名，什么利，什么爱，什么恨，都是棺木上的一缕灰尘，为一缕——"

罗天诚纠正道："是——尘埃！"趁雨翔发愣，忙把下半句真理给说了，"为了一缕灰——尘埃而辛苦一辈子，值吗？"

Susan 听得拍手，以为是两个人合璧完成的杰作，大悦道："你们太厉害了，一个能背《史记》，一个能懂哲学。来，林雨翔——同志，请你背《史记》。"

雨翔诧异 Susan 还没忘记《史记》，想一个大美女的记忆力超群的确是一件憾事。推托道："好汉不提当年勇，再说，我嗓子不舒服。"

"那好办，你，还有你们两个等着，我去买可乐，你一定要背哟！"Susan 说完奔出去买饮料。林雨翔忙问沈溪儿："喂，她是几班的？"

"无可奉告。"

"问你哪！"

"无可奉告。"

两个"无可奉告"后，Susan跑回来说："你们谁帮我拿一下。"沈溪儿有先知，按下两个都要站起来的男士，说："我来，你们俩歇着。"

林雨翔喝完饮料，逃避不过了，信口开河说："《史记》没艺术性，背宋词吧，欧阳修的《蝶恋花》，我背了——"

"不行，我要听柳永的《蝶恋花》。"Susan道。

林雨翔惊骇地想，Susan这女孩子不容易，居然知道柳永。记得七八岁时背过柳永的词，全托林父愚昧，不知道柳永和妓女的轶事，才放手让他背诵。现在想来，柳永《蝶恋花》的印象已被岁月的年轮轧死，没全死，还残留一些，支吾道：

"伫倚——那个危楼风细细，望春极愁——"

"错啦，是望极春愁——"Susan纠正道，"黯黯生天际。草色烟光残照里，无言谁会凭阑意？拟把疏狂图一醉，对酒当歌，强乐还无味。衣带渐宽终不悔，为伊消得人憔悴。对吗？"

林雨翔说不出话，另眼相看Susan。

沈溪儿嘲笑："小时候还背古文呢！嘻嘻，笑死人啦。Susan，好样的！"

林雨翔据实交代："柳永的词我不熟，欧阳修的还可以。"

沈溪儿评点："大话！"林雨翔委屈地想这是真的。

Susan给林雨翔平反："不错了，现在的男孩子都太肤浅了，难得像林雨翔那样有才华的了。"林雨翔听了心如灌蜜，恨不得点头承认，腼腆地笑。

罗天诚被三个人的谈话拒之门外，壮志未酬，仿佛红军长征时被排除在"军事最高三人团"外的毛泽东，没人理会，更像少林寺里的一条鱼——当代少林寺的除外。

Susan 发现漏了罗天诚，补救说："你也是，大哲人。"

罗天诚被夸，激奋得嘴里至理名言不断，什么"人生是假，平淡是真"，引得 Susan 两眼放光。

经过漫漫的等待，菜终于上来。四个人都有一碗面，有所不同的是 Susan 的面条根根士气饱满，也是一副"君子"的样子；相形之下，其余三人的面条都像历尽了灾难，面黄肌瘦。用政客的说法，Susan 的面是拿到国际上去树立民族自信的；其他的面则是民族内部矛盾的体现。

沈溪儿扔筷说："不吃了！"Susan 拼命抱歉，分她面条。再比下去也令人窝火，Susan 面上的浇头牛肉多得可以敌过其他三人总和，质量就更不用说了。放在一起，那三盘浇头仿佛是朱丽叶出场时身边的婢女，只为衬托主人的出众。

Susan 只好再分牛肉，林雨翔有幸分得一块，感动地想，这么体贴的女孩子哪里去找，不由多看几眼，装作不经意地问："喂，Susan，你觉得你理想的男朋友是什么样子的？"问完心里自夸语气控制得很好，这问话的口吻好比宋玉的东家之子，"增之一分则太长，减之一分则太短"，介于低俗和暴露之间，恰到好处。

Susan 说："我要他是年级的第二名！"

"为什么不是第一名？"

"嗯，因为我是第一名，我不想他超过我，这样我就……嗨嗨，是不是很自私？"Susan 调皮地笑。

林雨翔今天吃的惊比周庄的桥还多，幡然大悟原来她就是年级里相传的第一名的冷美人，恨自己见识浅陋。美女就像好的风景，听人说只觉得不过尔尔，亲眼看了才欣然觉得果然漂亮，可见在爱情上眼睛不是最会骗人的，耳朵才是。

林雨翔此刻的感受只有失望，因为他绝没有年级第二的实力。

沈溪儿又缠住 Susan 说话，莫不是些数学题目。两个人谈完后还相互对视着笑。林雨翔想插话插不进，心中愤愤，想你既然都说完了，何须占用我林雨翔宝贵的青春——在人看来，占着茅坑不拉屎是可恶的，其实，最可恨的却是拉完了屎还要占着茅坑。

林雨翔缩头缩脑要问话，不论好坏，刚露个脑袋，那问题就被沈溪儿照戳不误。他气愤了，强硬地问："Susan，你有没有过——那个？"

这个问题虽含糊，但凭着它丰含的内容，却炼得铜墙铁壁，沈溪儿想砍都砍不断。

Susan 脸上不绝的红晕，咬住嘴唇道："当然没有——真的没有。"

林雨翔心里宽慰许多。现在的男孩子都把柏拉图给扭曲了，挑红颜宛如吃东西，被人咬过的绝不能要。雨翔很荣幸地想去咬第一口。

罗天诚要和雨翔争咬，把人动物性的一面展露无遗。林雨翔向 Susan 要了电话号码。罗天诚边吃面边心里默记。他的人生观没多大变化，爱情观却面目全非，觉得红颜还是要的好。罗天诚每次回想起自己的沧桑巨变，都会吃惊，好比是一个人出趟门，回来发现自己的屋子已经换了一幢，肯定会有的那种吃惊。林雨翔的屋子没换，主人换了。热情之火终于压抑不住，熊熊地烧，旺得能让科威特的油田自卑死。

那些当然只是内心变化。两人外表上都平静得像死水。突然Susan惊喜地发现什么，招呼说："哇，我发现桌上有一首诗。"林罗的两个脑袋忙凑过去。林雨翔正心旌摇曳，诗才也随情而生。看见桌上有人刻着一首诗：

卧春

卧梅又闻花

卧知绘中天

鱼吻卧石水

卧石答春绿

林雨翔大叫："好！好诗！"发议论说："这首诗不讲究韵律，不是韩愈所作，这种五言绝句肯定是柳宗元反对骈俪文那时候创作的，我曾在《中国文学史》上见到过。凭我的记忆，卧梅是指盛产于北方的一种梅花，枝干横长，看似卧倒。主人正在房里卧着，心中描绘自己如日中天时的情景。而'卧石'，似乎是哪本古书里的？《万历野获编》？好像是的，里面的一个地方，在云南？好像是的，是一个景观，临近它的一潭水叫卧石水，鱼都在轻吻卧石水。这一段真是写神了，有柳宗元《永州八记》里《至小丘西小石潭记》里那——鱼的风采。最后，卧石似乎在回答春天已经到了。好诗！好意境！"

Susan听得眼都不眨，赞不绝口道："哇，林雨翔，你真厉害！"

林雨翔信口把书名文名乱扯一通，收到意想不到的效果，虚荣心得到满足，野心蓬勃要再发高见，不料罗天诚在一旁冷冷地说："你再念几遍试试。"

林雨翔又念了三遍。Susan 猛地大笑，夸罗天诚聪明。林雨翔忙问怎么了，Susan 笑得说不出话，罗天诚附着一起笑。沈溪儿起先也不懂，看几遍诗也笑得要断气。林雨翔小心翼翼地默读几遍诗，顿时满脸憋红，原来这诗的谐音是：

我蠢

我没有文化

我只会种田

欲问我是谁

我是大蠢驴

悟出后头皮都麻了，想想刚才引了一大堆东西，又气又悔又羞，只好低着头吃面。

罗天诚不让雨翔有借面遮羞的机会，说："大家吃得差不多了吧，我们走吧，还有半天呢。"

Susan 摆手说："不，我没有半天了，下午我还要赶回去呢，你们去玩吧。"

雨翔走出失利阴影，留恋得不得了，说："没关系的，可以晚上和文学社一起走啊，反正顺路。"

"不了，我又不是文学社的人。"

雨翔恨没有权力当场录取 Susan，暗打马德保的主意："马老师人挺好的。"

Susan 坚持说："真的不了，我还有事呢。"

罗天诚仲裁说："好了，林雨翔，别缠住人家，天下没有不散的宴席，该走就要让她走。"顿顿再问："Susan，你决定什么时间走？"

"还有半个小时。"

"不如游完退思园再说吧。"林雨翔提议。

罗天诚一笑说："天才，这里是周庄，没有退思园，这里只有沈厅。"林雨翔梅开二度，窘促得说不出话。

沈溪儿听到老祖宗的厅，激动得非要拉 Susan 去。四人匆匆结账，店主挽留不及，在门口嘿嘿地笑。四人拐了半天，终于寻到沈厅。

有精神的人死后，精神不死；同样道理，有钱人死后，钱不死。沈万三的钱引得中外游人如织，沈厅里的人口密度正教人认识到计划生育的重要性。四人很快被冲散掉，沈溪儿跟了罗天诚，林雨翔有幸和 Susan 冲在一起。两个人在一起的感觉，是远优于四个人在一起的。人潮里 Susan 和雨翔贴得很近，Susan 的发香扑面而来，雨翔不禁萌生了一种伸手欲挽的冲动——这是本能。据一个古老传说，上帝造人时，第一批出炉的人都有两个头四只手四条腿，就是现今生物学里的雌雄共体，可上帝觉得他们太聪明了，就把"人"一劈为二，成为现在的样子，于是，男人便有了搜寻靠近另一半——女人的本能。当然也不乏找错的，就是同性恋了。林雨翔想起这个传说，哑然失笑。

Susan 问："你笑什么？"

林雨翔怕再引用错误，连中三元，摇头说："没什么。"想想仍旧好笑，难怪现在言情电视连续剧里都有这种台词，"我俩单独在一起吃饭"，其实从形式逻辑学来说，此话不通，两人何谓"单独"？但从神学来说，便豁然通了——两个人才能被真正意义上拼成一个人，所以"单独"。倘若一个人吃饭，充其量只是半个人而已。林雨翔这半个人找到另外半个，虽然不知道是不是原配，可欣喜得直想接近。

贴得更近了。Susan自觉往旁边避了一步，不慎踩中别人一脚。那人旁边两个小秘，正要开口骂，不料被踩者看见Susan抱歉的笑，顿时一退，"Sorry，Sorry"不停。两个鬼怪故事里出来的女妖想替老板申冤未果，齐刷刷打白眼。

再走一程，Susan担心和沈溪儿一散不聚，要下楼去找。雨翔开导她："人找人，找死人。"Susan带倨地笑说："我不管找死人找活人，她是我朋友，我一定要找到。"说着，抢了上帝的活干，自劈一刀，离林雨翔而去。雨翔挽留不住，只好跟上去。

两人在沈厅里兜圈子，林雨翔心猿意马，踩人脚不断。他踩脚成为专家权威后，得出这么一个规律：踩着中国人的脚，不能说"对不起"，要说"Sorry"，被踩者才会原谅你，可见外文比中文值钱。你说一个"Sorry"可抵上十声"对不起"，与人民币兑美元英镑的汇率相符，足以证明语言与经济的亲密关系。而踩上外国人的脚大可不必担心，他们的脚趾和他们的财气一样粗壮，断然没有一脚踩伤的后患，说不准自己的脚底还隐隐生痛呢。

茫茫人海芸芸众脚里，Susan惊喜地发现沈溪儿一脸怒相站在门口，飞奔过去，说："可找到你了！"

林雨翔也尾随。沈溪儿审讯道："你们做了什么？"

"找你们呀！"Susan天真道。

"姑且相信。呀，Susan，你快到时间了吧？"

"哇，真的，我要赶回去了。"

林雨翔盯住罗天诚的脸，感觉到他脸上的醋意比周庄的秋意更浓。他手一拍罗天诚的肩，大度地说："想开一点。"然后问Susan："我们送你吧？"

Susan 莞尔一笑，说："不用了，我自己走。今天玩得太开心了。"雨翔要问些什么，见 Susan 正和沈溪儿密切地惜别，谈得插针难进，就算把自己的话掐头去尾如马拉美的诗歌也未必能放得进去，只好作罢。

Susan 向林雨翔一挥手道声再见，便转身蹦蹦跳跳地消失在古巷的深处。街上空留下了神色匆匆的行人。雨翔站着发呆，极目远眺，清纯的身影早不见了，但他还在眼中耳中一遍一遍重温，心里却空白一片。刚才有过的繁华，都淡漠得感觉不到了，有过的思绪也凝住了，好像心也能被格式化似的。

雨翔极不忍心地扭头看身边的河道，蓦地发现有斑瑕，定睛一看，惊叫道："雨！"方圆五米里的人都仰望天。老天不负众望，雨越织越密，河面上已经是雨点一片，眼前也迷蒙得像起了雾。三人缩在屋檐下躲雨，身边挤满了人。林雨翔贴着一个长发女郎，女郎穿着色彩缤纷，还常拿出镜子来照有没有被雨破相，身上有股奇香——香得发臭。她贴着一个秃头男人，那才是贴着，看来上帝也有漏斩的时候。那男人目测年纪该有北大那么高寿了，但心却不老，常用手理头发——恨没幸存的头发理，只好来回抚摸之，而另一只手不闲着，紧搂住色彩缤纷。雨翔情不自禁地往边上挤，旁人大叫："哎哟，挤啥啦！"吓得林雨翔忙立正。还有些人带了伞，在羡慕的眼光里，撑开伞，感激天气预报难得竟有报对的时候。

Susan 的印象在雨翔脑子里渐渐模糊了。雨翔甚至快淡忘了她的样子。猛地想起什么，喊："完了！"

沈罗吓一跳，问什么完了。雨翔道："Susan 她没带伞，会淋着的。"

"你别瞎操心了。她又不是小孩子。"罗天诚和沈溪儿协力完成这话。

雨中的江南水乡更风雅别致。小吃店里的烟杂拌在雨丝里轻缓腾空，躲雨的人过意不去，只好买一些做表示。书画摊上，那些漫着雾气的画终于等到意境相似的天气，不论质量，都畅销了。

气温冷了一大截。那秃头竭力搂紧女郎以借温。林雨翔看着心里一片迷茫，只担心 Susan 会不会冷，恨不得冲出去。罗天诚呆滞地发抖，沈溪儿也紧咬住嘴唇。

雨翔打消掉了去追 Susan 的念头——因为追上也不能做什么。于是注意着江南的少女。由 Susan 带起他久藏的欲望后，他对女孩子大起科研兴趣，盯着来往的水乡少女。街上美女很少，因为这年头，每天上一次床的美女比每天上一次街的美女多。举凡女孩子，略有姿色，都在大酒店里站着；很有姿色，都在大酒店里睡着；极有姿色，都在大酒店经理怀里躺着。偶有几个清秀脱俗的，慢步走过，极其文静。看她一眼，她羞涩地低头笑，加快步子走过雨翔面前——这是上海美女所没有的。上海的美女走在街上向来目不斜视，高傲地只看前方，穿马路也不例外；上海的男人却大多目不正视，竭力搜索美女，脸上的肌肉已经被培训得可以不受大脑控制而独立行动，见到美女就会调出个笑。因为如此的关注，所以，在上海只听到车子撞老太婆，鲜闻有车子撞上美女。

林雨翔对他自己关于交通的奇思异想十分得意，习惯地想讲给 Susan 听，转头才醒悟到 Susan 已经走了，心中一阵空落，失望地叹气。

这雨下了将近一个钟头，Susan 该在路上了。三人再去游南湖，湖光粼粼里，三人都沉默着。林雨翔似乎和罗天诚结下了深仇大恨，彼此都懒得瞻仰对方尊容。

傍晚已临，风也加劲地驱赶游人。三人往回赶的时候，一路上不断被拦住问是否住店，好不容易走到车上，来时的兴奋都不在了，唯剩下疲惫和遗憾。

马德保正就地演讲，拿着刚买来的小册子介绍小镇历史。并说他已收到一个全国征文大赛的邀请，要率社团投稿参加。

林雨翔尚没有参赛的意思，罗天诚重归深沉，什么"生命的悲剧意识"之"人生是假，平淡是真，淡泊名利，落尽繁荣，洗下铅华"，说得周遭女社员直夸他是刘墉第二，见罗天诚并无欣喜，再夸刘墉是罗天诚第二。

林雨翔毫无思想。

四

回到学校后的几天，林雨翔的日子过得混混沌沌。在校园里，果然好几次看到Susan，都是互相一笑。莫大的满足背后必有莫大的空虚，他对Susan的思恋愈发强烈，连书也不要读了，上课就是痴想。发现成绩大退后，又恶补一阵，跟上平均分。

罗天诚在这方面就比林雨翔先进了，隔几天就洋洋洒洒写了一封情书，当然是略保守的，却表达出了心里的意思：

Dear Susan：

从周庄回来后，发现一直对你有好感。人生得一知己足矣。交往不交心却是种痛苦。我觉得与你很说得来，世事无常沧桑变化里，有个朋友总是依托。有些甜总是没人分享，有些苦我要自己去尝，于是想要有个人分担分享，你是最好的选择。If you deny me, I have to accept the reality and relinquish the affection, because that was the impasse of the love. （如果你拒绝了我，我也只好接受现实，我也只得放手，因为那已是爱的尽头。）

Yours 诚

这信写得文采斐然，尤以一段悲伤深奥的英语为佳。满以为胜券在握，不料 Susan 把信退了回来，还纠正了语法错误，反问一句："你是年级第二名吗？"

收到回音，罗天诚气得要死，愤恨得想把这学校杀剩两人。Susan 对沈溪儿评论罗天诚，说这个人在故作深沉，太肤浅，太伪饰。这话传到罗天诚耳朵里，他直叹人间情为何物，直骂自古红颜多祸水。林雨翔看了暗自高兴，庆幸罗天诚这一口没能咬得动，理论上，应该咬松动了，待他林雨翔去咬第二口，成功率就大了。罗天诚全然不知，追一个女孩子好比一个不善射的人放箭，一般来说第一箭都会脱靶。等到脱靶有了经验，才会慢慢有点感觉，他放一歪箭就放弃了，只怪靶子没放正。不过，这一箭也歪得离谱，竟中了另一块靶——一个低一级的小女生仰慕罗天诚的哲学思想，给罗天诚写了一封信，那信像是失足掉进进蜜缸里，甜得发腻，左一个"哥哥"右一个"哥哥"。现在的女孩子聪明，追求某个人时都用亲情作掩护，如此一来，嵌在友情和爱情之间，进退自如。罗天诚从没有过妹妹，被几声"哥哥"一叫，仿佛猫听见敲碗声，耳根一竖，一摇三晃地被吸引过去。那女孩子也算是瞎了眼，为哲学而献身，跟罗天诚好得炸都难炸开。

那女孩有 Susan 的影子，一头飘逸的长发，可人的笑靥，秀美的脸蛋。一个男子失恋以后，要么自杀，要么再恋一次爱，而第二次找对象的要求往往相近于第一个。这种心理是微妙的，比如一样东西吃得正香，突然被人抢掉，自然要千方百计再想找口味相近的——这个逻辑只适用于女方背叛或对其追求未果。若两人彼此再无感情，便不存在这种"影子恋爱"，越吃越臭的东西是不必再吃一遍的。

罗天诚的想法林雨翔不得而知，他只知道罗天诚退出了，林雨翔也顿时松懈了，赛跑只剩下他一个人，一切都只是个时间问题，无须担心夺不到冠军。他只是依然在路遇时对 Susan 笑笑。一切从慢。

文学社那里，马德保正在催稿。去周庄前几天，马德保收到一封信，信封上署名不凡，是中国文化研究中心的当代文学研究组。公章抬头一应俱全，马德保深信不会有诈。信的正文说什么"贵校文学成绩显赫，名声在外。本研究中心近日正举行全国中学生征文大赛，规模之宏，史无前例，各大报刊均有报道。贵校育才有方，诚望不吝赐稿，不胜感激。本次大赛组委会邀全国著名作家×××、×××、×××，著名学者×××、×××、×××组成评委会，以示水平。参赛作文需附两元初审费，一旦初审通过，立即通知学校。本大赛不含商业性"。

落款是马巨雄。马德保将这封信看了好几遍，尤为感动的是上面的字均是手写，足以见得那研究中心对学校的重视。马德保自己也想不到这学校名气竟有那么大，果真是"名声在外"，看来名气就仿佛后脑勺的头发，本人是看不见的，旁人却一目了然。

那研究中心远在北京，首都的机构一定不会是假，至于两元的初审费，也是理所应该的。那么多全国著名而马德保不知名的专家，吃喝拉撒的费用全由研究中心承担也太难为他们了。市场经济，两元小钱，一包泡面而已。况且负责人是马德保的本家，那名字也起得气魄非凡，是马家一大骄傲。

马德保下了决心要率文学社参加，周庄之游也是为此作准备。众多的社员里，马德保最看好林雨翔、罗天诚和沈溪儿。这三人都笔锋不凡，林雨翔善引用古文——那是被逼的，林雨翔不得不捧一本《古汉语词典》牵强引用，比如作文里"我用三寸不烂之舌说得他痛入骨髓"，别人可以这么写，林雨翔迫于颜面，只能查典后写成："我用《史记·平原君列传》里毛先生的三寸不烂之舌说得他像《战国策·燕策三》那样的痛入骨髓"。马德保夸他美文无敌，他也得意地拿回家给林父看，被父亲骂一顿。罗天诚就更不必说，深沉盖世，用起成语来动物乱飞，很讨马德保欢心。沈溪儿的骈文作得很有马德保风格，自己当然没有不喜欢自己的道理。

沈溪儿做事认真，而且骈文已经写得得心应手，笔到词来，很快交了比赛征文和两元的初审费。罗天诚恨记叙文里用不上他的哲学，拖着没交。林雨翔更慢，要边翻词典边写，苦不堪言，文章里一股酸味。

马德保像讨命，跟在林罗屁股后面催。罗天诚的小妹替大哥着急，说叫他暂时莫用他本人的哲学，因为中国人向来看不起没名气的人的话。她开玩笑说，在中国，没名气的人说的话是臭屁，有名气的人放的屁是名言。罗天诚崇拜不已，马上把自己的话前面套上什么"海德格尔说""叔本华写""孔德告诉我们"，不日完成，交给马德保。马德保自作主张，给孔德换了国籍，说他是孔子的儿子，害得孔鲤失去父亲。罗天诚暗笑不语，回来后就宣扬说马德保像林雨翔一样无知。马德保自己想想不对，一查资料，脸红难当，上课时纠正了自己的错误，大发议论，说孔德是法国的。孔德被遣送回国后，马德保为饰无知，说什么孔子在英文里是独有一词的，叫

"Confucius"。

下面好事的人问那么老子呢？

马德保只好硬着头皮拼"老子"，先拼出一个 Laos（老挝），不幸被一个国家先用了，又想到 loach（泥鳅）和 louse（虱子），可惜都不成立，直惋惜读音怎么这么样。后来学生自己玩，墨子放弃了兼爱胸怀，改去信奉毛泽东主义了（Maoism）。

马德保由无知变成有知，于是，无知者唯留下林雨翔一个。林雨翔实在写不出，想放弃，马德保不许，林雨翔只好抄文章，把一本介绍周庄美丽的书里的内容打乱掉，再装配起来，附两元给了马德保。

文学社的组稿工作将近尾声，马德保共催生出二十余篇质量参差不齐的稿子，寄给了马巨雄。一周后，马德保接信被告之，他已荣获组织推荐奖，得奖状一张；学生的作文正在初审之中。

林雨翔对文学社越来越失去兴趣，失去的那部分兴趣全部转在 Susan 账上。他看着罗天诚和他小妹就眼红。那小妹妹有了罗天诚，如获至宝，每天都来找罗天诚谈心，那两人的心硕大，谈半天都谈不完，可见爱情的副产品就是废话。

班里同学都盘问罗天诚哪里骗来这纯情小妞，罗天诚说："我哪是骗，是她自己送上门的。"

"不可能的，就你这样子——"

"还有还有，你有没有告诉她说你患过肝炎，会传染人的。"

"她不会计较的！"罗天诚斩钉截铁地说。

"你问了再说，人家女孩子最怕你有病了，你一说，她逃都来不及呢！"旁人说。

罗天诚这才想到要纠正班里人的认识错误，说："我和我妹又没什么关系，兄妹关系而已，你们想得太复杂了，没那回事。"

这话出去就遭追堵，四面八方的证据涌过来："哟，你别吹了，我们都看见了，你们多亲热！"

"如胶似漆！"

"我还看见你和她一起散步，靠得简直是那——东北，你来说——"

"我说，是贼近啊！"

"恶近！"

"忒近！"

"巨近！"

罗天诚始料未及班友都是语言专家，一大堆警句预备要出来反驳。

班上人继续刺伤罗天诚。他们仿佛都是打手出身，知道一个人被揍得半死不活时，那人反抗起来愈猛，解决方法就是打死他再说——

"我还看见你和她一起在外面吃饭呢！"

"我也看见了。"

"周六在大桥上！"

"礼拜天去郊游了！"

罗天诚不会想到，他的行踪虽自诩诡秘，但还是逃不过侦察。中国人的骨子里有窥探的成分，在本土由于这方面人才太多，显露不出才华，一出国兴许就唯他独尊了，这就是为什么有的中国人一跑到外国回来就成了间谍。也难怪中国有名言"群众的眼睛是雪亮的"。战时，雪亮的眼睛用来发现敌人；和平年代，就改为探人隐私了。罗天诚秘密被挖掉了，叫："你们不可以跟踪我的！"

"哟，大哲人，谁跟踪你，吃饱了没事干。是不小心撞见的，晦气！想躲都躲不掉！"

罗天诚等放学后又和小妹一起走，由于早上大受惊吓，此刻觉得身边都是眼睛，只好迂回进军。路上说："小妹啊，你知道吗，我的同学都知道了。"

她问："知道什么？"

罗天诚支吾说："那个。"

她淡淡说："你很在乎那些话吗？"

罗天诚忙说："在乎这些干什么！"

小妹欣然笑了。适当地撒一些谎是十分必要的，罗天诚深知这条至理名言，他和小妹的交往都是用谎来织成的，什么"年少早慧博览群书""文武双全球技高超"，撒得自己都没知觉了，万一偶尔跳出一句实话，反倒有破戒的恐慌。

那女孩信了这话，问："是啊，你是我哥哥嘛。"越笨的女孩子越惹人爱。罗天诚正因为她的顺从而对她喜欢得难割难舍。说："别去管别人怎么说。"

小妹诡谲一笑，手甩在身后，撒娇说："听说你喜欢过一个很很很很漂亮的女孩子，是吗？不准骗我噢！"

罗天诚的惊讶在肚子里乱作一团，脸上神色不变，想说实话。突然想到女孩子爱吃陈年老醋，吓得不敢说，搪塞着："听人家胡说！"

"是的，她叫 Susan——肯定是真的，你骗我！"女孩子略怒道。

罗天诚行骗多年，这次遭了失败，马上故事新编，说："你说的这事是有的——不是我喜欢她，是她喜欢我，她很仰慕我的——你知道什么意思，然后我，不，是她写了一封信给我，我当然理智地拒绝了，但我怕伤她太深，又写了一封道歉的信，她碰人就说是她甩了我。唉，女孩子，虚荣一点，也是情有可原的。我也不打算解释，忍着算了。"说完对自己的虚构夸大才华崇拜万分。新闻界一颗新星正冉冉升起。

罗天诚有做忍者的风度，她小妹却没有，义愤填膺地说要报仇。罗天诚怕事情宣扬出去难以收场，感化小妹，说忍是一种美德。小妹被说通，便拥有了那美德。

两人走到桥上。那桥是建国后造的，跨了小镇的一条大江，凑合着能称大桥。大桥已到不惑之年，其实是不获之年，难得能获得维护保养，憔悴得让人踏在上面不敢打喷嚏。桥上车少而人多，皆是恋人，都从容地面对死亡。这天夕阳极浓，映得人脸上红彤彤的，罗天诚和小妹在桥上大谈生老病死。罗天诚是从佛门里逃出来的，知道这是所谓"四苦"，说："这些其实都无所谓，我打算四十岁后隐居，平淡才是真。"

女孩道："我最怕生病了，要打针的！"

罗天诚继续阐述观点："一个人活着，红尘来去一场空，到他死时，什么——"突然顿住，回忆这话是否对小妹说过，回忆不出，只好打住。

女孩不催他说，娇嗔道："呀，我最怕死了！会很痛很痛的。"

罗天诚转头望着小妹兴奋的脸，觉得愈发美丽，眼睛里满是期待。漫天的红霞使劲给两人增添气氛。罗天诚不说话了，产生一种欲吻的冲动。上帝给人嘴巴是用来吃饭的，但嘴唇肯定是用来接吻的。那女孩的双唇微抿着，红润有光，仿佛在勾引罗天诚的嘴唇。

罗天诚的唇意志不坚定，决心不辜负上帝的精心设计，便调动起舌头暗地里润了一下。他注视小妹，感到她一副欲醉的样子，胆更大了，侧身把头探过去。

本是很单纯的四片嘴唇碰一下，不足以说明什么，人非要把它看成爱的象征，无论以前是什么关系，只要四唇相遇，就成一对情人。这关系罗天诚和他小妹谁也否认不了。罗天诚吻上了瘾，逢人就宣扬吻感，其实那没什么，每个人一天里大部分时间都在接吻——自吻。

在学校里，一个接过吻的男生的身价会大增，而被吻的女生则身价大跌。那女孩气呼呼地责问罗天诚干吗要说出去，罗天诚一脸逼真的诧异让听他说的人也大吃一惊。有个人偷偷告诉那女孩，她气极难耐，找到罗天诚大吵一架，罗天诚这才知道他的小妹有这个特长。

罗天诚愈发觉得那女孩没意思，一来她喜欢的只是哲学，却不喜欢罗天诚这类哲学家——这没什么好奇怪的，一个爱吃苹果的人，没有规定非要让他也喜欢吃苹果树。而且她喜欢哲学，但不喜欢谈哲学，罗天诚觉得她太肤浅，空有一张脸蛋，没有 Susan 的内涵。男人挑女友绝不会像买菜那么随便，恨世上没有人汇集了西施的面容，梦露的身材，林徽因的气质，雅典娜的智慧——不对，雅典娜的智慧是要不得的，哪个女孩子有了这种智慧，男人耍的一切花招都没用了。

小妹最后还是拥有了半个雅典娜的智慧，决意和罗天诚分手。罗天诚也爽气，安慰道歉几句，放手比放屁还快。

开头几天，罗天诚觉得不适应，但他比林雨翔有学习欲望，捧书读了几天，适应期过去后，又觉得还是一个人简单一点好。

那小妹倒是真的像隐居了，偶尔有重见天日的时候，那时的她沉默冷峻得怕人。和罗天诚不慎撞见也像陌路一样，目不斜视。

五

　　林雨翔就太平多了。他的爱意就像原生动物的伪足，随处可以萌生，随时又可以收回到身体内。操控自如的快乐是罗天诚所没有的。

　　林雨翔另一方面被逼着抓学业，家里的作业每天都要做到半夜，白天在学校里接受素质教育，晚上在家里大搞应试教育。人的精力一少，爱意就少。林雨翔宁愿这样按兵不动。

　　文学社那里，林雨翔已经逃了几次。上回那篇参加全国征文比赛的大作交上去后，杳无音讯。

　　一天他收到他表哥的信。他表哥现就读于一所名牌大学中文系，高二时，他就把唐寅的招牌抢掉，自封"江南第一大风流才子"，自夸"妙文无人可及，才华无与伦比"。高考如有神助，竟进了一所许多高中生看了都会垂涎的高校。进中文系后狂傲自诩是"中国第一文章巨人"，结果发现系里的其他人更狂傲，"第一"都排不上名次，那里都从负数开始数了。和他同一寝室的一位"诗仙"，狂傲有方，诗才横溢，在床头贴一幅自勉，写道："文思如尿崩，谁与我争锋。"吓得众生俯首认输。这自勉在中文系被传为佳话，恨不能推为本系口号。中文系在大学里是颇被看不起的，同是语言类，外文系的就吃香多了。但那自勉给中文系争了脸。一次一个自诩"无所不译"的外文系高才生参观中文系寝室，硬是被这自勉里的"尿崩"给卡住了，寻遍所学词汇，仍不得其解，叹中文的丰富，只好根据意义，硬译成"Fail to command the urethra by self then urinate for a long time"（自己无法控制尿道而长时间地排尿），显冗长累赘。倒是中文系的学生，不谙英语，但根据"海量"一词，生造出一个"sea-urine"（海尿），引得外文系自叹弗如。值得林雨翔自豪的是，那"sea-urine"就是他表哥发明的。

这些奇闻轶事自然是雨翔表哥亲口告诉的，真假难辨。雨翔表哥在中文系学习两年，最大的体会是现在搞文学的，又狂又黄，黄是没有办法的，黄种人嘛，哪有不黄的道理。最要命的是狂，知识是无止境的，狂语也是无止境的，一堆狂人凑一起就完了，各自卖狂，都说什么："曹聚仁是谁？我呸！不及老子一根汗毛！""陈寅恪算个鸟？还不是多识几个字，有本才子的学识吗？""我念初一时，读的书就比钱钟书多！"雨翔表哥小狂见大狂，功力不够，隐退下来细读书，倒颇得教授赏识。林雨翔前两年念书时，和他表哥每两个礼拜通一次信。上了毕业班后，他表哥终于有了女朋友，据说可爱不凡，长得像范晓萱，所以他表哥疼爱有加，把读书的精力放在读女人身上——这是女人像书的另一个原因。历来博学之人，大多奇丑。要不是实在没有女孩子问津，谁会静下心来读书。

雨翔表哥的相貌距奇丑仅一步之遥。那"范晓萱"仰慕他的才华，忽略外表，和雨翔表哥厮守。他高兴之余把这事告诉了林雨翔，林雨翔把这事告诉了自己父母。林父林母惊奇得像看见滞销货被卖出去了，纷纷贡献智慧，写信过去提建议。林父还童心大发，一句话道破了男人的心声，说："抓住时机，主动出击，煮完生米，就是胜利。"他从事编辑工作数十年，从没写出这么像样的文章，喜不自禁，恨不能发表出去。

林雨翔的表哥显然不喜欢内政被干涉，收到林父林母信后很是不满，责问林雨翔，雨翔道歉说不是有心，表哥从此便无信过来。

这次意外来信内容如下：

小弟：

大哥近日十分忙碌，前些日子溺色过度，学习脱节，正拼命补学分呢。大学里的人都特别懒，中文系为甚。大哥本想复印他人笔记，不料每人之想法与大哥不议而同也！偌大班级，无人记录，只好由大家硬着头皮向教授借之。

不知小弟生活如何？大学里轻松无比，本大学中文系里一男对十女，故男士非常畅销，如今供不应求，不知小弟有意缓解欤？呜呼！玩笑而已！小弟尚在求学阶段，万不可思之！花如白居易者，大学里放眼皆是，待小弟考取大学，便可知，大学美女如我国浩瀚书林，享用不尽也！得一女相伴是人生之快乐也！

大哥心胸宽广，已不计较你泄密一案，你日后小心，他人托你之事，切不可懈！

大哥泡妞成绩卓著，每逢休息日，便与你的"小魔女大嫂"进舞厅蹁跹不已，舞厅里情人骈阗，唯你大哥大嫂一对郎才女貌，夺目万分。舞毕即看电影，生活幸福。人皆夸你大嫂娉婷婀娜，可见其美貌。

吾正谟发展矣！吾常自问，吾之爱爱其适归？他人忮吾，因吾万事皆顺；然吾未尝诡诡，反忧之。幸得汝父指点，照办之，（其过程不便馈缕，）方知兹为真理。甚爽，切记，汝万万万万不可仿之！汝嫂子对汝大哥已万事俱从。欸！何至及此乎！吾尝失悔。然亟忆汝父之箴言，爰觉正确。念汝愚昧未开，故用古文，不懂也罢，期汝不懂！兹为交代，以备汝不虞。

好了，说正事吧。你快要中考了，这是一件大事，你一定要好好地读书，胜败在此一举了，如果你进不了好的学校，那你的一生算是完了。现在人只看文凭不看水平，你真的要加油努力了！

如果有什么不懂，你问大哥，我帮你解答。

好好学习！

考个好成绩！

江南第一大风流才子

小弟切记保存此信

日后可值大钱

晚 11 时

于怀古楼

林雨翔读得极累，那古文怕是古人都看不懂。林雨翔凭儿时硕果仅存的一些记忆，把生疏的字译出来，起初不明白什么意思，也就真的罢了。但那些古文宛如大多数能致人命的疾病，可以长期在林雨翔身体里潜伏，静候发作。林雨翔是在马德保的课上发作的，觉得有了点破解的思路，取出信仔细看，眼球差点掉下来——是真的，他表哥已经和那"晓萱"干了那事！还洋洋自得以为从此锁住她的心了。他替他表哥着急，怪他显然落伍了，九十年代这招是没用的，时下男女之爱莫过是三个阶段——吻关系、性关系，然后没关系，表哥危在旦夕！

林雨翔忙写信挽救，挽救之余，还向他索诗一首：

大哥：

　　没有想到你已"越过道德的边境"，与她"走过爱的禁区，享受幸福的错觉，误解了快乐的意义"。

　　小弟不才，但奉劝你，事值如此，你俩真爱已耗去大半，你要谨慎啊！

　　你的信真是难懂 very much，害我几乎要查字典了。

　　我的一个朋友向我要诗词，我向她推荐了你，你最好速寄几首词过来，好让我炫耀。

　　我复习得很苦，用你们北方的话来说，是"贼苦"，苦啊！成绩还好，你可以放心。

　　祝你们情投意合。

　　速速寄词。否则……

表哥看到信，吓了一跳，想这小子古文基础果然了得，这么艰深的内容都破译出来了，恨自己一时兴起，把这样的机密写了上去。

信一来一去的几个星期里，雨翔表哥已经和"晓萱"没了关系。那几天里，他表哥的足迹遍布了大学里有啤酒喝的地方。分了手不喝酒，好比大完便不擦屁股，算不得功德圆满，醉过后醒来，才算恋情真正消逝的标志。

雨翔表哥是个坚强的男人，这类男人失恋的悲伤仿佛欧美发达国家的尖端产品，只内销而不出口。他把哀愁放在肚子里，等胃酸把那些大悲化小，小悲化无。刚刚化掉一半，收到表弟的信，触景伤情，喝了三瓶啤酒，醉倒在校园里，第二天阳光明媚，醒来就有佳句——今宵酒醒何处？杨柳岸，晓风残月。——可惜被人先他一千年用掉了。

他惦着给表弟写诗，不为亲情，是给那"否则……"吓的。佩服自己的弟弟敲诈有方，不敢怠慢。

所幸林雨翔敲诈的是诗词而不是钱。对文人而言，最缺少的是钱而最不值钱的便是诗词，平日写了都没人看，如今不写都有人预订，敲诈全当是约稿，何乐不为？

雨翔表哥立即端坐构思，不料这灵感仿佛是公共汽车，用不着它时只见路上一辆接一辆，等到真想乘了，守候半天连影子都不见。无奈翻出以前听课时的笔记本，上面的东西都不符合意境，像四言绝句，"××大学，星光璀璨，走近一看，破破烂烂，十个老师，九个笨蛋，还有一个，精神错乱"，还有现代诗：

夜的女人在狂奔

裸露着天空的身子

在莫名的

棋盘里

方格似的跳跃在我的

视野

这诗曾受到系里才子的好评。那才子看多了现代派的东西，凡看不懂的都赞不绝口，现任校诗刊的主编。便可怜了那些诗人，写诗要翻字典，翻到什么词就用上去，还要拖个人充当白居易的老妪，只是那老妪的功效相反，专负责听不懂，诗人一写出一首大众都不懂的诗就狂奔去诗社交差。才子也写诗，诗倾天下：

　　　　放屁的上帝撒出一包雪

　　　　香烟和电熨斗在屁里抱成一团地

　　　　抖抖抖

　　　　之乎者也

　　　　是恺撒这个裸奔者

　　　　用鞋带

　　　　和肚脐眼

　　　　说的谎

　　　　呀！

　　　　我摔

　　　　跤。

　　这些诗引得慕名的女生纷纷来请教，雨翔表哥也挤在里面聆听教诲，回来后就在笔记本上仿了那首现代诗。但才子毕竟是才子，写文章有罗素的风采，别人要学都学不像。

　　雨翔表哥咬笔寻思半天，还是功力不够。女孩子要诗，那诗一定要是情诗，情诗的最高境界就是爱意要仿佛河里的游鱼，捉摸不定，若隐若现。象征手法的运用要如同克林顿的绯闻一样层出不穷。

最后给人的感觉是看了等于没看，但没看却不等于看了。这才是情诗观止。

这类诗词往往只有女孩子写得出来，所以雨翔表哥不得不去央求系里的才女。那才女恶丑——史上大多才女都丑。因为上帝"从不偏袒"，据说给你此就不给你彼，所以女人有了身材就没了文才，有了文才就没了身材。上帝老了，难免失误，造出陆小曼这种都具备的才女。——大体上是这样的。

大学里受人欢迎的文学巨作多数出现在课桌上和墙壁上，真正纸上的文学除情书外是没人要看的。那才女收到雨翔表哥的文约，又和雨翔表哥共进一顿晚餐，不幸怀春，半夜煮文烹字，终于熬出了成品：

少年游·忘情

待到缠绵尽后，愿重头。烟雨迷楼，不问此景何处有，除却巫山云。

两心沧桑曾用情，天凉秋更愁。容颜如冰，春光难守，退思忘红豆。

作完后，虽然觉平仄大乱，但还是十分满意。文人里，除同性恋如魏尔伦，异性恋如李煜者，还有自恋如这位才女——自恋者莫过两种，一种人奇美，别人她都看不上；一种人奇丑，别人都看不上她。这两种都只好与自己恋爱。才女属后者，她越看这词越觉得好，舍不得给人。

雨翔表哥又请她喝咖啡，那才女结合中西文学史，悟到自古少有爱情与文学的完美结合，思忖再三，终于慷慨献诗，还附送了一首《苏幕遮·绝情》：

断愁绪，空山居，天涯旧痛，尽染入秋意。缘尽分飞
誓不续，时近寒冬，问他可寻觅？

纱苍穹，淡别离，此情已去，愿君多回忆。我欲孤身
走四季，悲恨相续，漠然无耳语。

两首词情凄绝惨，感人肺腑，雨翔表哥从才女手上得到词，好
比从美女身上取得贞操，马上不留恋地走了。到臭味熏天的男生寝
室里，想到也许分量不够，又想央人帮忙补两首诗。那"文思如尿
崩"的天才最近交桃花运，人都不知道在哪个角落里，只好亲自动
笔，决定抄歌词。男生寝室里的才子们为了树立起自己比较帅的信
心，听歌都只听赵传的，手头有歌词，当然现抄：

那年你决定朝北而去

而我却必须往南远行

你渡过那条潺潺小河

而我却翻越这座高山

经过多少年

一切都无法找回

你我却都背着各自的疲惫

是否该丢掉心中的累赘

擦干这些年的眼泪

别忘了当年你我的约定

希望能总有一天再次相聚

共同分享彼此过去的经历

那年你坚持往左的路

而我却抱定向右的心

你走进那座茫茫城市

而我却……

离别之情凝于笔端。雨翔表哥被感动，再抄一首《当初应该爱你》，直艳羡作词人的才华。一并寄去后，心事也全了。那才女一度邀请他共同探讨文学，他吓得不敢露面，能躲则躲，自然，"探讨文学"一事被他延宕无期。

林雨翔其实并没有要诗词的意思，说说而已，寄了信后都忘记了。这些日子越来越难过，过一天像是过一季，忙得每天都感觉消瘦了好几斤。

突然收到表哥的信，见赫然四首诗词，惊异无比。仔细一看，觉得略有水平，扔掉嫌可惜，以后可以备用，便往抽屉里一塞，继续做习题。

六

现在的考试好比中国的足球，往往当事人还没发愁，旁人却替他们忧心忡忡惶遽不已。该努力的没努力，不该努力的却拼了命地努力。

林雨翔本人还没有紧迫的感觉——主观上没有，他父母却紧张得不得了，四处托朋友走关系，但朋友到用时方恨少，而且用时不能直截了当得像骑士求爱，必须委婉一通，扯淡半天，最后主题要不经意地流露出来，最好能像快熟的饺子，隐隐快露出水面又沉下去。实践这门说话的艺术是很累的。最后区中松了口，说林雨翔质地不错，才学较高，可以优先降分考虑。当然，最终还是要看考试成绩的。此时离考试远得一眼望不到边。

林母割爱，放弃一夜麻将，陪雨翔谈心——她从报纸上见到在考前要给孩子"母性的温暖"，林父恨不能给，重担压在林母肩上。

那天林雨翔照常放学后去大桥上散心，天高河阔风轻云淡。桥从东到西的水泥扶手上刻满了字，雨翔每天欣赏一段，心旷神怡。

今天的那一段是直抒胸臆的：

我爱你

我爱你

爱你爱到屁眼里

那里尽是好空气

那里——没灵感了！未完待续

未完待续。

还有痛彻心扉的：

十年后

此地

再见。

让人怀疑此君是刻完后跳下去了。

桥尾刻了三个字，以飨大桥，为"情人桥"，有人觉得太露，旁边又刻"日落桥"。雨翔喜欢"日落桥"这个名字，因为它有着旧诗的含蓄。在桥上顶多待半个钟头，看看桥两旁破旧不堪的工厂和闲逸的农舍，还有桥下漠然的流水，空气中回荡的汽笛，都醉在如血残阳的余晖里。

回到家里就不得安宁。林母爱好广泛，除麻将外，尤善私人侦察，翻包查柜，样样精通。做儿子的吓得把书包里大多数东西都放到教室里——幸好书是最不容易遭偷的东西——所以，那书包瘪得骇人。几本书挤在包底，整个书包耷拉得仿佛饿狗的肚皮。

林母怒道："怎么这么点书！"转念想到报上说温柔第一，便把声音调和得柔软三分，"快考试了，你呀，一点不急。"

"不急，还有一个学期！"

"嗳！不对！古人说了，一寸光阴一寸金，说的意思是一点点时间一点点——许多的钱呢！"幸亏她没见过罗天诚"乌飞兔走"之类的名言，否则要发挥半天。

"我呢，特地要跟你谈心，放松你的压力！"林母这话很深奥。首先，是特地，仿佛搓麻将已成职业，关心儿子好比赈灾捐款，是额外的奉献或是被逼无奈的奉献；其二，谈心以后，放松的只是压力而不是林雨翔的身心。林雨翔当时都没体会那么深，但那隐义竟有朝发夕至的威力，过了好一会儿，雨翔悟出一层，不满道："你连和儿子说话都成了'特地'了？"

"好了，说不过你。我给你买了一些药。"

"药？"

"听着，这药要好好吃，是增长智力和记忆力的，大价钱呢！我要搓好几圈麻将才能赢回来！"说着掏出一大瓶蓝装药丸，说："看，是美国辉——辉——"

"辉瑞药厂！"林雨翔接道。那厂子歪打正着捣出"伟哥"，顿时在世界范围内名声大振，作为男人，不知道"伟哥"的老家是种罪过。

"那字念——"林母迟疑道。

"'瑞'啦，拿来我看！"林雨翔不屑于自己母亲的荒废学识，轻蔑地接过一看，吓一大跳，赫然是"辉端药厂"，以为辉瑞误产药品，正遭封杀，不得不更名改姓。仔细一看，叫："假药！"

"尽胡说，妈妈托朋友买的，怎么可能是假药呢？你玩昏了头吧！"

"妈，你看，这没条形码，这，颜色褪了，这，还有这……"雨翔如数家珍。经过无数次买假以后，他终成识假打假方面的鸿儒。

"不会的，是时间放长了！你看，里面有说明书和感谢信呢，你看那感谢信——"林母抖出一张回馈单，上面有：

广东省　潘先生

　　辉端药厂的同志，辛苦了！我是一位记忆力不强的人，常常看过就忘，记过就忘，这种毛病使我的朋友都疏远我，我十分痛苦，为此几乎失去了所有的朋友。

　　突然，天降福音！我从一位朋友那里得知了富含海洋生物DHA的"深海记忆宝"，我抱着试一试的心理购买了贵厂的药品两盒，回去一吃，大约一个疗程，果然有效。我现在过目不忘，记忆力较以前有很大的改善。一般的文章看两遍就可以背诵出来。

　　感谢贵厂，为我提供了这么好的药品，使我重新感受到了暖意，借此信，向贵厂表达我的感激之情。愿更多的人通过贵厂的药品而拥有好的记忆力。

当今的作文很少有这么措辞及意的了，尽管讹误百出，但母子俩全然没有发现，竟半信半疑了。

林母给儿子倒药。那药和人在一起久了，也沾染了人的习气，粒粒圆滑无比。要酌量比较困难。林母微倾着药瓶，手抖几抖，可那药虽圆滑，内部居然十分团结，一齐使力憋着不出来。

林母抖累，动了怒，加大倾角，用力过猛，一串药飞奔而下，林母补救不及，纠正错误后，药已经在桌上四处逃散。林母又气又心痛，扑桌子上圈住药丸。《孙子兵法·谋攻篇》里说要包围敌人就要有十倍的兵力，"十则围之"，林母反其道而行，以一围十，推翻了这理论。《孙子兵法·火攻篇》还说将领不能因自己动怒而打仗，又被林母打破，于是，林母彻底击败这部中国现存最早最具影响力的军事理论著作。

林母小心把药丸拾起来装进瓶子里，留下两粒，嘱雨翔吞服。

那小药丸看似沉重，一触到水竟剧烈膨胀，浮在上面。林雨翔没预料到这突发情况，呛了一口，药卡在喉咙口，百咽不下。再咽几口水，它依旧梗着，引得人胸口慌闷得难受。

林雨翔在与病魔搏斗以前，先要经历与药的搏斗。斗智不行，只能斗勇，林雨翔勇猛地喝水，终于，正宗的"心里的一块石头落地"的感觉。雨翔的心胸豁然开阔，骂这药劣质。林母叫他把另一颗也吞了，他吓得不敢。林母做个预备发怒的动作吓他，雨翔以为母亲已经发过火，没有再发的可能性——他不懂得更年期女人的火气多得像更年期男人的外遇，林母大骂一通："我买给你吃，你还不吃，你还气我，我给你气死了！"

林雨翔没有办法，赌命再服。幸亏有前一粒开路，把食道撑大了，那粒才七磕八碰地入胃。

林父这时终于到家，一脸的疲惫。疲惫是工作性质决定的，做编辑的，其实是在"煽气"。手头一大堆稿子，相当一部分狗屁不通。碰上一些狗屁通的，往往毫无头绪，要悉心梳理，段落重组。这种发行量不大的报纸又没人看，还是上头强要摊派订阅，为官的只有在上厕所时看，然后草纸省下许多——不过正好，狗屁报纸擦狗屁股，也算门当户对。

这几天林父心情不好还有原因，那小报上错别字不断，原因系人手太少而工作量太大。尽管编辑都是钟情于文字的，但四个人要编好一份发行量四千份的报纸，好比要四只猴子一下吃掉四吨桃子。林父曾向领导反映此事，那领导满口答应从大学里挑几个新生力量。可那几个新生力量仿佛关东军的援兵，林父等到花儿都谢了还是杳无人影，只好再硬着头皮催，领导拍脑门而起，直说："你瞧我——你瞧我——"林父果然瞧他用笔再敲自己的脑瓜。有修养的人都是这样的，古训云"上士以笔杀人"，说的就是这个道理。文人心软，林父见堂堂一部之长在自我摧残，连忙说理解领导。领导被理解，保证短时间内人员到位。那领导是搞历史的。历史学家有关时间的承诺最不可信。说是说"短时间"，可八九百年用他们的话说都是"历史的瞬间"，由此及彼，后果可料。

后援者迟迟不见，林父急了，今天跟领导说的时候顶了几句，那领导对他展开教育，开口就仿佛自己已经好几百岁——"像你这样的年轻人，眼高手低，缺少人员是不利的，但根据唯物主义的辩证法，这反而是给你们一个展现才华的机会。年轻人，不能因为自己有一点点学问，会写几篇小文章就居功自傲，到处抱怨，乱提意见，历史上，这样失败的例子还不够多吗？你呀……"俨然是老子训儿子的口气。

林父受委屈，回来就训儿子不用功。老子出气，儿子泄气，林雨翔说："我反正不用功，我不念了！"吓得父亲连忙补救，说口气太重。

一顿晚饭吃得死气沉沉，一家人都不说话，每个人都专心致志在调戏自己碗里的菜。

晚上八点，林母破门进雨翔的房间，雨翔正看漫画，藏匿不及，被林母掳去。他气道："你怎么这么没有修养，进来先敲门。"

"我敲门我还知道你躲在里面干什么？"林母得意地说。

"书还我，我借的。"

"等考试好了再说吧！那书——"林母本想说"那书等考试后再还，免得也影响那人"，可母性毕竟也是自私的，她转念想万一那学生成绩好了，雨翔要相对退一名。于是恨不能那学生看闲书成痴，便说："把书还给人家，以后不准乱借别人的东西，你，也不准读闲书。"

林雨翔引证丰富，借别人的话说："那，妈，照你这么说，所谓的正书，乃是过了七月份就没用的书，所谓闲书，乃是一辈子都受用的书。"

"乃你个头！你现在只要给我读正书，做正题！"林母又要施威。

"好——好，好，正书，哈——"

"你这破分数，就是小时候的乱七八糟书看太多的原因！心收不回来！现在读书干什么？为了有钱有势，你不进好的学校，你哪来的钱！你看着，等你大了，你没钱，连搓麻将都没人让你搓！"林母从社会形势分析到本行工作，缜密得无懈可击。

"你找我谈心——就是谈这个？"雨翔失望道。

林母意犹未尽，说再见还太早，锲而不舍说："还有哪个？这些就够你努力了！我和你爹商量给你请一个家教，好好给你补课！"

回房和林父商量补课事宜。林母坚信儿子服用了她托人买的益智药品，定会慧心大增，加一个家教的润色，十拿九稳可以进好学校。

林父高论说最好挑一个贯通语数外的老师，一齐补，一来便宜一些，二来可以让儿子有个可依靠的心理，家庭教师永远只有一个的话，学生会由专一到专心，挑老师像结婚挑配偶，不能多多益善，要认定一个。学光那老师的知识。毛泽东有教诲——守住一个，吃掉一个！发表完后得意地笑。

　　林母表示反对，因为一个老师学通三门课，那他就好比市面上三合一的洗发膏，功能俱全而全不到家。

　　林父咬文嚼字说既然是学通，当然是全部都是最一流的了。

　　在这点上两人勉强达成共识。下一步是具体的联系问题。教师不吃香而家教却十分热火，可见求授知识这东西就像谈恋爱，一拖几十的就是低贱，而一对一的便是珍贵。珍贵的东西当然真贵，一个小时几十元，基本上与妓女开的是一个价。同是赚钱，教师就比妓女厉害多了。妓女赚钱，是因为妓女给了对方快乐；而教师给了对方痛苦，却照样收钱，这就是家教的伟大之处。

　　因为家教这么伟大，吸引得许多渺小的人都来参加到这个行列，所以泥沙俱下，好坏叵测。

　　林父要挑好的。家教介绍所里没好货，只有通过朋友的介绍。林父有一个有过一面之交的朋友，他专门组织家教联系生源，从中吃点小回扣，但就那点小回扣，也把他养得白白胖胖。他个子高，别人赏给他一个冷饮的名字——白胖高。白胖高的受欢迎程度和时间也与冷饮雷同，临近七月天热时，请他的人也特别多。林父目光长远，时下寒冬早早行动，翻半天找出那朋友的电话号码。白胖高记忆力不佳，林父记得他，他早已不记得林父，只是含糊地"嗯"，经林父循循善诱的启发，白胖高蒙了灰的记忆终于重见天日，激情澎湃地吹牛："我还当是谁呢！原来是林先生。我实话告诉你，我这里的老师都是全市最好的，学生绝大部分可以进市重点，差一点就是区重点。你把孩子送过来，保管给教得——考试门门优秀！"

林父心花怒放，当场允诺，定下了时间，补完所有课后一齐算账。第一门补化学，明天开始，从晚六时到九时，在老板酒吧。

第二天课上完都已经五点半了，桥上已经没有日落美景，雨翔回家匆匆吃完饭，然后骑车去找老板酒吧。大街小巷里寻遍，那老板酒吧一点没有老板爱出风头的习性，东躲西藏反而像贼吧。

时间逼近六点，雨翔只好去问街头卖烧饼的花甲老人，那老人在这镇上住了一辈子，深谙地名，以他的职业用语来说，他对这个小镇情况已经"熟得快要焦掉"。不料他也有才疏的时候，回忆良久不知道老板酒吧在哪里。雨翔只好打电话给父亲，林父再拷那朋友，辗转几个回合，终于知道老板酒吧乃是个新兴的事物，芳龄一个礼拜，尊处马路旁。

天色都暗了，黑幕里探头出现一颗早熟的星星，映得这夜特别凄凉。凉风肆虐地从雨翔衣服上一切有缝的地方灌进去，一包冷气在身上打转。寻寻觅觅，冷冷清清，那老板酒吧终于在灯火昏暗处亮相。

白胖高白而亮的脸，代替了灯的功能。雨翔寻亮而去，和白胖高热情切磋：

"您就是——"

"你是林雨翔吧？好好好，一副聪明的样子。好好地补，一定会考取好的学校！"

"噢——谢谢——"

"好了，不说了，进去吧，里面还有同学，也许你认识呢！"

林雨翔遵旨进门，见里面乌烟瘴气，一桌人在里面划拳喝酒，陪酒小姐手掩住嘴哈哈笑，那笑声穿云裂石，雨翔只想当初怎么就没循笑而来。

白胖高手轻轻一挥，说："轻点，学生还要补课呢！"一桌人显然和白胖高是挚友，甘为祖国的花朵而失声。白胖高指引雨翔进一间小房间。里面一张圆桌，正襟坐着三个学生，还有一个老师，名副其实的"老"师。顽固的性格一览无遗地写在脸上，嵌在皱纹里，真是老得啃都啃不动。老师严肃说："坐下。人到齐了，我们开始吧。"

白胖高哈腰关门退出。退出一步，发现忘了什么，推门进来说："同学们，我来介绍一下这位化学老师，他很资深啊，曾经多次参加过上海市中考的出卷工作啊。所以，他应该对这东西——比如卷子怎么出——很有经验的，真的！"

老师仍一脸漠然，示意白胖高可以离开了，再摊开书讲课。女人愈老声音愈大，而男人反之，老如这位化学老师，声音细得仿佛春秋时楚灵王章华宫里美女的腰。讲几句话后更变本加厉，已经细成十九世纪俄国上流社会美女的手，纯正的"未盈一掬"。那声音弱不禁风，似乎有被人吹一口气就断掉的可能。吓得四个学生不敢喘气，伸着头听。

努力半天后，学生终于松懈了，而且还松懈得心安理得——恋爱结束人以"曾经爱过"聊以自慰，听课结束自然有"曾经听过"的感慨，无奈"有缘无分"，无奈"有气无声"，都是理由。

四个人私下开始讨论，起先只是用和化学老师等同的声音，见老师没有反应，愈发胆大，只恨骨子里被中国儒家思想束缚着，否则便要开一桌麻将。

老师依然在授课给自己听。雨翔问身旁的威武男生："喂，你叫什么名字？"

男生气壮山河道："梁梓君。"

"娘子军？"

"我——操！是梁——这么写，你看着。"梁梓君在雪白的草稿纸上涂道。

"不对，是念'锌'吧？"雨翔误说。可见化学果然与日常生活有着密切关系。

梁梓君挖苦："哟，你语文不及格吧，连这字都会念错。"其实名字里有罕用字也是那人的一大优势，逢人家不懂，他便有了谆谆教诲的机会。比如《文心雕龙》的刘勰，让人望而起敬；又比如钱钟书，有博识的称谓，却没有难识的名字，傲气也会一下子削减一大半。林雨翔是这方面的直接受害人，脸红耳赤地不知所措。

梁梓君标上拼音，说："这么念，懂啵？"

"我——我是不小心一下子看错了。"林雨翔尴尬地笑着说。

"你的语文很差吧？"梁梓君推论。

"哪能呢！"雨翔激动得要捶桌子，"我的语文成绩是全校——"说着停下来，贼视几眼另外两人胸前的校徽，还好都是外镇慕名而来的，不知道底细，于是放声说，"是全校数一数二的好！"

"是吗？我怎么没听说你，叫什么？噢——林雨翔的大名？"

林雨翔一身冷汗，怪自己忘了看梁梓君的校徽，又暗暗想怎么人一逢到毕业班，新人就像春天的小苗般纷纷破土而出。

小苗继续说："恐怕你在吹牛吧！"

"我没！只是我最近在转攻理科——看，这不是在补化学吗？嗨！那老师水平真破！"

梁梓君中了计，受到最后一句诱惑，转业攻击化学老师："是啊，我爸花了这么多钱要人介绍的什么'补课专家'，烂得不像样子，但我爸钱多，无所谓。我——操，弄不好今年还要留一级呢！"

雨翔惊诧地问："还要——留？你是说……"

梁梓君引以为荣说："我大前年留了一级呢！妈的，考差点嘛，什么大不了的。反正我爸有的是钱，我读书做什么？读书就为钱，我现在目的达到了，还读个屁书？我——操！"

林雨翔听了，恨不得要把自己母亲引荐给梁梓君，他俩倒有共同语言。

梁梓君再说："老子只要初中毕业，就可以进重点高中，不是瞎说的，给他十万二十万，那校长老师还会恭敬得——只差没有列队欢迎了，哈。"

林雨翔正接受新思想，听得眼都不眨。

梁梓君说："你想，什么什么主义，什么什么思想，都是骗人的，唯有钱，是真的。你有钱，什么东西都会送上门来，妞更别说，不要太多噢！"

"是吗？你有经验？"林雨翔小心地插话。

"废话！喏，我告诉你，我对这东西的研究可深了！在恋爱方面，全镇没人可以和我，啊，那个词叫什么，'比美'是吧？"

林雨翔严肃纠正道："是媲美。"心里舒服了很多。

"管他，总之，老子第一！"

"是吗，你说说看！我可要拜你为师呢！"

梁梓君常用这些话来镇人，可惜被镇的人极少，以往每每说起，别人都不屑地说："这又不会考试，你研究了有屁用。"所以每次都恨不得求别人收他为师，这次行骗有了成果，忙不迭道："一句话，女人最喜欢两种男人，一种有财，一种有才。"

林雨翔信服地点头。

梁梓君再苦苦酝酿下一个哲理，无奈牛也不是一下子能吹出来的，哲理的生成过程好似十月怀胎。梁梓君硬是加快速度，终于有了临产的感觉，却不幸生下一个怪胎："我告诉你，这年头的妞眼里没有男人，只有钞票。其实欣赏什么'才华'，假的！她们只欣赏能换钱的才华，归根结底，是要钱！"

"唔。"林雨翔的旧观念被冲击得摇摇欲坠。

"喏，以后，你在这种事情上有什么不懂，尽管来问我好了，我给你指点。"

"谢谢谢谢。"林雨翔涉世极浅，被哄得对梁梓君双倍感激。

梁梓君俨然道："其实呢，这个说难也不难，只要胆大心细，多撒些谎，多摆些酷，理论结合实践。衣服多注意更换，一天一个样，三天大变样。还要，多一些甜言蜜语，多一些哄。女人其实最像动物了，多哄几下，多摸几下头，就乖了！"

"噢，是啊。"林雨翔获益匪浅，想父亲真是不枉费金钱，让儿子补到这么深刻的课，终生受用。

梁梓君又侃侃而谈，不去当老师真是可惜了。"我跟你说，你最主要的呢，还是写情书。女的最喜欢那玩意儿，尤其是第一封，最重要！"

"是吗？"

"屁话，当然是。你最好呢，要仿造什么唐诗宋词，女人最喜欢！"梁梓君铿锵道。

"噢，那该怎么写呢？"

"告诉你，其实女人第一眼喜欢的是才，男人有才，她吹牛才会有本钱，然后呢，要发展，等到两个人亲热得男人叫她叫'宝贝'了，她就把'宝'字留着，而那个'贝'呢，送给你的'才'，她就爱'财'了。"说完自己也惊奇不已。《说文解字》摆在梁梓君面前，真是相形见绌了。但他解字有功，却没回答林雨翔。没当老师的梁梓君竟已染上天底下大多数老师的毛病。

林雨翔叹服得自己问了什么都忘了，直夸："说得有道理！"

梁梓君这时才想起，说："噢，你刚才问我怎么写是吧？操！这太简单了。我告诉你，最主要呢要体现文才，多用些什么'春花秋月风花雪月'的，写得浪漫一些，人家自然喜欢！"

上完理论课，梁梓君摊开笔记本，展示他的思想火花，上面尽是些情诗。古今协作中美合璧：

My Love：

　　美人卷珠帘，深坐颦蛾眉。我凝视你的眼，见到一种异常的美。There's a summer place where it may rain of storm.There're no gloomy sky when seen through the eyes of there who are blessed with love and the sweet secret of a summer place is that it's any where. 悠悠爱恨之间，我心永远不变，纵使沧海桑田，追逐你到天边。我不在乎昨天，我无所谓明天，抛开世间一切，唯独对你想念。

雨翔觉得这诗比他表哥的"退思忘红豆"好多了，浅显易懂，奉承说："这诗好！通俗！"

"什么呀！我——操！这是落伍的，最好的诗是半明不白的，知道了吗？"梁梓君的观点基本雷同于雨翔表哥，可见雨翔表哥白活了四年。

"唔，原来这样！是谁教你的，那——你会有崇拜的人吧？"

"崇拜的人？我——操，我只崇拜我。"梁梓君气愤地恨不得跟在尼采后面大喊"打倒偶像"，声音猛提一阶，说："老子没有要敬佩的人，我有的是钱。"

这话声音太响，化学老师为自己的话汗颜，终于加力说："同学们不要吵！"这句话像从天而降，吓得四周一片寂静。然后他又低声埋头讲化学。四个学生稍认真地听着。听得出来，这化学老师一定是文人出身，说话尤废，仿佛奥匈帝国扔的炸弹，虽多却无一击中要害，净听他在说什么"化学的大家门捷列夫的学习化学方法"，无边无垠的却扫了四人的兴，又各顾着谈话。

梁梓君又问："林兄，你是不是也有那个呢？"

"唔——没有没有——"林雨翔说这话的本意是要让梁梓君好奇地追问，好让自己有够大的面子说心事，不料语气过分逼真，梁梓君摆手说："算了，我不问你了。"

"其实——也——我也算了！"雨翔说。

梁梓君自豪地说："你啊，我看你这么羞涩，这事你苦了！我给你挑吧。"

雨翔以为梁梓君果然信望卓著，亲自遴选，理当不胜感激，然而目标已有一个，中途更换，人自会有罪恶感，忍痛推辞："不必不必了。"

梁梓君听到这话，心里暗暗嘘一口气，想大幸林雨翔这小子害羞地不要，否则要害苦了自己了。说出来的话也释掉了重负，轻装如远征军队，幽幽在小房间里飘荡："也好！自己挑好！"

化学老师抛弃门捷列夫，瞪他一眼。又舍不得地重拾起来再讲。

待到九点，四个人该说的话都说完了，恹然欲睡。化学老师完成任务，卷起书往腋窝里一夹，头也不回走了。白胖高进来问："效果怎么样？"

"好——"四人起哄。

"好就好，我请的老师都是，那——是水平一流的。这个礼拜五再来补英语，是个大学的研究生，英语八级。"

两个女生跳起来问："帅不帅？哇，很有才华吧？"

白胖高懂得连续剧里每集最后要留个悬念以吸引人的手法，说："到时你们看了就知道了！"那两只跳蚤高兴地拍手说："我一定要来！"

夜很深了。漫天的繁星把沉沉的天地连结起来。最远方的亮光，忽地近了。

那晚林雨翔辗转难眠——梁梓君灌授的知识实在太多了，难以消化。只好把妥善保存的复审一遍，越想越有道理，恨不得跳出被窝来写情书。无奈，爱情的力量虽然是伟大的，但大力士却也不见得耐寒。雨翔的灵魂默默跳了三次，都冷得返回告诉肉体跳不得。

权衡以后，雨翔决定在床上写。因为学者相信，一切纯美爱情的结束是在床上。如果真是这样，那么若能又在床上开始的话，也算是一种善始善终的首尾呼应。

给一个人写第一封情书的感觉好比小孩子捉田鸡，远远听见此起彼伏的叫声，走近一看，要么没有了，要么都扑通跳到水里。好不容易看见有只伏在路边，刚要拍下去，那田鸡竟有圣人的先知，刹那间逃掉了。雨翔动笔前觉得灵感涌动，话多得写不完，真要动笔了，又决定不了哪几句话作先头部队，哪几句话起过渡作用，患得患失。灵感捉也捉不住，调皮地逃遁着。

雨翔咬笔苦思，想应该试用"文学的多样性"，就第一封情书而言，最好的还是诗，含蓄不露才是美。这时他想到了表哥寄来的诗词，忙下床去翻，终于找出《少年游》《苏幕遮》，体会一下意境，想这两首词太凄悲，留着待到分手时才能派上大用场。而赵传的"那年你决定朝北而去"似乎意境不符，那首《当初应该爱你》也嫌露骨。相比之后，觉得第三首尚有发展潜力，便提炼出来改造。几个词一动，居然意境大变，够得上情诗的资格：

> 是否你将要向北远行
> 那我便放弃向南的决定
> 你将去哪座茫茫城市
> 我终究抱着跟随的心
>
> 时光这样飞逝
> 我们也许没有相聚的日子
> 我愿深埋这一份情
> 直到回忆化成灰烬
>
> 愿和我一起　走吗
> 走过会了却心中无际的牵挂
> 把世上恩怨都抛下
> 世事无常中渐渐长大
>
> 和我一起走　好吗

不要让思绪在冷风里挣扎

跟随我吧　你不会害怕

一起营造那温馨的家

区区十六行，雨翔写了一个多钟头，中途换了三个韵脚，终于凑成。这首小诗耗尽了他的才气。他感到，写诗真是人生的一大折磨，难怪历代诗人里大多都瘦得骨皮相连。

娘不嫌自己的孩子丑。雨翔对这诗越看越喜欢。其实这诗里的确有一个很妙的地方，寓意深刻——它第一节是要跟随女方的，是男人初追时普遍的谎话。到第四节，掩饰不住，本性露了出来，变成"跟随我吧"，才是真正的诚实。

写完诗，时间已逾十二点。雨翔几乎要冲出去投递掉。心事已经了却，睡意也不请自到。这一觉睡得出奇地甜，梦一个连一个，仿佛以后几天的梦都被今夜的快乐给透支掉了。

第二天雨翔晚起。林母正好归家，把儿子叫醒。雨翔醒来后先找情诗，再穿好衣服，回想昨夜的梦，可记忆全无。做了梦却回忆不起来的确是一种遗憾，正好比文章发表了收不到稿费。

他匆忙赶到学校，正好 Susan 也在走道上背英语，两人相视一笑，反而笑得林雨翔惊慌了，昨夜的勇气消失无踪。快快走进教室，奇怪怎么勇气的寿命这么短，好像天下最大的勇气都仿佛昙花，只在夜里短暂地开放。思索了好久，还是不敢送，放在书包里，以观后效。由于睡眠的不足，林雨翔上课都在睡觉。被英语老师发现一次，问个题目为难他，雨翔爽朗的一个"Pardon"（再说一遍），硬把英语老师的问题给闷了回去——那英语老师最近也在进修，睡得也晚，没来得及备课，问题都是随机问的，问出口自己也不记得了，只好连连对雨翔说："Nothing. Nothing. Sit down, please. Sit down. Don't sleep."（没什么，没什么。请坐。坐下。别睡了。）雨翔没听到他的 "Don't sleep" 就犯了困，又埋头睡。

　　文学社那里没有大动静，征文比赛的结果还没下来。马德保痴心地守候，还乐颠颠道："他们评选得慢，足以见得参加人数的多、水平的高。"骗得一帮只具备作家的文笔而尚没练就作家的狡猾的学生都信以为真。

　　每周的课也上得乏味。马德保讲课只会拖时间而不会拖内容，堂而皇之的中西文学史，他花了一个月四节课就统统消灭。没课可上，只好介绍作家的生平事迹。他去借了一本作家成名史，偏偏那本书的作者似乎看多了立体未来主义《给社会趣味一记耳光》的宣言，字里行间给大作家打耳光，马德保念了也心虚，像什么"郭沫若到后来变成一只党喇叭，大肆写'亩产粮食几万斤'的恶心诗句，这种人不值得中国人记住"，言下之意是要外国人记住。还有："卡夫卡这人不仅病态，而且白痴，不会写文章，没有头脑。《变形记》里格里高尔·萨姆沙变成甲虫后怎么自己反不会惊讶呢？这是他笨的体现。德国人要忘记他！"马德保读着自己觉得不妥，不敢再念。见书扉页上三行大字："不喜欢鲁迅，你是白痴；不喜欢马里内蒂，你是笨蛋；不喜欢我——你老得没药救了。"

　　马德保不认识墨索里尼钟爱的马里内蒂，对他当然也没了好感，往下读到第三条，吓得发怵，以为自己老得没药可救了。不过"老"确是无药可救的。

　　马德保再翻到一本正规的《中国作家传》，给前几个人平反，但是先入为主，学生的思想顽固地不肯改，逢人就讲郭沫若是坏蛋，卡夫卡是白痴，幸亏现在更多的学生没听说过这两人的名字。

这天马德保讲许地山的散文，并把他自己的奉献出来以比较，好让许地山文章里不成熟的地方现身。学生毫无兴趣，自干自的。马德保最后自豪地说他的上册散文集已经销售罄尽，即将再印。学生单纯，不会想到其实是赠送罄尽，都放下手里的活向马老师祝贺。马德保说他将出版个人第二本散文集，暂定名《明天的明天的明天》，说这是带了浓厚的学术气息的。学生更加相信，眼前似乎涌上了许多引证用的书名号。连书名都是借了动力火车的。学生对马德保这本"大后天"的书都很期待。

周五晚上照例去补英语。林雨翔英语差，和英国人交流起来只能问人家的姓名和性别，其他均不够水平。林父十分看重英语，在给儿子的十年规划里，林雨翔将在七年后出国，目标极多，但他坚信，最后耶鲁、哈佛、东京、早稻田、斯坦福、悉尼、牛津、剑桥、伦敦、巴黎、麻省理工、哥伦比亚、莫斯科这十三所世界名大学里，终有一所会有幸接纳他儿子。最近林父的涉猎目标也在减少——俄国太冷，拿破仑和希特勒的兵败，大部分原因不在俄国人而在俄国冷。儿子在温带长大，吃不了苦受不了寒。况且俄国似乎无论是什么主义，都和穷摆脱不了干系，所以已经很穷的一些社会主义小国家不敢学俄国学得更穷，都在向中国取经。可见去莫斯科大学还不如上北大、复旦。林父林母割舍掉了一个目标后，继续减员。日本死剩的军国主义者常叫嚣南京那么多人不是他们杀的，弄得林父对整个日本也没了好感。两所日本大学也失去魅力。儿子理科不行，麻省理工学院也不适合，于是只剩下九所。这九所大学全在英美法澳，通用英语，所以林父在逼儿子念古文时也逼他学英语。雨翔触及了中国博大精深的文化，爱国情愫浓得化不开，对英语产生了排斥，英语成绩一直落在后面，补习尤是急需。

林父在儿子临去前塞给他一支派克笔，嘱他把笔交给白胖高，让白胖高重点照顾雨翔。这次补课不在老板酒吧，游击到了镇政府里。才五点三刻，雨翔到时，政府机关大门敞开，里面却空无一人。这镇上的机关工作人员干什么事都慢，唯一可以引以自豪的是下班跑得快。五点半的铃仿佛是空袭警报，可以让一机关浩浩荡荡的人在十分钟里撤退干净，足以惹得史上有名的陆军将领眼红不已。

机关很大，造得十分典雅，还有仿古建筑。补课地点有幸在仿古建筑里。那幢楼编号是五，掩映在树林里。据说，设计者乃是这小镇鼎鼎有名的大家。当然，那人不会住在镇上，早去了上海的"罗马花园"洋房里定居。他初中毕业，神奇地考进了市重点市南三中，又神奇地考取了南开大学，再神奇地去剑桥名扬天下的建筑专业读一年。剑桥大学不愧是"在里面睡觉人也会变聪明"的神奇学府，那小子在里面睡了一年的觉，出来后神气地回国，神气地成为上海建筑界的一颗新星，神气地接受故土的邀请，设计出了这幢神气的楼房。

那可是镇长书记住的地方。美如宫廷。罗马风味十分足。白胖高在会客室里等人，身边一个腼腆的大学生，大嘴小眼，是看得少而说得多的生理特征。他一定会让两个女生失望不小。

梁梓君最后赶到。补课随即开始。大学生用英语介绍自己，完了等学生反应，恨不得代替学生对自己说："I've often heard about you！（久仰大名！）"失望后开始上课，见学生不用功，说："You are wanker！（你们是不认真的人！）"

学生不懂，他让学生查词典，说学英语就要多查生词，多用生僻词，满以为学生会叫："原来'wanker'是'做事粗糙者'的意思！我明白了！"不料学生都在暗笑，两个女生都面红耳赤。他发师威道："笑什么！"

梁梓君苦笑说："我们不是——"

"怎么不是？你英语好还是我英语好？"大学生愠怒道。

梁梓君把词典递过去。大学生一把拿过，从后扫起，见"wanker"释义第二条就是"做事不认真者"的解释，理直气壮地想训人，不想无意间看见第一条竟是"手淫者"的意思，一下子也面红耳赤，怨自己的大学教授只讲延伸义而不讲本义，况且那教授逢调皮学生就骂"wanker"，那大学生自己也在教授嘴下当了六年的"wanker"，才被督促出一个英语八级。

梁梓君大笑，说："We are not 那个。"林雨翔也跟着笑。

大学生猛站起来，手抬起来想摔书而走，转念想书是他自己的，摔了心疼，便宁可不要效果，转身就走。走到门口，意识到大门是公家的，弥补性地摔一下门。四个学生愣着奇怪"天之骄子"的脾气。门外是白胖高"喂喂"的挽留声。大学生故意大声说，意在让门里的人也听清楚："我教不了这些学生，你另请高明吧。Nuts（浑蛋）！我补了十分钟，给十块！"大学生伸手要钱。

"你没补完，怎么能——"白胖高为难道。

"You nuts, too！"大学生气愤地甩头即走，走之余不忘再摔一扇门。

白胖高进来，忍住火发下一摞试卷说："你们好，把老师气走了，做卷子，我再去联系！"

四人哪有做卷子的心情。两个女生对那男老师交口称赞，说喜欢这种性格叛逆的男孩子，恨那男孩脚力无限，一会儿就走得不见人影，不然要拖回来。

梁梓君重操旧业，说："你回去有点感悟吧？"

雨翔缄口不语。

梁梓君眉飞色舞道："告诉你吧，这种东西需要胆量，豁出去，大不了再换一个。"

一番名言真是至理得一塌糊涂，林雨翔心头的阴云顿时被拨开。

"噢，原来是这样！来来来，你帮我看看，我这情诗写得怎么样？"雨翔从书包里翻出一张饱经沧桑的纸。那纸古色古香，考古学家看了会流口水。

梁梓君接过古物，细看一遍，大力赞叹，说："好，好，好诗！有味道！有味道！"说着巴不得吃掉。

林雨翔开心地低头赧笑。

梁梓君："你的文才还不错——我——操！我差点当你文盲了。这样的诗一定会打动人的！兄弟，你大有前途，怎么不送出去呢？"

"我——还没有想好。"

"我——操，你这个白痴，告诉你，这东西一定会打动那个的！你不信算了！只是，你的纸好像太——太古老了吧！"

"我只有——"

"没关系，我有！你记着，随身必带信纸！要淡雅，不要太土！像我这张——"梁梓君抽出他的信纸，一袭天蓝，背景是海。梁梓君这种信纸不用写字，光寄一张就会十拿九稳泡定。

林雨翔感激得无法言语，所以索性连谢也免了。他照梁梓君说的誊写一遍。林雨翔的书法像脏孩子，平时其貌不扬，但打扫一下，还是领得出门的。以前软绵绵的似乎快要打瞌睡的字，今天都接受了重要任务，好比美国军队听到有仗可打，都振奋不已。

林雨翔见自己的字一扫颓靡，也满心喜欢。誊完一遍，回首罗天诚的"裸体字"，不过尔尔！

梁梓君看过，又夸林雨翔的字有人样。然后猛把信纸一撕为二。林雨翔挽救已晚，以为是梁梓君嫉妒，无奈地说："你——你这又是——"

梁梓君又拿出透明胶，小心地把信补好，说："我教给你吧，你这样，人家女孩子可以看出，你是经过再三考虑的，撕了信又补上寄出去，而不是那种冲动地见一个爱一个的，这样可以显示你用情的深，内心的矛盾，性格的稳重，懂啵？"

林雨翔佩服得又无法言语。把信装入信封，怕泄露机密，没写姓名。

这天八点就下了课。梁梓君约林雨翔去舞厅。雨翔是舞盲，不敢去献丑，撒个谎推辞掉，躲在街角写地址和贴邮票，趁勇气开放的时候，寄掉再说，明天的事情明天再处理。

这一夜无梦，睡眠安稳得仿佛航行在被麦哲伦冠名时的太平洋上。一早准时上岸，这一觉睡得舒服得了无牵挂，昨夜的事似乎变得模糊不真切，像在梦里。

彻底想起来时惊得一身冷汗，直拍脑袋，后悔怎么把信给寄了。上课时心思涣散，全在担心那信下场如何。他料想中国邮政事业快不到哪里去，但他低估了，中午去门卫间时见到他的信笔直地躺在Susan班级的信箱里，他又打不开，心里干着急，两眼瞪着那信百感交集，是探狱时的表情。

无奈探狱是允许的，只可以看看那信的样子，饱眼馋，要把信保释或劫狱出去要么须待时日，要么断无可能。雨翔和那信咫尺天涯，痛苦不堪。

吃完中饭匆匆赶回门卫间探望，见那信已刑满释放，面对空荡荡的信箱，林雨翔出了一身冷汗。心里叫："怎么办，怎么办！"

垂头丧气地走到 Susan 教室门口时，连看一眼的勇气都没有了，头垂得恨不能嵌胸腔里。寒冬里只感觉身上滚烫，刺麻了皮肤。

下午的课心里反而平静了，想事已如此，自己也无能为力。好比罪已犯下，要杀要剐便是法官的事，他的使命至此而终。

那天下午雨翔和 Susan 再没见到，这也好，省心省事。这晚睡得也香，明天星期日，可以休息。严寒里最快乐的事情就是睡懒觉，雨翔就一觉睡到近中午。在被窝里什么都不想，倦得枕头上沾满口水，略微清醒，和他表哥一样，就有佳句来袭——问君能有几多愁，恰似一摊口水向东流。自娱了几遍，还原了"一江春水向东流"，突发奇想，何不沿着日落桥下的河水一直走，看会走到哪去。

天时地利人和，林父去采访了，林母的去向自然毋庸赘述。打点行装，换上旅游鞋。到了河边，是泥土的芳香。冬游不比春游，可以"春风拂面"，冬风绝对没有拂面的义务，冬风只负责逼人后退。雨翔抛掉了大叠试卷换取的郊游，不过一个小时，但却轻松不少。回到家里再做卷子的效果也胜过服用再多的补品。

周一上课像又掉在俗人市侩里，昏头涨脑地想睡。沈溪儿兴冲冲进来，说："林雨翔，你猜我给你带来了什么？你猜！"

"不知道。"

"叫你猜！"沈溪儿命令。

"我没空，我要睡觉了！"林雨翔一摆手，埋头下去睡觉。

"是Susan的信！"

"什么？"林雨翔惊得连几秒钟前惦记着的睡觉都忘记了。

"没空算了，不给你了！"

"别，我醒了——"雨翔急道。

"你老实交代，你对我朋友干了什么？Susan她可没有写信的习惯噢！"

林雨翔听了自豪地说："我的本领！把信给我！"

"不给不给！"

林雨翔要飞身去抢。沈溪儿逗雨翔玩了一会儿，腻掉了，把信一扔说："你可不要打她的主意噢！"

"我没，我只是——"林雨翔低头要拆信。

"还说没有呢！我都跟我的——Susan讲了！"沈溪儿噘嘴道。

"什么！"林雨翔又惊得连几秒钟前惦记的拆信都忘记了。

"喏，你听仔细了，我对Susan说林雨翔这小子有追你的倾向呢！"

"你怎么——怎么可以胡说八道呢！"林雨翔一脸害羞，再轻声追问："那她说什么？"

"十个字！"

"十个字？"林雨翔心里拼命凑个十字句。

"我告诉你吧！"

"她说哪十个字？"

"你别跳楼噢！"

"不会不会，我乐观开朗活泼，对新生活充满向往，哪会呢！"

"那，我告诉你喽！"

"嗯。"

“听着——别自杀噢！”

“你快说！”

“她说啊——她说——”

“她说什么？”

“她说——”沈溪儿咳一声，折磨够了林雨翔的身心，说，“她说——‘没有感觉，就是没有感觉’。”

雨翔浑身凉彻。这次打击重大，没有十年八载的怕是恢复不了。但既然 Susan 开口送话给他了，不论好坏，也聊胜于无，好比人饿极了，连观音土也会去吃。

“你是不是很悲伤啊？想哭就哭吧！”

“我哭你个头！她说这些话关我什么事？”

“噢？”沈溪儿这个疑词发得详略有当回转无穷，引得雨翔自卑。

“没事的，你去做你的事吧！”

“不，我要看住你，免得你寻死，你死了，我会很心痛的——因为你还欠我一顿饭呢！”

林雨翔活了这么多年，价值相当一顿饭，气愤道：“没你事了！”

“好了，你一个人静静吧！想开点，排队都还轮不上你呢！”沈溪儿转身就走。

雨翔低头摆弄信，想这里面不会是好话了，不忍心二度悲伤。班主任进门发卷子，吓得雨翔忙把信往屁股下塞——这班主任爱拆信远近闻名，凡视野里有学生的信，好比小孩子看见玩具，拆掉才罢休。

待了几分钟，班主任走了。那信被坐得暖烘烘的，已经有六七成熟，只消再加辣酱油和番茄酱，即成有名的阿根廷牧人用屁股的温度烤成的牛扒餐。

雨翔终于下决心拆开了牛扒餐。里面是张粉红的信纸，写了一些字，理论上正好够拒绝一个人的数目而不到接受一个人所需的篇幅。

雨翔下了天大的决心，睁眼看信。看完后大舒一口气，因为这信态度极不明确：

雨翔：

展信快乐。

说真的，我看不懂你的信。

跟随吗？我会去考清华。希望四年后在那里见到你。

一切清华园再说。

雨翔惊异于Susan的长远计议。林雨翔还不知道四天后的生活，Susan的蓝图却已经画到四年后。清华之梦，遥不可及，而追求的愿望却急不可待，如今毕业将到，大限将至，此时不加紧攻势，更待何时？

周三时，雨翔又在神气的楼房里补作文——本来不想去补，只是有事要请教梁梓君。作文老师在本地闻名遐迩，可惜得了一个文人最犯忌的庸俗的姓——牛。恨得抛弃不用，自起炉灶，取笔名八个，乃备需求，直逼当年杜甫九名的纪录。他曾和马德保有过口角。马德保不嫌弃他的"马"，从不取笔名，说牛炯这人文章不好就借什么"东日""一波""豪月"来掩饰。牛炯当场和马德保吵，吵着升级到打，两人打架真有动物的习性，牛炯比马德保矮大半个头，吵架时占不利地形。但牛炯学会了世界杯上奥特加用脑袋顶范德萨的先进功夫，当场顶得马德保嘴唇破裂，从此推翻掉"牛头不对马嘴"的成语。牛炯放言不收马德保的学生，但林父和牛炯又是好朋友，牛炯才松口答应。

牛炯这人凶悍得很，两道剑眉专门为动怒而生。林雨翔压抑着心里的话，认真听课。牛炯说写作文就是套公式，十分简单，今天先讲小作文。然后给学生几个例子，莫不过"居里夫人""瓦特""爱迪生""张海迪"。最近学生觉得写张海迪写烦了，盯住前三个做文章，勤奋学习的加上爱因斯坦，不怕失败的是爱迪生，淡泊名利的是居里夫人，废寝忘食的是牛顿，助人为乐的是雷锋，兢兢业业的是徐虎，不畏死亡的是刘胡兰，鞠躬尽瘁的是周恩来，等等。就是这些定死的例子，光荣地造就了上海乃至全国这么多考试和比赛里的作文高手。更可见文学的厉害。一个人无论是搞科研的或从政的，其实都在为文学作奉献。

牛炯要学生牢记这些例子，并要运用自如，再套几句评论，高分矣！

学生第一次听到这么开窍的话。以前只听老师说写作文为弘扬中国文化，现在若按牛老师的作文公式，学生只负责弘扬分数就可以了。

稍过些时候，林雨翔才敢和梁梓君切磋。林雨翔说："我把信寄了。"

"结果呢？"

"有回信！"

"我就说嘛。"

林雨翔把 Susan 的信抖出来给梁梓君，梁梓君夸"好字"！

林雨翔心里很是舒服。如果其他人盛赞一个男人的钟爱者，那男人会为她自豪，等到进一步发展了，才会因她自卑。由此见得林雨翔对 Susan 只在爱慕追求阶段。

梁梓君看完信说："好！小弟，你有希望！"

林雨翔激动道："真的？"

梁梓君："屁话！当然是真的。你有没有看出信里那种委婉的感觉呢？"

"没有！"

"你这人脑子是不是抽筋了！这么明显都感觉不出来啊！"梁梓君的心敏感得能测微震。

"她不过是说——"

"笨蛋！我——操，你真不开窍！如果她要拒绝你，她早拒绝你了。她之所以这么写，是因为她——那成语叫什么——欲休还——"

"欲说还休。"

"是啊，就是这种感觉。要表达却不好意思，要扔掉又舍不得的感觉。小子，她对你有意思啊！"梁梓君拍拍雨翔的肩道。

"真的？"雨翔笑道，内心激情澎湃，恨不能有个空间让他大笑来抒发喜悦。看来追到 Susan 已是彗汜画涂的事情了。

梁梓君诲人不倦，继续咬文嚼字："信里说清华。清华是什么地方？"

林雨翔当他大智若愚了，说："清华是所大学。"

"多少钱可以进去？"梁梓君轻巧地问。他的脑子里只有华东师范大学，因为师范里都是女生，相对竞争少些。今天听到个清华大学，研究兴趣大起，向林雨翔打听。林雨翔捍卫清华里不多的女生，把梁梓君引荐去了北师大。梁梓君有了归宿，专心致志给林雨翔指点：

"她这意思不可能是回避，而是要你好好读狗屁书，进个好学校。博大啊！下一步你再写信，而且要显露你另一方面的才华。你还有什么特长？"梁梓君不幸误以为林雨翔是个晦迹韬光的人，当林雨翔还有才华可掘。林雨翔掘地三尺，不见自己新才华。到记忆深处去搜索，成果喜人，道："我通古文！"

"好！虽然我不通，你就玩深沉的，用古文给她写信！对了，外面有你俩的谣言吗？"

"没有。"

"你也做得太隐蔽了！这样不好！要轰轰烈烈！你就假设外面谣言很多，你去平息，这样女孩子会感动！"梁梓君妙理迭出。

"这样行吗？"

"No 问题啊！"

"那怎么写？"

"就这么写了，说你和那叫清——华大学的教授通信多了，习惯了用古文，也正好可以——那个——"

"噢！"林雨翔叹服道。只可惜他不及大学中文系里的学生会玩弄古文，而且写古文不容易，往往写着写着就现代气息扑鼻，连"拍拖""氧吧"这种新潮词都要出来了。牛炯正好让学生试写一篇小作文，林雨翔向他借本古汉语字典。牛炯随身不带字典，见接待室的红木书柜里有几本，欣喜地奔过去。那字典身为工具书，大幸的是机关领导爱护有加，平日连碰都不愿去碰，所以翻上去那些纸张都和领导的心肠一样硬，只差不及领导的心肠黑。

有字典的帮助，连起来就通畅了——畅还算不上，顶多是通了。林雨翔查典核字半天，终于草就成功了美文一篇：

Susan：

　　回信收到。

　　近日谣言亟起，其言甚僭，余不能息。甚憯，见谅。孰谮之，余欲明察。但需时日。

　　向余与诸大学中文系教授通信，惯用古文，今已难更。读之隐晦酸涩，更见谅矣。

　　复古亦非吾之本意。夫古文，文小而其指极大，举类迩而见义远。然古文之迂腐，为我所恝之。汝识字谨译。余之文字往往辞不及意，抑或一词顿生几义。然恰可藉是察汝之悟性。

　　林雨翔本来还想拍马屁说什么"汝天生丽质，兰心蕙性"，等等。但信纸不够，容不下赞美之辞，只好忍痛割爱。写完给梁梓君过目。

　　梁梓君一眼看上去全不明白，仔细看就被第一节里的"僭""憯""谮"三兄弟给唬住，问林雨翔怎么这三个字如此相近。

　　林雨翔解释不清怎么翻字典凑巧让三字团聚了。支吾说不要去管，拿最后一张信纸把信誊一遍。

　　梁梓君要的就是看不懂的感觉，对这信给予很高的评价，说这封尤为关键。第一封信好比撒诱饵，旨在把鱼吸引过来，而第二封就像下了钩子，能否钓到，在此一举。林雨翔把这封德高望重的信轻夹在书里。

　　牛炯有些犯困，哈欠连天。草率地评点了一篇作文，布置一道题目就把课散了。

　　这天星夜十分美，托得人心在这夜里轻轻地欲眠。雨翔带了三分困意，差点把信塞到外埠寄信口里。惊醒过来想好事多磨。但无论如何多磨，终究最后还是一件好事。想着想着，心醉地笑了，在幽黑的路上洒下一串走调的音符。引吭到了家，身心也已经疲惫，没顾得上做习题，倒头就睡了。

周五的文学社讲课林雨翔实在不想去。马德保让他无论如何要去，林雨翔被逼去了。课上马德保不谈美学，不谈文学，不谈哲学，只站在台上呵呵地笑。

社员当马德保朝史暮经，终于修炼得像文学家的傻气了，还不敢表示祝贺，马德保反恭喜说："我祝贺大家！大家的努力终于有了成果！"

社员都惊愕着。

马德保自豪地把手撑在讲台上，说："在上个学期，我校受北京的中国文化研究中心之邀，写了一部分的稿子去参加比赛。经过专家严谨的评选，我在昨天收到了通知和奖状。"

"哇！"

"我们的文学社很幸运的——当然，不全靠幸运。很高兴，夺得了一个全国一等奖！"

"哇！"

马德保展开一张奖状，放桌上带头鼓掌说："欢迎林雨翔同学领奖状！"

"哇！"众社员都扭头看林雨翔。林雨翔的脸一下子绛红，头脑涨大，荣辱全忘，机械地带着笑走上台去接奖状。坐到位子上，开始缓过神来，心被喜悦塞得不留一丝缝隙。

罗天诚硬是要啃掉林雨翔一块喜悦，不冷不热地说："恐怕这比赛档次也高不到哪里去吧！"言语里妒忌之情满得快要溢出来。

林雨翔的笑戛然止住，可见这一口咬得大。他说："我不清楚，你去问评委。"

"没名气。不过应该有很多钱吧。"

"这个我不清楚。"

马德保仿佛听见两人讲话，解释说："这次，林雨翔同学荣获全国一等奖，是十分光荣的。由于这不是商业性的比赛，所以奖金是没有的。但是，最主要的是这么多知名的学者作家知道了林雨翔同学的名字，这对他以后踏入文坛会有很大帮助！"

林雨翔听得欣狂。想自己的知名度已经打到北京去了，不胜喜悦。钱在名气面前，顿失伟岸。名利名利，总是名在前利在后的。

罗天诚对沈溪儿宣传说这种比赛是虚的。沈溪儿没拿到奖，和罗天诚都是天涯沦落人，点头表示同意。

林雨翔小心翼翼地铺开奖状，恨不得看它几天，但身边有同学，所以只是略扫一下，就又卷起来。他觉得他自己神圣了。全国一等奖，就是全国中学生里的第一名，夺得全国的第一，除了安道尔、梵蒂冈这种千人小国里的人觉得无所谓外，其他国家的人是没有理由不兴奋的。尤其是中国这种人多得吓死人的国度，勇摘全国冠军的喜悦够一辈子慢慢享用的了。

林雨翔认识到了这一点，头脑热得课也听不进，两颊的温度，让冬天望而却步。下课后，林雨翔回家心切，一路可谓奔逸绝尘。

同时，马德保也在策划全校的宣传。文学社建社以来，生平仅有的一次全国大奖，广播表扬大会总该有一个。马德保对学生文学的兴趣大增，觉得有必要扩大文学社，计划的腹稿已经作了一半。雨翔将要走了，这样的话，文学社将后继无人，那帮小了一届的小弟小妹，虽阅历嫌浅，但作文里的爱情故事却每周准时发生一个，风雨无阻。马德保略一数，一个初二小女生的练笔本里曾有二十几个白马王子的出现，马德保自卑见过的女人还没那小孩玩过的男人多，感慨良多。

不过这类东西看多了也就习惯了。九十年代女中学生的文章仿佛是个马厩，里面尽是黑白马王子和无尽的青梅竹马。马德保看见同类不顺眼，凡有男欢女爱的文章一律就地枪决，如此一来，文章死掉一大片，所以对马德保来说，最重要的是补充一些情窦未开的作文好手。用他的话说是求贤若渴，而且"非同小渴"。

林雨翔没考虑文学社的后事，只顾回家告诉父母。林母一听，高兴得险些忘了要去搓麻将。她把奖状糊在墙上，边看边失声笑。其实说穿了名誉和猴子差不了多少，它们的任务都是供人取乐逗人开心。林雨翔这次的"猴子"比较大一些，大猴子作怪腔逗人的效果总比小猴子的好。林母喜悦得很，打电话通知赌友儿子获奖，赌友幸亏还赌剩下一些人性，都交口夸林母好福气，养个作家儿子。

其时，作家之父也下班回家。林父的反应就平静了。一个经常获奖的人就知道奖状是最不合算的了，既不能吃又不能花。上不及奖金的实际，下不及奖品的实用。

但林父还是脸上有光的，全国第一的奖状是可以像林家的书一样用来炫耀的。

林雨翔的心像经历地震，大震已过，余震不断。每每回想，身体总有燥热。

第二天去学校，唯恐天下不知，逢人就说他夺得全国一等奖。

这就是初获奖者的不成熟了，以为有乐就要同享。殊不知无论你是出了名的"乐"或是有了钱的"乐"，朋友只愿分享你之所以快乐的源动力，比如名和钱。快乐归根结底还是要自己享用的。朋友沾不上雨翔的名，得不到雨翔的钱，自然体会不到雨翔的快乐，反倒滋生痛苦，背后骂林雨翔这人自私小气，拿了奖还不请客。

七

这奖并不像林雨翔想象的那样会轰动全中国，甚至连轰动一下这学校的能量都没有。雨翔原先期盼会"各大报刊纷纷报道"，所以报纸也翻得勤快，但可恨的是那些报纸消息闭塞，这么重大的事情都不予报道。林雨翔甚至连广告都看得一字不漏，反而看成了专家，哪个地方打三折哪个地方治淋病都一清二楚。然后企望"散见于诸报端"，然而"诸报端"也没这闲工夫。

失望后，林雨翔只盼小镇皆知就可以了。他想上回那个理科奖威力还尚存，这次这个文科奖还不知道要闹多厉害呢。但文科显然不及理科的声望大，事隔一周，小镇依然静逸，毫无要蒸发的痕迹。

人们对此反应的平淡令雨翔伤心。最后还是马德保略满足了雨翔的虚荣，准备给雨翔一个广播会。雨翔不敢上广播，一怕紧张，二是毕竟自己夸自己也不妥当，不如马德保代说，还可以夸奖得大一些。

罗天诚也常向雨翔祝贺，这些贺词显然不是肺腑之言而是胃之言，都酸得让人倒牙，乃是从胃里泛上来的东西的典型特征，但不管怎么说，罗天诚的"盛赞"都算是肚子里的话了。

林雨翔摆手连说："没什么没什么的，无所谓。"一派淡泊名利的样子。其实这世上要淡泊名利的人就两种：一种名气小得想要出也出不了，一种名气大得不想出还在出。前者无所谓了，后者无所求了，都"淡泊"掉名利。倘若一个人出名正出得半红不紫，那他是断不会淡泊的。林雨翔肯定属于第一种，明眼人一瞥就可以知道，而罗天诚这大思想家就没想到。

同时，林雨翔急切盼望 Susan 知道，而且是通过旁人之口知道。他常急切地问沈溪儿 Susan 知道否，答案一直是"否"。那封古老的信也杳如黄鹤，至今没有一点回音。自上次水乡归来，至今没和 Susan 说一句话，但值得欣慰的是梁梓君曾科学地解释了这种现象，说"和一个女孩子关系太好了，说的话太多了，反而只能做朋友而不能做女朋友"，难怪中国人信奉"话不能说绝"，这是因为话说得没话说了，就交不到女朋友了。

以这点自慰，林雨翔可以长时间笑而不语。笑真是人的一种本能，动物里能笑的也只有人和马了[①]，无怪乎星宿里有个人马座。男的一看见美女，心里就会不由自主地微笑色笑，所以兴许男人是马变的；而女人看见了大树就多想去依靠攀登，可见，女人才是地地道道由猿猴进化来的。林雨翔每走过 Susan 身边，总是露齿一笑，Susan 也报以抿嘴一笑。如此一来，林雨翔吃亏了两排牙齿，心里难免有些不平衡，总伺机着说话，或谈谈文学，或聊聊历史。可每遇 Susan 一笑，什么文学历史的，全都忘记。事后又失悔不已。

---

① 《广阳杂记》："马嘶如笑"。

还好有沈溪儿在。沈溪儿常去找 Susan，顺便还把林雨翔的一些关及她的话也带上，一齐捎去，所以林雨翔学乖了，有话对沈溪儿说。沈溪儿搬运有功，常受林雨翔嘉奖，虾条、果冻总少不了。

Susan 的心情本应是抽象的不能捉摸的东西，而每次沈溪儿总会将其表达表现出来，好比可显示风向的稻草。雨翔称赞她功不可没。但沈溪儿很怪，这次林雨翔获全国大奖的消息她却始终不肯对 Susan 说。

获奖之后那些日子，马德保和林雨翔亲密无间。马德保收了个爱徒，才知道其实收徒弟是件很快乐的事，难怪如苏格拉底、孔子之类会收徒弟——徒弟失败，是徒弟本身的不努力，而徒弟成功，便是良师出高徒了。广收徒弟后把才识教给他们，就好比把钱存在银行里，保赚不赔。

林雨翔只为报知遇之恩。马德保教的那些东西，不论中考高考，都只能作壁上观。换句话说，这些东西都是没用的。

马德保把自己新散文集的书稿给林雨翔看。书名叫《梦与现实——明天的明天的明天》，很吸引人。自序里说马德保他"风雨一生"，还"没读过多少书却有着许多感悟"。

雨翔很惊异。这些文字不符合马德保的狂傲性格。林雨翔困惑良久，终于知道——别人可以去拍马的屁而马不能拍自己的屁。于是拍道："马老师你很厉害的。写的文章很华美的！"

马德保推辞："一般性。你可是老师很值得骄傲的一个学生啊！"

"呃——是吗？"

"你很有悟性！"

雨翔被夸得不好意思。

马德保再介绍他即将付梓的书稿："我这本书，上面出版社催得很紧，我打算这个星期六就送去。唉，真是逼得太紧了，其实，写文章要有感而发的，赶出来的不会好，我这几篇文章，开头几篇还挺满意，后面的就不行了。嗨，也非我本意，读者喜欢嘛，可这次如果谁说后面几篇好，谁的欣赏水平就……"

林雨翔刚好翻到后面的《康河里的诗灵》，正要夸美，嘴都张了，被马德保最后一句吓得闭都来不及。但既然幕已经拉开，演员就一定要出场了，只好凑合着说："马老师的后面几篇其实不错的，一千个人眼里有一千个哈姆雷特嘛！"

"也对。噢，对了，林雨翔啊，你的文章——那篇获全国一等奖的，我在寄给北京的同时，也寄到了广州的《全国作文佳作选》，这期上发表了，你拿回去吧，这是样刊，寄在我这儿。"

林雨翔最近喜不单行。他急切地接过作文书，想这本《全国作文佳作选》应该档次很高，不料手感有异，定睛看，纸张奇差，结合编辑父亲的教诲，断定这本杂志发行量和影响力都很小。名字的气派却这么大，想中华民族不愧是爱国爱出了名气的地方，针眼大的杂志也要冠个全国的名义。突然也对那全国作文比赛起了疑心，但疑心很快过去了，想不会有假的。

马德保："你最近的收获很大啊。"

"哼哼，是啊，谢谢马老师。"

"不要这么说，马老师也只是尽了当老师的责任，你说是不是？"

"哈，这，我以后要多向马老师学习散文的创作。"林雨翔说。

马德保毕竟在文坛里闯荡多年，脸皮和书稿一样厚，说："哈哈，那马老师的风格要薪尽火传了！不过，最近你还是要抓紧复习，迎接考试，你这种脑子，考不进市南三中，可惜了！好了，你回去复习吧。"

林雨翔回去后仔细看《全国作文佳作选》，不禁失望。他的美文是第八篇，地理位置居中。可惜这类杂志不像肥鱼，越中间那段越吃香。这种小书重在头尾，头有主打文章，尾有生理咨询，都诱人垂涎。雨翔看过他那篇中国第一的文章，觉得陌生。文章下面还有"名家评点"，那名家长寿，叫"伯玉"（初唐陈子昂的字），扳指一算，庚齿千余岁，彭祖（传说里他活了八百岁）要叫他爹的爹的爹。"伯玉"已经千年修炼成精，所以评点也特别的"精简"，区区两行，说雨翔的文章"文笔豪放，收敛自如，颇有大师的风采。但结构尚欠推敲"。

林母看见儿子发表文章，欣喜如和了一局大牌。她纵览这篇文章好几遍，说整本书就儿子的文章最好。拿到单位里复印了近十份，散发给赌友和朋友——其实就等于散发给赌友——还寄给林雨翔小学老师。林父正在云南出差，打长途回家，林母就报喜。林雨翔的小学语文老师迅速做出反应，回函说林雨翔天生聪颖，早料有此一天。

雨翔把复印件寄了一份给Susan。寄后又缠住沈溪儿问Susan的反应，沈溪儿最近因为张信哲的《到处留情》专辑受到批评而不悦，严厉指责林雨翔胆小懦弱，不敢亲手递信。林雨翔辩解说"寄情寄情"，就是这个道理，感情是用来寄的，寄的才算感情。

沈溪儿骂他油滑，胡诌说Susan另有所爱，那男的长得像柏原崇，现在在华师大里念英文系；被雨翔骂白痴，气得再度胡诌Susan除另有所爱外还另有所爱，那男的长得像江口洋介，在华师大里念数学系。雨翔和沈溪儿不欢而散。

林雨翔口头说不可能，心里害怕得很，安慰自己说两个日本男人在一起一定会火并的，但突然想到东洋武士不像欧洲武士那样会为一个女人而决斗。两个人一定很和平共处。他在情路上连跌两跤，伤势不轻。

偏偏他下午看到电影杂志上有柏原崇和江口洋介的照片，瞪着眼空对两个人吃醋。然后悲观地想给这段感情写奠文。

沈溪儿告诉他那是假的——她怕林雨翔寻短见。说出了口又后悔地想，留林雨翔在这世上也是对她语文课代表的一种威胁。林雨翔高兴得活蹦乱跳。

自修课时他跑去门卫间看信，一看吓了一跳，有他林雨翔二十几封信，于是他带着疑惑兼一堆信进了教室。进门不免要炫耀。有时信多比钱多更快乐，因为钱是可以赚的而信却赚不出来。同学诧异，以为林雨翔登了征婚启事。林雨翔自豪地拆信。

拆了第一封信才知道来由，那些人是因为看了林雨翔的文章后寄来的。第一封就简明扼要，毫无旁赘，直冲目的地而去：

　　我看了你的文章，觉得很好，愿与我交笔友的就给我
回信，地址是……

第二封远自内蒙古，看得出这封信经过长途跋涉，加上气候不适，又热又累，仿佛大暑里的狗，张嘴吐舌——信的封口已经开了，信纸露在外面。信的正文一承内蒙古大草原的风格，长无边际：

　　你别以为我们是乡下人噢，我们可是城上的。我父亲

是个教师，母亲是个家庭主妇。我妹妹今年三岁，正计划

着给她找个幼儿园呢！你们这里是不是叫幼儿园呢？上海

是个繁华的大都市，让我充满了向往和幻想……

　　这样的，写了几千字，天文地理都海纳在里边。雨翔这才明白，信虽然赚不出来却可以撰出来——当然是和学生作文那样杜撰的"撰"——雨翔决定不回信。这时他首次感到成名后的优越。

　　以后的信大多是像以上几封的式样内容，涵盖中国各地。广东作为本土，更是有十封的数量。写信人都看了《全国作文佳作选》，再引用伯玉的话夸奖，毫无新意。雨翔发现现代人的文笔仍旧有南北派之分：南方人继续婉约，信里油盐酱醋一大摊；北方人口气像身材一样豪壮，都威胁"你一定要回信"！雨翔庆幸自己身在上海，不南不北。拆到一封本市的来信时，顿时庆幸也没有了——上海人的笔风收纳了北边的威胁和南方的啰唆。而且那人不愧是喝黄浦江水长大的黄种人，坐拥双倍的"黄"，妙喻说雨翔的文章没有强奸文字的迹象，有着早泄的爽快。然后黄水东引，说这妙喻出自台湾董桥，是一贯的董桥风格。林雨翔不知道"董桥"是什么地方，想在国民党贼居的地方，不会有道家的桥①，怀疑是"孔桥"的音误。既然没办法断定，"市友"的信也只束之高阁了。

　　信只拆剩下三封。倒数第三封让人眼前一亮，它来自首都的"鲁迅文学院"。鲁迅余猛未绝，名字震撼着林雨翔。取出信，扑面而来的就是文学院"院士"的判断失误，把手写"林雨翔"后铅印的"先生"一笔划掉，留个"小姐"续貂。给林雨翔小姐的信如下：

----

①　国民党尊儒教。

我院是个培养少年作家的地方，是文学少年的乐土。在这里，祖国各地的才子才女欢聚一堂，互相交流。著名作家×××、×××等等，都是从我院走出的杰出人才。

　　我院办院水平较高，旨在弘扬中国文学。幸运的您已被我院的教授看中。我院向您发出此函，说明您的文学水平已经有相当的基础，但尚需专家的指点，才能有进一步的提高。

　　本院采取的是函授方式，每学期（半年）的函授费用一百八十元，本院有自编教材。每学期您需交两篇一千字以上的习作（体裁不限，诗歌三十行），由名师负责批阅，佳作将推荐给《全国作文佳作选》《全国优秀作文选》《全国中学生作文选》等具有影响力的报刊。每学期送学员通讯录。

　　汇款请寄×××××××，切勿信中夹款。祝您圆一个作家之梦！助您圆一个作家之梦！

　　林雨翔又难以定夺，准备回家给父亲过目。倒数第二封更加吓人：

　　您好。莫名收到信，定感到好生奇怪罢！我是您远方一挚友，默视着你，视线又长，且累。所以我决定要写信。这种信该不会太有话说，然而我也忍不住去写，或者竟寄来了。大抵是因为你的文章太好了罢！假若你有空，请回信。

林雨翔看完大吃一惊，以为鲁迅在天之灵寄信来了。一看署名，和鲁迅也差不离了，叫周树仁，后标是笔名，自湖北某中学。树仁兄可惜晚生了一百年或者早生了一百年。林雨翔突然想这人也许正是鲁迅文学院里"走出"的可以引以骄傲的校友，不禁失笑。

最后一封信字体娟秀，似曾相识。林雨翔盯着字认了一会儿，差点叫出声来。最后一封信恰恰是最重要的，来自 Susan。林雨翔疾速拆开，小心地把信夹出。信的内容和上封并无二致，奉劝林雨翔要用心学习，附加几句赞扬文章的话。区区几十个字他看了好几遍，而且是望眼欲穿似的直勾勾地盯住，幸亏那些字脸红不起来，否则会害羞死。

这次去门卫间去得十分有价值，这些信落到班主任手里，后果很难说。林雨翔丰收后回家，路上对那本烂杂志大起敬意，原以为它的发行量不过二三十本，看来居然还不止。可见这些破作文虽然又愚又呆，但后面还有一帮子写不出破作文的更愚更呆的学生跟随着呢。

林母听到看到鲁迅文学院的邀请，竭力建议雨翔参加。其实她并不爱鲁迅，只是受了那个年代书的影响，对梁实秋恨得咬牙切齿，引用军事上的一条哲理，"敌人的敌人就是我的朋友"，所以，既然朋友的学院函请，便一定要赏脸。她又把喜讯传给林父，林父最近和林母有小矛盾。按照逻辑，"敌人的朋友就是我的敌人"，所以，坚决反对，说一定是骗钱的。

晚上补课补数学。任教老头爽朗无比，就是耳背——不过当老师的耳背也是一种福气。他是退休下来的高级老师——不过说穿了，现在有个"高级"名义算不得稀奇，上头还有"特级"呢，兴许再过几天，"超级老师"都快有了。高级老师深谙数学，和数学朝夕相伴，右眉毛长成标准抛物线，左眉毛像个根号，眉下眼睛的视力被那根号开了好几次方，弱小得需八百度眼镜才能复原。他极关爱学生，把学生当数学一样爱护，学生却把他当文学一样糟践。这次补课也一样，没人要听他的课。

课间林雨翔把收到的信全部展示给梁梓君，梁梓君挑了几篇字迹最破的，说这些值得回。林雨翔问原因，梁梓君引用数学老师的词语，妙语说，一般而言，女性的美色和字迹成反比，人长得越漂亮，字迹越难看。

林雨翔又被折服，和梁梓君就此开辟一个研究课题，两人钻研不倦，成果喜人。最后结论是 Susan 是个女孩子里的奇人，出现频率和伟大作家一样，五百年才能有一个。林雨翔备感珍惜。梁梓君问她电话号码，雨翔警觉地说不知道。

梁梓君失望地给手里的信估计身价，打算改天卖掉。林雨翔吃惊地问信也能卖钱？梁梓君说："现在的人别看外表上玩得疯，心里不要太空虚噢！我——操，这种信至少可以卖上五六元一封，你没看见现在杂志上这么这么多的交笔友启事？"

"嗯。"

"全送给我了？"

"没问题！"

数学教师老得不行，身子一半已经升天了。头也常常犯痛。他留恋着不肯走，说要补满两个半钟头。白胖高生怕这位老人病故此地，收尸起来就麻烦了，不敢久留他，婉言送走。

时间才到七点半。梁梓君约林雨翔去"鬼屋"。林雨翔思忖时间还早，父亲不在，母亲一定去赌了，她在和不在一个样，顿时胆大三寸，说："去！"

"你知道鬼屋在哪里吧？"

"不知道。"

"你呀，真是白活了，我操，这么有名的地方都不知道！"梁梓君嘲笑他。

林雨翔又委屈又自卑，油然而生一种看名人录的感觉。他问："那个地方闹过鬼？"

"鬼你个头，哪来的鬼，可怕一点而已！"

"怎么可怕？"

"我怎么跟你说呢？我——操，这个地方在个弄堂里，房子坍了，像很早以前那种楼房，到半夜常有鬼叫——是怪叫。"

话刚落，一阵凉风像长了耳朵，时机适当地吹来。林雨翔又冷又怕，没见到鬼屋，已经在颤抖了。

"敢不敢去？"

"我——敢！"

两人驱车到日落桥下。那里是一片老的居民区，林雨翔好几年没有去过了。路骤然变窄。天上没有星月，衬得这夜空格外幽凉。

梁梓君导游："快到了。"

林雨翔顿时像拥有狼一样的耳朵，广纳四面声音。他没有听到鬼叫。

梁梓君引经据典吓人："在传说里，这地方曾经有四个被日本人活埋的农民，死得很惨，一到晚上就出来聚到鬼屋里，听人说，那四个鬼专管这镇上人的生、老、病、死。还有人见过呢，眼睛是红的。

那个人过几天就死了，全身发绿，脑子烂光！我——操，恐怖！"

林雨翔身上的鸡皮疙瘩此起彼伏，狼的耳朵更加灵敏，只听到沙沙落叶卷地声和风声，一句古诗见景复苏，涌上林雨翔的记忆——"空闻子夜鬼悲歌"。

侧耳再听半天，隐约听见有麻将牌的声音。这种漆黑骇人的地方，恰好是赌徒喜欢的，说不准那四个鬼也正凑成一桌玩麻将呢。

林雨翔岔开鬼话题："这地方赌钱的人很多啊！"

梁梓君："是啊，不要太多，就像——"他本想比喻说像天上的繁星，抬头看见连星星都怕亵渎自己的清白去比喻赌徒，一个没有，于是急忙改口："多得数不清！"

"唉，赌徒加鬼，正好是赌鬼。"

"大作家，别玩文字了！"

林雨翔突然想到"赌鬼"这个词造得有误，鬼一定不会服气——因为感觉上，那"鬼"好像是赌注，比如甲问乙："你们赌什么？"乙答："我们赌鬼！"语法上还是成立的。应该叫"鬼赌"才对。

林雨翔刚想把自己的巧思妙见告诉梁梓君，只见梁梓君神经质地一刹车，说："下车，到了！"

林雨翔紧张得用以自我放松的"赌徒见解"都忘了。停下车锁好，见四周只是些老房子，问："哪来的鬼屋？"

"别急，走进那弄堂——"梁梓君手一指身后的黑弄。林雨翔扭头一看，一刹那汗毛都直了。那弄堂像地狱的入口，与它的黑暗相比，外边这夜也恨不得要自豪地宣称"我是白天"了。

林雨翔跟随着梁梓君走进弄堂，顿时举步艰难，但碍于面子，还是要艰难举步。四周暗得手贴住鼻子还不见轮廓，仿佛一切光线胆小如雨翔而虚荣不及他，都不敢涉足这片黑暗。

提心吊胆地不知道走了多久，眼前顿时有了感觉。那两只荒置了半天的眼睛终于嗅到光线，像饿猫看见老鼠一样捕捉不已。

看仔细了眼前的东西，林雨翔的脚快酥了。那幢危楼伫立在一个大庭院里，半边已经坍了，空留着楼梯。这楼解放前是教堂，解放后作医院，塌了十多年。总之，无论它作教堂作医院，都是一个害人的地方。坍了更坏人心。林雨翔不知道这楼的简历，以为是从天而降的，更吓着了自己。林雨翔"困倚危楼"，颤声说："有什么好怕的？"

"不怕，就上去！"

林雨翔听到要上楼，马上染上吴文英的毛病，踌躇着不前。[①]

梁梓君说："你怕了？"

林雨翔瞥一眼伫立在凄冷夜色里的鬼屋，顿时吓得故我消失，说："这——这有危险吧——"

"哪里！瞧你娘们似的，走！"梁梓君拖林雨翔上楼。那楼梯其实还和楼面团结得很紧，只是看着像悬空了似的。刚走几步，楼上一阵骚动和脚步声。梁梓君吓得全身一震，喝："谁！"林雨翔的意识更像僵掉了，连表示惊讶的动作也省略掉了，怔在原地。

楼上的鬼也吓了一跳——吓了四跳。有人开口："侬啥人？"

梁梓君的心终于放下，长吐一口气。林雨翔的意识终于赶了上来，与意识同行的还有浑身的冷汗。他听到一口的上海话，心也放松许多，好歹是个人。退一步讲，即使上面是鬼，也是上海鬼，给点钱就可以打发走了。

梁梓君迟疑着问："侬是——是——老 K？"

---

① 吴文英《唐多令·惜别》："都道晚凉天气好，有明月，怕登楼"。

"咦？侬——梁梓君！"

上头有了回应。林雨翔大吃一惊，想原来梁梓君的交际面不仅跨地域而且入地狱。那个叫老 K 的从楼梯口出现，猛拍梁梓君的肩。梁梓君介绍他："我朋友，叫老 K，职校的！"

"伊是侬弟兄？"老 K 不屑地指着林雨翔问。

"不，我的同学。"梁梓君道。

梁梓君和眼前的长发男生老 K 是从小玩到大的——从小打到大。老 K 练得一身高强武艺，横行邻里，小镇上无敌，成绩却比梁梓君略略微微好一些，所以荣升职中。梁梓君和他乡谊深厚，但由于梁梓君与其道路不同，沉溺美色，成绩大退，所以留了一级，无缘和老 K 厮守。老 K 进了县城的职校后，忙于打架，揍人骗人的议程排满，所以无暇回小镇。梁梓君和他已经一个多月不见，此番意外相逢，自然不胜激动。两人热烈交流，把雨翔冷落在一边。

老 K 聊了一阵子，突然记起有样东西忘在楼上，招呼说："猫咪，出来吧！"

楼上怯生生走出一个女孩，长发及肩。夜色吞噬不了她脸的纯白，反而衬托得更加嫩。林雨翔两眼瞪大得脸上快要长不下，嘴里喃喃说："Susan？"

那女孩边下楼边理衣服。老 K 伸手迎接。林雨翔跨前一步，才发现认错了人，那女孩的姿色逊了 Susan 一分，发质也差了 Susan 一等，但毕竟还是光彩照人的。

老 K 竟也和梁梓君一个德行，可见他不是不近女色而是情窦未开，而且他不开则已，一开惊人，夜里跑到鬼屋来"人鬼情未了"。

那女孩羞涩地低着头玩弄头发。

老 K："你来这地方干什么？"

梁梓君："玩啊，我——操，你——"梁梓君指着那女孩子笑。

"噢，还不是大家互相 Play Play 嘛！"老 K 道。

梁梓君顿悟，夸老 K 有他的风采。

老 K："还愣着等个鸟？去涮一顿！"

"哪里？"梁梓君问。

"不是有个叫'夜不眠'——"老 K 对乡里的记忆犹存。

"噢，对！夜不眠快餐店！"梁梓君欣喜道，然后邀请林雨翔说："一起去吧！"

林雨翔本想拒绝，却神使鬼差点了头。追溯其原因，大半是因为身边长发飘然的老 K 的"猫"，所以，身边有个美女，下的决定大半是错误的。难怪历代皇帝昏诏不断，病根在此。

三人有说有笑，使鬼路的距离似乎缩短不少。老 K 的"猫咪"怕生得自顾自低头走路，叫都不叫一声。雨翔几欲看她的脸，恨不得提醒她看前方，小心撞电线杆上死掉——虽然有史以来走路撞电线杆的只有男人，他不忍心那个看上去很清纯的女孩子开先河。

走了一会儿，四人到夜不眠快餐店。那是小镇上唯一一家营业过晚上九点的快餐店。望文生义，好像二十一点以后就是白天。店里稀稀拉拉有几个人，都是赌饿了匆忙充饥的，所以静逸无比。从外观看，"夜不眠"无精打采地快要睡着。

四个人进了店门，那"夜不眠"顿时店容大振，一下子变得生机无限。

老 K 要了这家店扬名天下的生煎。四人都被吓饿了，催促老板快一点。老板便催促伙计快一点，伙计恨不得要催时间慢一点。

梁梓君追忆往事，说他第一次受处分就是因为在上海的"好吃来"饭店打架。老 K 向他表示慰问。那女孩仍不说一句话，幸亏手旁有只筷子供她玩弄，否则表情就难控制了。

一会儿，生煎送上来，那生煎无愧"生煎"的名字，咬一口还能掉下面粉来。四人没太在意，低头享用。老 K 和梁梓君一如中国大多学者，在恋爱方面有精深的研究，却不能触类旁通到餐饮方面。他们不晓得女孩子最怕吃生煎、小笼这类要一口活吞的东西，而这类东西又不能慢慢消灭掉，那样汁会溅出来。女孩子向来以樱桃小嘴自居，如果樱桃小嘴吞下一个生煎的话，物理学家肯定气死，因为理论上，只存在生煎小嘴吞下一个樱桃的可能。

老 K 全然没顾及到，忙着吃。那女孩的嘴仿佛学会了中国教育界处理问题的本事，只触及到皮而不敢去碰实质的东西。林雨翔偷视她一眼，她忙低下头继续坚忍不拔地咬皮，头发散垂在胸前。

正在三人快乐一人痛苦之时，门外又进来三人。梁梓君用肘撞一下老 K，老 K 抬头一看，冷冷道："别管他们，继续吃！"

林雨翔虽然对黑道的事不甚了解，但那三个人名气太大，林雨翔不得不听说过。这三人已经辍学，成天挑衅寻事。前几年流行《黄飞鸿》，这三人看过后手脚大痒，自成一派，叫"佛山飞鸿帮"。为对得起这称号，三人偷劫抢无所不干，派出所里进去了好几次。所里的人自卑武功不及"佛山飞鸿帮"，大不了关几天就放了出去。

"佛山飞鸿帮"尤以吃见长，走到哪儿吃到哪儿。今天晚上刚看完录像，打算吃一通再闹事。三人里为首的人称"飞哥"，一进店就叫嚣要尝生煎。

老板知其善吃，连忙吩咐伙计做，生怕待久了"佛山飞鸿帮"饥不择食，把桌子给吃了。伙计很快把生煎送上去。

林雨翔瞟一眼，轻声说："他们上得这么快，真是……"梁梓君给他一个眼色。

邻桌上飞哥一拍筷子，愤怒道："妈的，你烦个鸟！不要命了！"

林雨翔九个字换得他十个字，吓得不敢开口。

那"飞鸿帮"里一个戴墨镜的提醒飞哥看邻桌的那个女孩子。

飞哥一看，灵魂都飞了。略微镇定后，再瞄几眼，咧嘴笑道："好！好马子！你看我怎么样？"

墨镜："帅气！妈的美男子！"

"什么程度？"

"泡定了！"墨镜吃亏在没好好学习，否则夸一声"飞甫"，马屁效果肯定更好。

林雨翔正在作他的"雨翔甫"，暗地里直理头发，想在她面前留一个光辉的形象。

雨翔眼前忽然横飞过一个纸团，打在那女孩肩膀上。她一愣，循着方向看去，见三个人正向她招手，忙低下头撩头发。

梁梓君察觉了情况，默不作声。老 K 别恋向生煎，对身边的变化反应迟钝。

飞哥感到用纸团不爽快，便改进武器，拾起一个生煎再扔去。那生煎似有红外线制导，直冲女孩的脸颊。她躲避已晚，"啊"的叫了一声，顺势依在老 K 怀里。

"怎么了，猫咪？"

"他扔我！"

"他妈的找死！"老 K 一摞筷子。

林雨翔反对战争，说："算了算了。"

那桌不肯算，又扔来一个生煎。老 K 最近忙于寻花问柳，生疏了武艺，手扬个空，生煎直中他的外衣。梁梓君也一拍桌子站起来。

店老板见势，顿时和林雨翔一齐变成和平鸽，疾速赶过去说：

"算了，小误会，大家退一步，退一步！"老板恨不得每人多退几步，退到店外，只要不伤及他的店，双方动用氢弹也无妨。

飞哥一拍老板的肩，向他要支烟，悠悠吐一口，说："我这叫肉包子打狗！"

老K一听自己变成狗，怒火燎胸，便狗打肉包子，把生煎反掷过去，不幸掷艺不精，扔得离目标相去甚远，颇有国家足球队射门的英姿。

三人笑道："小秃驴扔这么歪！"

老K在金庸著作上很有研究，看遍以后，武力智力都大增，这次用出杨过的佳句："小秃驴骂谁？！"

飞哥读书不精，吃了大亏，扬眉脱口而出："骂你！"梁梓君和老K大笑。

飞哥破口说："笑个鸟，是骂你！你，长头发的野狗！"说着一扬拳，恨自己不是李凉笔下逢狗必杀的杨小邪。骂完脑子反应过来，眼睛一瞪，把椅子踹飞，骂："娘的熊嘴巴倒挺会耍的。"

另外两个帮兄也站起来助势。

店老板心疼那只翻倒在地的凳子，忙过去扶正，带哭腔说："大家退一步，不要吵，好好吃嘛！"见自己的话不起作用，哭腔再加重一层，心里话掩饰不住："你们要吵到外面去吵，我还要做生意啊！"

飞哥呸他一声，骂："做你个鸟，滚！"

梁梓君开了金口："我——操，你们嚣张个屁！"

飞哥又轻掷过去一个生煎，落在林雨翔面前。林雨翔吓一跳。对面的女孩子拉住老K的衣角乞求道："算了，求你了！"

老K一甩手说："男人的事，你少插嘴，一边去！"然后愤恨地想，虽然本帮人数上占优势，但无奈一个是女人，一个像女人，可以省略掉。二对三，该是可以较量的。不幸老K平日树敌太多，后排两个被他揍过的学生也虎视眈眈着。梁梓君庆幸自己只有情敌，而他的情敌大多数孱弱无比，无论身高体重三围和眼前拥有一副好身材的飞哥都不成对比，所以没有后患。

飞哥又扔了一个生煎，激怒了已怒的老K，他猛把可乐扔过去，没打中但溅了三人一身。飞哥一抹脸，高举起凳子要去砸人。老K一把把女孩子拖到身后，梁梓君推一下正发愣的林雨翔，叫："你先出去，别碍事！"

林雨翔顾及大局，慌忙蹿出门去。临行前忍不住再看一眼那女孩子，她正披散着头发劝老K罢手，无暇和林雨翔深情对视。末了听见一句话："妈的——这马子靓，陪大哥玩玩……"

刹那间，林雨翔觉得四周一凉，灵魂甫定，发现自己已经在店外了。扭头见里面梁梓君也正举着一只凳子，飞哥边抬一只手挡，边指着林雨翔，一个帮手拎起一只凳子飞奔过来……

他吓得拔脚就逃，自行车都不顾了。逃了好久，发现已经到大街上，后面没有人追，便停下脚步。凉风下只有他的影子与其做伴，橘黄的街灯在黑云下，显得更加阴森。

林雨翔定下心后来回踱着步子，想该不该回去。抬头遥望苍穹，心情阴暗得和天一样无际。他决定掷硬币决定，但扔到正面希望反面，扔到反面希望正面，实在决定不下来，只好沿街乱逛，仿佛四周有打斗声包围过来。边走边警觉后面有无追兵。

走了半个多小时，不知怎么竟绕到Susan家门口，而他确信脑子里并没想她。可见思念之情不光是存在于头脑之中，还存在于脚上，心有所属脚有所去。

止步仰望阳台。Susan家居四楼，窗口隐约探出温馨的台灯柔光，那光线仿佛柔顺得可以做高难度体操动作，看得林雨翔心醉。

怔了半天，隐约看见窗帘上有影子挪动，以为是 Susan 发现了，要来开窗迎接。雨翔满心的喜悦，只等 Susan 在窗前招手凝望。此刻，唯一的遗憾就是莎士比亚没写清楚罗密欧是怎么爬过凯普莱特家花园的墙的。

人影伫立在窗前。近了，近了！林雨翔心不住地跳，私定来生，想下辈子一定要做只壁虎。他恨不得要叫：

"轻声！那窗子里亮起来的是什么光？那就是东方，Susan 就是太阳……"①

人影又近了一点！林雨翔又恨自己没有罗密欧与神仙的交情，借不到"爱的轻翼"。

正当他满怀希望时，人影突然消失了，鼓起的兴奋一下子消散在无垠夜空里。

如此打击以后，林雨翔领悟到，知人知面不知心不及知人知心不知面的痛苦。

深夜徘徊后，梁梓君的后事已经不重要了。林雨翔安心回家，悠悠回想今天的众多琐事，不知不觉里睡着了。

第二天他头一件事是去问梁梓君的生死。找到梁梓君后看见他一肢也没少，放心不少。梁梓君说他估计那飞哥骨折了。林雨翔拍手说："好！坏人的下场就是这样的！活该！"

梁梓君得意道："我们后来还招来了警车呢，我逃得快。可惜老 K 受了点轻伤，送医院了。"

---

① 引自朱生豪译《罗密欧与朱丽叶》。

"那，那个女孩呢？"

"她没事，回去了。她家不在这里，还哭着说她以后不来了呢！"

"不来这里了？"

"不敢来了吧。"

"噢。那她叫什么名字？"

"我操，我怎么知道！"

林雨翔眼里掠过一丝失望。

下午班会课林雨翔和梁梓君一齐被叫往校长室。林雨翔一身冷汗，想完蛋了。小镇中学校长的气魄比这学校大多了，平时不见人影，没有大事不露面。

他严厉地问："你们两个知道我干吗叫你们来吗？"

"不知道。"

"昨晚八点以后你们在干什么？"

梁梓君："补课。"

"说谎！今天早上有人来说你们两个砸了他的店。倒好，不读书，去打架了！"

林雨翔冤枉道："没有！"

"人证都在。叫你们父母来！"

……

结果林父把雨翔揍一顿，但梁梓君竭力说林雨翔没动手，外加马德保假借全国作文第一名求情，林雨翔幸免于难。梁父赔了钱。梁梓君确系打人致伤，记行政大过一次。梁父想用钱消灾，与校长发生不快。

时近一月份，梁梓君转校至浦东一私立学校，林雨翔未及和他告别。马德保率文学社获全国最佳文学社团奖——不是"获得"，应该是"买得"。

次月，亚洲金融危机来袭。一位语文老师失业归校。马德保教学有方，经引荐，任县城中学语文老师。临行与雨翔依依惜别。

林雨翔与成绩，与 Susan，一切照旧。

八

期末考试终于结束。展望未来，整个寒假都是由书本衔接成的。在期末总结大会上，校方说要贯彻教委关于丰富学生生活的精神。众生皆知，这是教委所作出的少数几个正确决策之一。不幸，"丰富生活"的口号仿佛一条蛔虫，无法独立生存，一定要依附在爱国主义教育上。爱国必要去南京，因为南京有许多可进行爱国主义教育的名胜古迹。去过一趟南京回来后必会献爱，可惜献给板鸭了。

学校安排了一天给这次活动，早上三点出发，晚上十点回家，只留四个小时在南京本土。可见爱的过程是短暂的而爱的回忆是无穷的。在爱的路上会有区电视台来做一个节目，另有教委之人下凡督导。这些人此行主要目的是在电视上露脸兼弄几只板鸭回来兼督导。

爱的降临往往是匆忙的，校方通知众生第二天就要出发，半夜两点半集合。

傍晚六点林雨翔去超市购物。这小镇最穷的是教育最富的是教育局，据说这个超市乃是教育局的三产。然而上梁不正下梁歪，这超市里混杂不少三无商品，且商品杂乱无章，往往能在"文具"架上找到三角裤，引得学生浮想联翩，想这年头教改把三角裤都纳入学生用品类了。不过细想之下还是有道理的。学校里通常课程安排太密，考试时间太长，实在憋不住只好——林雨翔一想及此，哑然失笑。

挑了半天篮里只有一支口香糖，体积上比较寒酸。正当此时，瞥见一个熟悉的身影。果然是Susan和沈溪儿在一起购物。女孩浑身都是嘴，两人的篮子里东西满得快要外溢。林雨翔恨不得大叫要实行共产主义。

雨翔马上画好蓝图——他将穿过三个货架然后与两人不期而遇。一路上必须补充物品，不管什么先往篮里扔再说，大不了过会儿放回去。于是一路上仿佛国民党征兵，不论好坏贵贱，一律照单全收。到第三个路口的镜子旁雨翔苦练了几个笑容，把自己迷倒以后保持这个笑容静候Susan。不幸随着时间的推移，这笑脸变成不稳定结构，肌肉乱跳。雨翔心想这样不行，索性改得严肃，因为女孩都喜欢流川枫型。不料在变脸过程中Susan突然从拐角出现，雨翔大为尴尬，忙举起篮子说："嗨，去南京准备些东西。"

Susan扫了篮子一眼，哈哈大笑，指着说："你去南京还要带上这个啊？"

雨翔问："哪个？"然后低头往篮里一看，顿时血液凝固，只见一包卫生巾赫然在最顶层。大窘之后林雨翔结巴道："这——这是我以为用来擦嘴巴的——餐巾纸。不好意思，眼误眼误。"

沈溪儿不放过，伤口上撒盐道："哟，还是为大流量设计的，你可真会流口水啊！"

Susan 在一边调停说:"好啦,溪儿,别说了。"

沈溪儿道:"怎么,你心疼这小子啊?"

"你才心疼呢——"

林雨翔只顾在一旁搔后脑勺,搔了好久才意识到最主要的事忘了做,偷偷拿起卫生巾,往身后的文具架上一塞,终于大功告成,同时心里有点清楚了这架子为什么会有内裤,原来幸福的人各有各的幸福而不幸的人有着相同的不幸。

Susan 看林雨翔完工,岔开话说:"嗳,林雨翔,你晚饭吃了吗?"

林雨翔明知这个问题很妙,如果没吃,那对方肯定会盛情邀请。尽管林雨翔刚撑饱,但为了爱情,只好委屈胃了。林雨翔拍拍肚子,不料拍出一个饱嗝,二度大窘,忙说:"饿得我都打饱嗝了!"

愚蠢和幽默往往只有语气之别。林雨翔这句蠢话被 Susan 听成笑话,又哈哈不止。林雨翔等待着 Susan 的邀请,不想 Susan 这笑的惯性太大,要停住这笑好比要刹住火车,需耗时许多。沈溪儿此时又给林雨翔一个沉重打击:"那还不回家去吃?"

Susan 笑不忘本,说:"算了,让他跟我们一起吃饭吧。"

沈溪儿两边打击:"你说你是不是对这小子有意思?"

Susan 忙表示没意思:"哪里啦,就一顿饭嘛,算是上次在周庄的回请啊,走啦!"

林雨翔诚惶诚惶地跟着她们走,偶尔扫一下自己的篮子,发现里面竟还有一包嘘嘘乐,吓了一跳,看四下没人注意,忙和饼干放在一起。

三人去就餐的饭店是"走进来"快餐厅。这地方刚开始生意不振,服务态度又粗暴,顾客大多是走进来滚出去的。最近改变特色,推出情侣套餐，最后还奉送一枝玫瑰。尽管这枝玫瑰长得像这家店以前的生意状况，但终究聊胜于无。在这里，恋人每逢进餐和谈话到山穷水尽之时，服务员总会操一口不标准的普通话说："先生小姐，霉鬼。"这样平添几分温馨气氛，本来要吵的架都因故推迟到店外了。推出这一套经营理念后小店安静不少。举凡酒店，在里面喧闹发酒疯的多是政府人员，而这些人小店也招待不起，因为他们白吃白喝后会就玫瑰召开一个统筹会议、两个基层扩大会议、三个群众座谈会议，再召集社会上有名的流氓开一个名流学术研讨会议。情侣就不会。

林雨翔镇定自若要了一瓶啤酒，硬是吞了下去，一展豪气，头脑发沉，顿时变成一个集傲气霸气和酒气于一身的男人，拍着桌子追忆似水年华，说："老子小时候饱读诗书啊，Susan，你没读过吧？告诉你，古人很多东西是没道理的，你们思考问题要换一种思维方式。"说着雨翔换一个坐的方式，趴在桌上，两眼直勾勾盯住 Susan，说："你们的思维方式就是延续性的，而我的是逆向的——逆向懂不懂？就是——比方说一般人说到了感性后，下一个说的就是理性，而我说到感性后，下一个就给你们说性感。"

说着林雨翔捋一下袖子，沈溪儿居安思危，以为雨翔要用肢体语言，忙要护着 Susan，不想林雨翔动机单纯，挥手说："再来一瓶！区区小酒，不足挂齿，老子喝酒像喝奶似的，快拿一瓶力波牛奶！"

Susan 站起来扶住雨翔说："好了，别喝了，走了，时间差不多了。走啦。"

沈溪儿也忙去拖，林雨翔推开她们，说："你们真以为我醉了，我真可谓——"说着想找一句古诗词证明自己牛饮本事巨大，可惜这类东西遭了禁，生平未见，只好把"谓"字拖得像伟人作古时的哀悼汽笛。

沈溪儿一语掐断汽笛说："谓个屁，走！"

店外夜凉如水，吸一口气，冷风直往鼻孔里钻，凉彻心肺，连耳孔里也灌风，那风果真无孔不入。Susan 不由握紧手在口边哈一口气。林雨翔看见忙扒下一件衣服，那衣服薄得吹弹欲破，披在身上可以忽略不计，所以扒下来给 Susan 披。Susan 说不用不用，快到家了。

林雨翔急说："怎么了，你嫌薄啊！老子还有！"说完又脱下一件，顿时浑身一轻，鼻涕一重，冷得嚏喷不止。Susan 更加推辞。

林雨翔脱出了惯性，又要扒，沈溪儿一看大事不妙，再扒下去要裸奔了，赶忙命令："穿上！"

林雨翔一个趔趄，站稳后说："又不是脱给你的，老子愿意！"

Susan 也看出了事态严重，忙在路边叫住了一辆三轮车，把林雨翔推进去，对车夫说送他回家。雨翔并没抵抗，乖乖上车。车骑出一段后，Susan 担心道："他会不会有事？"

沈溪儿眉毛一扬，说："这小子衣服扒了这么多还不冻死，你说会有什么事？"

Susan 回头往长街上望了几眼，被沈溪儿拖着回家了。而沈溪儿也没有好事做到底送佛上西天的敬业精神，见驱狼工作完成，在下一个路口就和 Susan 告别。从那个路口到 Susan 家还路途漫漫，只差没用光年计。Susan 只是感觉有些不安，怕林雨翔酒兴大发拆人家三轮车，或者被车夫劫诈了，或者把车夫劫诈了。

隐隐约约前方几十米远路灯下有一个身影，见 Susan 靠近了，徐向前两步夜（叶）挺在街上。

Susan 停下车，低头问："林雨翔，你不回家在这里干什么？"

林雨翔今天酒肉下肚，不仅胃大了许多，胆也是涨大无数，大声说："Susan，我想陪你一会儿！"这句话在夜空里格外清响，方圆十里内所有英文名叫 Susan 的都会为之一振。

"你喝多了。"

"不多不多，多乎哉，不多也！"林乙己说着又觉得头有一点沉，有一种要表白的冲动。雨翔暗想酒果然是好东西，一般人的表白如果失败后连朋友都做不了，而醉中表白万一惨遭失败就有"酒后失态"或"酒后变态"的借口，如此一来，后路比前路还宽。可另一方面，林雨翔又不想对这种纯真的友情做任何玷污。他是这么想的，其实还是两个字——"不敢"。虽然两人很平静地在街边慢慢走，但各自心潮起伏。

林雨翔经历了比二战还激烈的斗争后，终于下定决心——如果依旧这么僵下去，弄不好这场恋爱要谈到下个世纪。按师训，今天的事情今天完成，那么这个世纪的爱意这个世纪表白，否则真要"谈了十几年，黑发谈成白发"，毕竟，谈恋爱拖得像入世贸不是好玩的。决心一下林雨翔开始措辞，东拉西扯竟在脑子里排列了许多方案，比如"我爱你，不久，才一万年"，比如《大话西游》里孙悟空的"我爱你，如果非要给这份爱加一个期限，我希望是一万年"，不胜枚举。这年头爱情果然厉害，要么不爱，一爱就抵百来只乌龟王八的寿命，而且不仅人如此，连猴子也是，可见猴子的爱情观已经进化到和人的一样——是退化到。想好了诺言后，最后一步是确定用"爱"或"喜欢"。其实两者是等同的。人就是奇怪，一提到有"三个字"要说，人首先想到的就是"我爱你"，殊不知"王八蛋""你这驴""救命啊""上厕所"甚至"分手吧"都是三个字，假使说话也有某些有钱报社杂志社所开出的"千字千元"的报酬，相信这世上大多数有情人会将"我爱你"改口成"我喜欢你"。然而由于人的习惯，用"爱"显然有一字千斤敲山震虎的威力，所以林雨翔还是决定用"爱"。

寒夜的街上没几个人，空旷的世界里好像只剩下两个人和几盏灯。林雨翔握紧拳，刚要张口，终于不幸，大坏气氛的事情发生了，Susan 早雨翔一步，说："有什么事吗？没有的话我回家了？"

林雨翔的勇气被吓得找也找不回来，竟摇摇头说："没事没事。"

Susan 围好围巾，对林雨翔莞尔一笑，跨上车回家。林雨翔待在原地，又责怪自己忘了说"路上小心"等温暖的话，不由双倍地后悔。酒劲又泛上来，想想不甘心，叫了路边一辆三轮摩托从另一条路赶往下一个路口。

那小三轮尽管好像比林雨翔喝了更多的酒，东倒西歪的，但速度奇快，一路上街灯飞速往后退，只有风在耳边尖啸，宛若梦境。

到了下一个路口，林雨翔背倚在街灯后，直想倒地呼呼大睡。同时他又要祈祷 Susan 发扬老一辈无产阶级革命家的精神，一条路直着走，不要创新出其他走法。

远方淡雾里渐渐清晰出一个身影，林雨翔顿时高度警惕，几乎和路灯合为一体。突然那酷似 Susan 的女孩停下车来。林雨翔以为身影发现异样，大为紧张，恨不得嵌到灯杆里或拥有一身保护色。

身影下车后往路边走，再仔细一看，那里蜷跪着一个乞丐。林雨翔平时虽然认为乞丐不去建设祖国四化而来讨钱很没志气，但还是会给点钱的。但偏偏今天没看见，爱情果然使人盲目。

那长发飘飘的身影半蹲在乞丐边上，掏出一点东西给乞丐，而乞丐则磕头不止，身影扶住乞丐，再把手套脱下来给他，说几句话后撩一下头发，挥挥手转身去推车。那撩头发的动作林雨翔再熟悉不过了，的确是 Susan。

此刻的林雨翔已经不想再去表白什么了，蜷在路灯后暗想谁追到了 Susan 谁就是最幸福的人。然后就希望 Susan 不要发现他了，忙躲在一团不知名常青植物后。自行车的声音渐远。不远处的乞丐目视 Susan 走远，然后盯住林雨翔看，以为是志同道合者。想那乞丐现在已是小康乞丐，所以并看不起林雨翔。林雨翔还看着 Susan 远去的背影发愣，转头看见那乞丐，是个残疾人，坐在一辆四轮平板小车上，心生怜悯，也想去献爱心，不料那乞丐站起来拎着小车拍拍屁股走了。

这一夜林雨翔怎么样迷迷糊糊回到家里的已经不记得，只知道夜短梦却多，一个接一个像港台连续剧。做得正在剧情紧张部分时，被敲铁门的声音震醒。张开眼见是自己母亲回家。生母已经好久不见，今晚——今晨老母喜气洋洋，想必是赢了钱，人逢赌胜精神爽。林母见儿子醒着，笑着问："咦，我今天回来怎么见到街上都是学生？"

林雨翔一听马上跳下床，一看表，叫完蛋了，要迟到了，于是为了集体荣誉，抛弃个人卫生，直冲门外。一路狂奔，到了校门，车子已经启动，想万幸，正好赶上。找到本班那辆车时发现上面能坐的地方已经坐满了人，只差方向盘上没人。老师自然指责他一顿，然后发了一个重要指示：坐隔壁班那辆车上。

上了隔壁班那车，只见都是人头。导游给他指明方向，说还有一个加座，雨翔看过去，顿时气息不畅两眼发亮，靠加座的一旁就是 Susan。Susan 也发现了他，微微一笑，拿掉加座上的包。

坐到那个位子林雨翔只觉得无所适从，又恨自己没搞个人卫生，偏偏造化弄人。闷了好久才敢张眼看世界。Susan 旁边的那个女生仿佛一个大探索家，喜欢和大自然抗争，只穿了一条短裤，脸上又惨白，在夜色的渲染下，能去吓鬼。Susan 只是很普通的衣着，但已经够把身旁那个衬得像鬼中豪杰。那女生一见林雨翔，顿时马屁横溢："啊，你就是林雨翔吧！才子！"

林雨翔恨不得要叫："好！拿赏！"却只低下头说："哪里哪里混混而已不如你身旁那位才女。"

此时车内一暗，气氛格外雅致。Susan 轻声说："林雨翔。"

雨翔精神高度集中，差点说"到"。

"你昨晚安全回家了？"

"要不然我人还能在这儿吗？"

"你怎么坐我们的车？"

"没什么原因，最后一个上车已经没位子了。"

"最后一个上车，这么伟大？"

林雨翔大喜，想懒人有懒福，说："没你伟大。"

"开玩笑。对了，你喝得——没事吧？"

"没事，昨天一身酒气，不介意吧？"

"不——说实话，那酒味挺好闻的。"

虽然这句话是赞扬酒的，但作为酒的消灭者，林雨翔还是很荣幸的。

"昨天很冷，你回家有没有觉得冷？"林雨翔问。

"还好。"

"去南京车程多久？"

"五个小时吧，现在才三点呢。外边真漂亮。"

林雨翔扭头看窗外，见立交路上好几排路灯交织在一起，远方夜幕里几盏孤灯。林雨翔想这辈子算是和路灯结下不解之缘了。

林雨翔要想一个话题，斟酌好久，那话题终于应运而出："喂，Susan，你觉得你是个感性的人还是理性的人？"

Susan抿嘴一笑，说："你是个性感的人吧？"

林雨翔暗下说："哪里哪里，你旁边坐的那个才性感呢！"嘴上说："不好意思，酒后失言。"

"哪里，我觉得你说得很对。我是个感性的人。"

林雨翔已经想好了，无论Susan说什么，都要大夸一番再把自己归纳入内："感性好！我也是感性的人！"说完变成感冒的人，打了一个喷嚏。Susan问："你着凉了？"

"没有没有，嚏乃体内之气，岂有不打之理？"林雨翔改编了一首诗来解释，原诗是："屁乃体内之气，岂有不放之理，放屁者欢天喜地，吃屁者垂头丧气。"是首好诗，可惜无处发表。

"这么凉的天，你只穿这么一点，不冷吗？"

雨翔扫视身上挂的几件衣服，说一点不冷。就是指身上某个点不冷，其余地方都冷。

林雨翔想起昨夜酒后作诗一首，上写：

亲爱的　为你饮尽这杯酒

醉了之后　我就不会有哀愁

什么都可以说

只是别说曾经拥有

那是懦弱的人骗自己的理由

亲爱的

别说我不要

别说分手

伸出小指　我们拉钩

不说来世爱你

来世我遇不见你

来世我会爱别人

今生只爱你已经足够

　　这首诗是林雨翔一气呵成一气喝成的，烈酒劣酒果然给人灵感。想到以后忙拿出来给 Susan 看。Susan 拿出一个小手电，读完以后问："你写的？"

　　"不，徐志摩写的。"

　　"我怎么没看见过？"

　　"哦，好像是戴望舒或柳亚子写的，写得怎么样？"

　　"太棒了！"

　　林雨翔大悔，想当初怎么就不说是自己写的，如今自己辛苦却给别人增彩，不值。

　　Susan 把诗还给林雨翔。问："是不是说到感性了？"

　　"嗯。"

　　"我想到以前我的一个语文老师——是女的——她刚从师大毕业，是我们学校最年轻的一个老师，她给我的印象很深，记得上第一节课时她说不鼓励我们看语文书，然后给我们讲高晓松——那个创作校园歌曲的。她第一节课给我们唱了《青春无悔》，说我们不要满足于考试之内的死的没用的东西，要在考试外充实自己，这样才能青春无悔。然后她推荐给我们惠特曼的书、小林多喜二的书，还有一本讲知识经济的，还有《数字化生存》，嗯——很多书，还带我们去图书馆。不过后来她调走了，因为我们班的语文在全年级里是最后一名，能力很高，成绩很差。后来校长说她不适宜教师工作，教育手段与现在的素质教育不符，放纵学生不吃透课本，不体会什么段意中心。后来她走的时候都委屈得哭了，说教育真的不行了，然后再给我们唱《青春无悔》。其实现在中国教育不好完全不是老师和学校的问题，是体制的问题。到现在我一听到《青春无悔》就会想起那位老师，真的。"

林雨翔听得义愤填膺，恨不得跳下车跟开在最前面的凌志车里教育局的人拼命。问："那理性的人呢？"

"嗯——理性的人会把《青春无悔》里每一句话作主谓语分析，然后出题目这个字加在这里好不好，删掉行不行。"

"言之有理。那首叫《青春无悔》的是谁唱的？"

"老狼和叶蓓，高晓松的词曲。"

"唱给我听一听好吗？"

"嗯，现在车上有些人在休息，不太好吧，我把歌词给你看，喏，在这儿。"

林雨翔在飘摇的灯光下看歌词，词的确写得很棒。

开始的开始　是我们唱歌

最后的最后　是我们在走

最心爱的你　像是梦中的风景

说梦醒后你会去　我相信

不忧愁的脸　是我的少年

不苍惶的眼　等岁月改变

最熟悉你我的街　已是人去夕阳斜

人和人互相在街边　道再见

你说你青春无悔包括对我的爱恋

你说岁月会改变相许终生的誓言

你说亲爱的道声再见

转过年轻的脸

含笑的带泪的不变的眼

是谁的声音　唱我们的歌

是谁的琴弦　撩我的心弦

你走后依旧的街

总有青春依旧的歌

总是有人不断重演　我们的事

都说是青春无悔包括所有的爱恋

都还在纷纷说着相许终生的誓言

都说亲爱的亲爱永远

都是年轻如你的脸

永远永远　也不变的眼

"好！写得好！不知曲子怎么样。"

"曲也不错。你看这首，也很好听。"

"是《模范情书》吧？'我是你闲坐窗前的那棵橡树'，好比喻！"

林雨翔暗想老狼真是不简单，摇身就从哺乳类动物变成植物。

Susan 把食指轻放在唇上说："不要说话了，别人正在休息，你也睡一会儿吧。"

林雨翔点点头，想 Susan 真是体贴别人。于是往靠背上一靠，轻闭上眼睛。林雨翔没有吃早饭，肚子奇饿，又不好意思拿出面包来啃。此时的夜就像面包一样诱人。Susan 已经闭上了眼，和身旁那个像《聊斋志异》里跑出来的女生合盖一条小毯子，使得林雨翔的爱心无处奉献。

此时林雨翔的饥饿仿佛教改的诺言，虚无缥缈摸也摸不着边。实在睡不着只好起身看夜景。这时林雨翔的心中突然掠过一种难以名状的感觉。偷看一眼身边的 Susan，月光像面膜一般轻贴在她脸上，嘴角似乎还带笑，几丝头发带在唇边，是歌词里那种"撩人心弦"的境界。

林雨翔觉得受不了她表里如一的美丽，又扭头看另一边的窗外。

可林雨翔觉得在车子上坐得并不安稳。徐匡迪就曾料到这一点，说"上海到，车子跳"，那么逆命题是出上海车子也要跳。这车正过一段不平之路，抖得很猛。然后灯火突然亮了许多，想必是要收费了。只听到后面"哗——咚"一声，林雨翔以为自己班的车子翻了，转头一看，大吃一惊，是一辆货物装得出奇多的货车。那卡车如有神助，竟把货堆得高大于长，如此负担重的车想来也是农村的。其实这种结构早有典故，一战时的英国坦克怕路上遇见大坑，所以背一捆木柴，好填坑平路。估计卡车司机也是怕路上猛出现大洞，才防患于未然。跳过不平路，巨响渐息。林雨翔再往后一看，叹服于那卡车居然还体型完整，还有轮子有窗的。

车子到南京的路仿佛古时文人的仕途，坎坷不已。开了一段后又要停下来收费，司机口袋里的钱命中注定漂泊无家。

然后导游给司机一包烟，要其提神，司机的手挣扎不已，说不要，但最终打不过导游的手，缓缓收下，塞一支在嘴里。一时车子里有了烟味，前面一些不知大自然力量的小子大开车窗，顿时一车人醒了大半，都骂要关窗。

林雨翔忙去送温暖，说："你冷不冷？披我的衣服吧。"

Susan 摇头说不冷。

这时车内一个女孩站起来倡议："我们唱歌好不好？"

"好！"

"我先给大家唱一首《闪着泪光的决定》！"

"好！"

"献丑了！"

说完那女孩扯开嗓子就唱。不过这社会上说话这么像那女孩一样讲信用的人已经不多见，说献丑果然献丑，调子走得七八头牛都拉不回来。

唱着唱着她开始亢奋，手往旁边一挥，这一扯仿佛把音阶给扯平了，唱歌像说歌。

一曲毕，林雨翔看看身边的 Susan 还健在否，然后说："怎么这么难听。"

"不要说人家，她也是为大家助兴嘛。哎，林雨翔，你饿不饿？"

"还好。"

"吃点东西吧，'好丽友'什么的，我看你饿了。"

林雨翔大惊，想"饿"这个抽象的东西居然能被 Susan 看出来，真是慧眼。此时 Susan 给他一块，林雨翔推辞一下忙收下了，感激涕零。只是在心爱的女孩面前吃东西似乎不雅，况且"好丽友"像小汉堡似的一块，更是无从下口。只好东咬一小块西咬一小块。突然想到一本书里写女孩子最讨厌男的吃东西的方式是两种：一种是"猫吃式"，东玩玩西舔舔，太文雅；另一种是"蛇吞式"，一口一个，饥不择食，石头也下咽，太粗暴，都给人以不安全感。况且毛主席教导我们"伤其十指不如断其一指"，于是林雨翔猛咬一口，不多不少，正好半个。

Susan 问他："很饿啊？"

林雨翔刚要开口，突然发现自己的食道志大量小，正塞得像麦加大朝拜时发生拥踏悲剧的清真寺门口，一时痛不欲生，憋出一个字："不。"

稍过一会儿食道终于不负口水的重负被打通，想这等东西真是容易噎人，还有剩下的半个要另眼看待小心应付。Susan 又把硕果仅存的几个分给周围同学，还叫他们给老师带一个。林雨翔暗想 Susan 真是会摧残人民教师。不过今天的老师特别安静，一言不发，也不控制局势，想必因为教师虽是太阳底下最光荣的职业，不过到月夜底下就没戏了。难怪教师提倡学生看社会的光明面而不看阴暗面。生存环境决定一切嘛。

然后引来周围的人在车上聚餐。虽然没有肴馔重叠的壮观，但也够去伊拉克换几吨石油回来。此时前座往后递了一个形状匪夷所思的东西，林雨翔拿着它不敢动口。Susan 说："吃啊，很好吃的。"林雨翔马上对那食品露出相见恨晚的脸色。

此时 Susan 旁座吃入佳境，动几下身子，一股粉尘平地升仙。林雨翔闻到这个，觉得此味只应地狱有，人间难得几回尝。突然一个喷嚏卡在喉咙里欲打不出，只好抛下相见恨晚的食品和 Susan，侧过身去专心酝酿这个喷嚏。偏偏吸入的粉不多不少，恰是刚够生成一个喷嚏而不够打出这个喷嚏的量，可见中庸不是什么好东西。雨翔屏住气息微张嘴巴，颈往后伸舌往前吐，用影视圈的话说这叫"摆Pose"，企图诱出这个喷嚏。然而世事无常，方才要打喷嚏的感觉突然全部消失，那喷嚏被惋惜地扼杀在襁褓之中。

Susan 说："林雨翔，怎么一直不说话？今天不高兴？"

"哦，很高兴。"

一车人在狭小的空间里过着吃了睡睡了吃的生活，直到天边稍稍透出一点微亮，车里才宁静了一些。林雨翔隐隐看到远方还笼在雾气里的山，十分兴奋，睡意全无。忽然又看见一座秃山，想这个时代连山也聪明绝顶了，不愧是在人性化发展中迈出了一大步。于是他想让 Susan 一起观山。往旁边一看，见 Susan 好像睡着了，睫毛微颤，而手很自然地垂在扶手之下，距林雨翔的手仅一步之遥。男人看见这种场面不起邪念的就不是男人，况且那手就如人面人心一样动人，资深和尚见了也会马上跳入俗尘，何况林雨翔。握吧，不敢，不握吧，不甘。思想的斗争丝毫不影响行动的自主，林雨翔的手此刻大有地方政府的风范，不顾中央三令五申，就是不住向前。

正当千钧一发之际，车戛然停下。导游叫道："前面是个免费的厕所，三星级的，要上厕所的同学下车！"

Susan 醒来揉揉眼睛，说："到了？"

林雨翔大叹一口气，两只沁出汗的手搓在一起，愤然说："到了！"

"到南京了？" Susan 问。

"不，到厕所了。"

"不是说去南京吗？" Susan 一脸不解。

林雨翔发现聪慧的女孩子犯起傻来比愚昧的女孩子聪起慧来可爱多了。

Susan 忽然醒悟过来，吐一下舌头，说："不好意思。我是不是很笨？"

"有一点点。"

"下去吗？" Susan 问。

"下去走走吧。"

"我不了，外面很冷。"

林雨翔刚才还以为 Susan 邀请一起去厕所，不料到头一场空。但话已出口，就算没事也要下去受冻。车里已经去了一大半人，留下的人很容易让人怀疑内分泌系统有问题或是就地解决了。

车下的一大片空地不知是从何而来，雾气重重里方向都辨不清楚，几辆车的导游沉寂了好多时候，见终于有了用武之地，亢奋不已，普度众生去厕所。昏昏沉沉里看见前面一条长队，知道那里是女厕所。这种情况很好理解，假使只有一个便池，十个男人可以一起用，而两个女人就不行。厕所边上有一家二十四小时服务的小店，里面东西的价钱都沾了厕所的光，通通鸡犬升天。林雨翔想买一瓶牛奶，一看标价十二元，而身边只有十块钱，痛苦不堪。最后决定抛下面子去和服务员杀价。林母杀价有方，十二块的牛奶按她的理论要从一块二角杀起，然而林雨翔不精于此道，丝毫不能把价给杀了，连伤也伤不了，"叔叔，十块钱怎么样？"

林雨翔以为这一刀算是狠的，按理不会成功，所以留了一些箴言佳句准备盘旋，不想服务员一口答应，林雨翔后悔已晚。抱着一瓶牛奶回车上，顿觉车子里春暖花开。

此时天又微亮一些。林雨翔往下一看，停了一辆县教委的林肯车，不禁大为吃惊，想这类神仙竟也要上厕所。再仔细往里一看，后排两个神仙正在仰头大睡。林肯果然是无论做人做车都四平八稳。

电视台已经开始日出而作了，镜头对着女厕所大门。林雨翔仿佛已经听到了几天后如此的报道："学生们有秩序地排队进入南京大屠杀纪念馆。"

好久车子才启动。

路上只觉得四周开始渐渐光明。教育局的车子好像畏惧光明，不知跑什么地方去了。两边的远山绿水比钢筋水泥有味道多了，可惜这山与爱国没有联系。林雨翔突然想如果能和 Susan 携手在山上，那——不由转过头看 Susan，Susan 淡淡一笑，扭头看窗外。

……

第二天清晨，林雨翔睁开眼看天花板。昨天爱国的内容可以忽略不计，记忆止于到南京后与 Susan 分别那里。这次出游只在记忆里留下了一个好老师，一首叫《青春无悔》的歌，一个快要握到手的遗憾，一个像设在冥界的厕所，几座青山，几条绿水，几间农舍，最直接的便是几只板鸭。

过一会儿林雨翔接到一个电话，他"喂"了半天，那头只有游息缕缕。

"喂，是林雨翔吗？我是——"

林雨翔一听到这个声音，心像掉在按摩器上，狂跳不止。Susan 约他一小时后大桥上见。林雨翔喜从天降，连连答应。接下来的时间里林雨翔像花木兰回到老家，梳妆打扮不停。计算妥了时间以后要了一辆三轮车过去。车夫年事已高，和三轮车一起算怕是已到期颐之年。他上桥有点困难，骑一米退三米。林雨翔怕这样下去，不多久就可以回老家了，忙说算了，下车给了钱后往桥上跑。看着天高地阔，心情也开朗明媚，想应该去郊游谈心。他正琢磨着怎样才能将心迹袒露得像高手杀人后留下的痕迹般不易让 Susan 察觉。突然一惊，看见 Susan 已经站在桥上，微风吹过，头发微扬。

"昨天睡得好吗？" Susan 问。

"好——好！" 林雨翔不敢正视，默看一江冬水向东流。

Susan 没说什么，从地上捧起一叠书，调皮道："哎哟，好重啊——"

林雨翔要过去帮忙，Susan 把书往他手里一交，说："好了，这些都是我做过的习题——别笑我，应试教育嘛，没有办法，只好做题目了。记住哦，对考试很管用的，有的题目上我加了五角星，这些题目呢，要重视哦。为了进个好一点的学校，只好这样子了，做得像个傻瓜一样，你不会笑我吧？那——我走了，再见——"

说完拦了一辆三轮车，挥挥手道别。

林雨翔痴痴地站在原地，想还谈心呢，从头到尾他一共说了一个"好"字。低头看看手里一叠辅导书，惊喜地发现上面有一封信，激动得恨不得马上书扔河里信留下。

> 你好。前几封信我都没回，对不起。别跟教育过不
> 去，最后亏的是你。这些书可以帮你提高一点分数。你是
> 个很聪明的男孩子，相信你一定会考取市重点的。愿我们
> 在那里重逢。

林雨翔看过信大为吃惊，自己并没和教育过不去，只是不喜欢而已。他只属于孟德斯鸠式的人物，不喜欢教育，但思想觉悟还没到推翻现行教育体制的高度。因为一旦到这个高度他马上会被教育

体制推翻。

雨翔拿着信想，愿望是美好的，希望是没有的。林雨翔现在正繁华着，并不想落尽繁华去读书。他不知道许多时候"繁华落尽"就仿佛脱衣舞女的"衣服落尽"，反能给人一种更美的境界。

九

四个月后。

中考前一天，林雨翔还在背《出师表》。这类古文的特点就是背了前面的忘了后面的，背了后面的忘了前面的，背了中间的前后全部忘光。雨翔记得饭前他已可倒背如流，饭后竟连第一句话都记不得了。林母听刚才雨翔强记奏效，夸奖她的补品效果好。现在又忘记，便怪雨翔天资太笨。雨翔已经有些心乱，明日就要中考，前几天准备充分的竟忘剩无几。无奈之下，雨翔只好将要背的内容排好队，用出古罗马人对待战俘的"十一抽杀律"，每逢排到十的就不背，减轻一点负担。林母为雨翔心急，端来一杯水和两粒药，那水像是忘川水，一杯下肚，雨翔连《出师表》是谁写的都不记得了。

林母要让雨翔镇定心境，拨了个心理咨询的声讯电话，那头一位老者过分轻敌，陷入被动，反让雨翔问得前言不搭后语。雨翔问怎样才能稳定考前情绪，老者洋洋洒洒发挥半天，身旁沙沙翻书声不绝地从听筒里传出。最后老者更健忘，点题道："所以，最主要的是让心境平和。"林母待雨翔挂电话后急着问："懂了吗？"

"不懂。"

"你又不好好听,人家专家的话你都不听。"

"可他没说什么。"

"你怎么……"林母的话不再说下去,那六点省略号不是怒极无言,而是的确不知"你"到底"怎么了"。两人怒目相对时,电话再响起。林母要去接,雨翔快一步,林母只好在一旁闭气听电话里是男是女。雨翔应一声后,那头让雨翔猜猜他是谁。雨翔在电话里最怕听到这种话,声音半生不熟,想半天那发声者的印象就是不清楚,又不敢快刀斩乱麻,只好与他硬僵着,等那头好奇心消失,虚荣心满足,良心发现,缓缓道出自己大名,雨翔也只好发出一声表示吃惊和喜悦的叫。今天情况不同,那头是个男声,雨翔准备投降,那头自己憋不住,道:"我是梁梓君,你小子没良心啊。"

雨翔发自肺腑地"啊"一声,问:"梁梓君,没想到没想到!你现在在哪里?"

梁梓君在私立中学接受的教育果然有别于中国传统学校,考虑问题的思路也与众不同,信口回答:"我在电话机旁啊。"

雨翔一愣,想这也对,再问:"你在干什么?"

"给你打电话。"

"这,你明天要中考了。"

"是啊,还要去形式一下。"言下之意是要把肉身献到考场里摆个样子。雨翔也心知肚明:梁梓君他应该早已选择好出钱进哪所高中,哪怕他像当年吴晗数学考零分,一流学校照取。

梁梓君与雨翔侃一会儿,压低声音,说:"我告诉你一个秘密,今年中考语文的作文题目我已经知道。"

雨翔淡淡一笑,心想不可能,口上却要配合梁梓君,故作急切,问："是什么？"

"嘘，你听着，是，是，听着——《神奇的一夜》。"

"什么，哈哈哈哈哈！"雨翔前三个"哈"是抒发心中想笑的欲望的，第四个"哈"时要笑的东西已经笑完，要增加这题目的荒谬性及可笑程度而硬塞上去的，第五个"哈"是惯性缘故。

梁梓君在那头有些急："真的，你千万别乱说，千万千万，我只把它告诉你了，真是这题目，我爸打听到的。"

"这个题目怎么写？"

"呀，正是因为不好写，免得今年有人套题目，所以才出的嘛。"

雨翔仍不信，因为往年也都说要防止套文章，结果年年被人套，出卷人不见得有曾国藩"屡败屡战"的志气，出的题目年年被人骂，应该信心已丧尽，不会恶极到出这个题目。况且这个题目极不好写，写这个题目不能捡到皮夹子不能推车子不能让位子，全市所谓的作文高手岂不要倒下一大片。试想——《神奇的一夜》，这题目极易使人联想出去，实话实写，中国一下子要增加不少李百川，虽然中国正在"开放"，也不至于开放到这个地步。

想到这么深奥，雨翔断定梁梓君定是把愚人节记错了日子，表示谢意后就挂断了电话，并未将此事放在心上。电话刚挂，铃声又起，雨翔当又是梁梓君捣乱，心不在焉回了一声，那头又沉默。雨翔眼前似乎晃过一道思绪，这沉默似曾相识。雨翔一下紧张起来。果然是Susan，雨翔手握紧了话筒，背过身对母亲。那头Susan问："你有把握考取什么学校呢？"

"我想——我会考取县重点的，市重点，哼——"

"那好，县重点也不错，好好考，祝你考得——嗯——很顺利很顺利！再见！"

临考这一晚，雨翔久久不眠，据说这是考前兴奋，考前兴奋的后果是考中不兴奋。雨翔平时上课时常像《闲情偶寄》里的善睡之士，一到要睡的时候眼皮就是合不起来。强扭的瓜不甜，强扭的睡也不会香。雨翔索性坐起身来，随手翻翻书，以增添自己必胜的信心。笔友也来过一封信勉励，其实一个人到了生死攸关极度紧张之刻，勉励只能增加其压力。雨翔回信里乱吹一通，说已经复习到闭上眼睛用膝盖都想得出答案，此言一出，就成背水一战。几个月里，雨翔四处补课。每逢夏天将到，家庭教师就像蜡梅花一样难找，如大熊猫一样珍稀，林父光家教就请掉五千多元钱，更将雨翔推上绝路。

灯光下，那十几本习题册仍在桌上最显眼处，雨翔大部分题目全做了一遍，心里满是不坚硬的信心。雨翔心里感激Susan，半年前，林雨翔连美国国旗上有几颗星都数不清楚，而如今，已胸有成竹，有望搏一下市重点。

人想不到要睡时自然会睡着。这天晚上雨翔睡了六个钟头，一觉醒来一想到要中考，心里一阵慌闷。抓紧最后的时间背诵了几句文言文，整理好笔盒，走向考场。外面天气出奇的热，虽是清晨，但拂面的风已经让人烦躁。校门口家长比考生多，都嘱咐有加。雨翔找到考场，那考场在最底楼，通风条件不佳，雨翔一进去就轰然一阵汗臭。雨翔的位置在最后排的一个角落里，在那里，那些臭百川归海，汇集一处，臭入心脾，臭得让人闻一下就想割鼻子自残。天下之大，何臭不有，雨翔却是第一次到臭味这么肆虐的地方，相比之下，门口的臭只是小臭见大臭。但臭顶多只能给人肉体上的痛苦，最要命的是那张桌子像月球表面，到处不平，垫好几张纸都横不平竖不直。但更令人敬佩的是竟有高手能在桌上写字。

两个监考老师一进门就直皱眉，尚未拆包发卷教室里已有一个女生昏过去。门外巡查的焦头烂额，瞪眼说："又一个。"苦读九年真正要一展才华之时倒下，的确是一件很痛苦的事情，而且往往倒下之人是真正能拿高分的人，高分低能也罢，高分却体质不佳者最倒霉。试卷拆封后向下递，拿到卷子后雨翔刹那间心静如止水。

很从容答完课内的题目后，有一道课外文言文翻译，语出自《孟子·滕文公上》：亲丧，故所自尽也。这题旨在考学生理解能力，此处"自尽"作"尽自己的力做本分的事"之义。坐在雨翔旁边的一个男生挠头半天，不得要领，见两个监考正在门口看外面的风景，用笔捅几下前面那人。两人早已熟识，那人便把身子靠在椅背上，后面的男生许久不曾说话，本想窃窃耳语，不料声音失控，传播到外。雨翔不理，继续答题。一侧被问的那人看来家底不薄，放大声音说："这个就是说——'亲丧，故所自尽也，故所'——对了，意思是说亲爱的人死了，所以我也自杀了。"后排那男生经此点拨，忙挥笔记下。

于是又是一片静默。突然有人轻轻"啊"了一声，自语："这作文题……"

雨翔被提醒，翻过卷子看作文题目，一看后觉得血液直往头上涌，身体不能动弹。原来那题目是《神奇的一夜》。雨翔懊悔不已，恨没听梁梓君劝告，否则早准备就好了。这么一想，思绪又乱了，阅读分析的题目每道做得都不顺手，心里窝着一包火，急火攻心，错字不断，写一个字改两三遍。

迷迷糊糊地写完作文，铃声即响。雨翔呆坐在位子上，想这次完了。最强项考烂掉，不死也残废。出门时失神落魄，听一堆一堆人在议论作文怎么写。一个女声正尖叫：

"语文写文章吧——呀，你们听我说——语文里的作文要和政治里背的什么马克思这种合起来，政治书上拷贝些内容，保管他们不敢扣你分，说不准，还高分呢。"

身旁一帮人抱怨："你怎么现在才说，你……"

第二门物理雨翔考得自己也说不清好坏，说好，满分也有可能，说坏，不及格也有可能，感觉在好坏的分界。回到家林母不住催问，雨翔说还可以，林母拍腿而起："你说可以就是不好！"

"那还好。"

"你呀，叫你平时好好上课，你不听，脑子里不知道在想些什么！"

这天晚上雨翔睡得极香，只是半夜被热醒一次。热与冷相比之下，冷比较好办一些。因为冷可以添衣服，衣服穿得像千层糕也未尝不可；但热就不行，衣服顶多只能脱掉一两件，皮不能扒，一时半会儿凉不下来。说"心静自然凉"那是骗人的，死人也会出汗。雨翔又想到语文考砸了，愁肠百结，汗水从汗腺里渗出来，沾得满头颈都是，头一转动湿漉漉黏糊糊，身上一阵一阵地热。热着热着也就睡着了。

三天一晃而过。化学交完卷后，雨翔说不清心里是沉重还是轻松。他一个人在路上算分数，算下来县重点应该不成问题，市重点基本无望。但人往往在无望时才最相信奇迹。据说奇迹不会出现在不相信奇迹的人身上，所以雨翔充分相信奇迹。兴许奇迹出现，阅卷教师热昏了，多加十分二十分。但相信奇迹的人太多了，奇迹来不及每个人都光顾。雨翔做好最坏的打算，去县重点也未尝不可，距离产生美感。雨翔不知道因为距离而产生的美感与思念都是暂时的，都是源于一方不在身边的不习惯，一旦这种不习惯被习惯了，距离便会发挥其真正作用——疏远。所以由距离产生的美感就像流行歌曲磁带里的第一首主打歌，听完这首歌，后面就趋于平淡了。

等待分数的日子是最矛盾的，前几天总希望日子过快点，早日知道分数，一旦等待的日子过到中段后，总恨不能时光倒流，然而那时候，日子也更飞逝了。这几天里雨翔翻来覆去算分数，连一分都不愿放过，恨不得学祖冲之算圆周率精确到小数点后第七位。

傍晚五点，林父告诉雨翔分数提早一天出来了，今晚就可以知道。雨翔的心震一下。分数已经出来成为现实，幻想也一下子不存在了。又想去看分数又不想去看，往往一个勇气快成型时另一个总是后来居上，如此反复。林父说："你自己考出来的分数你自己去问吧。"

这句话余音绕梁，飘忽在雨翔心里。这时罗天诚来一个电话问雨翔分数知道否，一听"否"，说："我也不知道，可我太想知道了，不如——哎，对了，你听说了吗，四班里一个女的考不好自杀了，你不知道？真是消息封闭，你在深山老林里啊？我去问分数了……"

雨翔茫然地挂上电话，想当今中国的教育真是厉害，不仅读死书，死读书，还有读书死。难怪中国为失恋而自杀的人这几年来少了一大帮，原来心理承受能力差的已经在中考高考两个坎里死得差不多了。这样锻炼人心充分体现了中国人的智慧，全世界都将为之骄傲！转念想这种想法不免偏激，上海的教育不代表中国的。转两个念再一想，全国开放的龙头都这样，何况上海之外。说天下的乌鸦一般黑，未免夸大，但中国的乌鸦是一般黑的。转三个念一想，又不对，现在的狗屁素质教育被吹得像成功了似的，所以中国的乌鸦，不仅不是一般黑，而且还是一般白。

雨翔在房里犹豫要不要去问分数。他不怕进不了县重点，因为无论无名之辈或达官贵人，只要交一些全国通用的人民币，本来严谨的分数线顿时收放自如。但市重点就难了。倒不是市重点对这方面管得严，而是要进市重点要交更多的钱。以保证进去的都是有势之人的孩子。以分数而论，雨翔已经断了大部分进市重点的希望，但纵然是密室，也有通风的地方。雨翔尚存一丝的希望。三思之后，雨翔觉得既然分数已经是注定的了，明天看也不会多几分，不如及早圆了悬念。

街上的风竟夹了一些凉意，这是从心里淌出来的凉意，想想自己恶补了几个月，还是情缘不圆，令人叹惜。

学校教导室里灯火通明，但知道消息的人不多，只需略排小队。前面一个父亲高大威猛，一看到分数笑也硬了，腮鼓着，眼里掩饰不住的失望。礼节性谢过老师，喝令儿子出去，走道上不断传来那父亲阴森森的声音："你不争气，你，你……唉！"这几句话如恐怖片里的恐怖音乐，加深了雨翔的局促不安。雨翔的脸是冰冷的，但手指缝里已经汗水涔涔，手心更是像摸鱼归来。

负责查分数的女老师认识雨翔，她常听马德保夸奖，忙招呼雨翔："哟，语文天才来啦，我帮你查，你准考证几号？"

雨翔报了一个号码，静待宣判。女老师埋头查半天，一推眼镜，"哟"的一声，叫得雨翔心惊肉跳，几乎昏倒。"哟"之后那老师推推眼镜，俯身再细看。雨翔不敢问什么。女老师确诊后，两眼放大，做一个吃惊的动作，像见到了唐僧吃肉。道："你怎么考的，语文才考 94 分，不过其他还可以，467 分，够县重点自费了，让爹妈出点钱吧，还可以还可以。"

雨翔说不出是悲是喜，悲的是奇迹没有出现，喜的是这个分数就半年前来说已是奇迹。雨翔回家那一路，面无表情，不敢猜测父母知道这个分数的反应，大悲大喜都有可能。前几年考重点高中成风，现在已经成疯，雨翔的分数还是许多人遥望不可及的。自我安慰一番，定心踏进家门。

林父林母同时问："几分？"两人都故作镇静，声音稳不住，抖了几下。

"467 分。"

沉默。

林父笑颜慢慢展开来，说："可以，县重点自费进了。"林母心里一块石头落地，但仍表示出不满，甩出一个不成问题的问题："那你怎么不再多考一些分数呢？"她有个习惯，就是一件事发生后不去解决，而是没完没了地"如果""假设"，去延伸或歪曲这件事。这些都是不敢正视的表现，所以躲在假想里。

此时，林母的麻友兼镇长赵志良打电话来问雨翔的分数，问清楚后直夸好。林母信口说："好什么，我们都想他进市重点，这小子只考个县重点——还自费。"

"县重点好，县重点没压力，男小囡嘛，潜力是在高中时爆发的，将来一样考清华！"

赵志良正在外面喝酒，电话里一个声音从后赶到，竟压过赵志良的："进市重点，市南三中啊！哈，这个容易，那里不是收体育特招生嘛，什么？雨翔体育不行，嗨，这个你就不懂了，他们说是招体育生，降低分数，其实啊，是开一个口子，让人放水啊，只要体委开个证明，自己摸点钱，保管进去。市南三中这志愿你填了哦？

第一志愿就好说了。"

林母当是酒后醉言，说："体委怎么开得到证明？"

回答这个问题的是赵志良，他"嘿"了两声说："侬晓得刚才说话的人是谁？"

"谁？"

"体委金主任，金博焕。"

"啊！这！金主任……"

"你们雨翔要进市重点，说一句，金主任包办。"

林母于是沉默，决定考虑这话中的真实性有多少。分析下来一半是醉酒之故，另一半是吹牛之故，所以一笑了之，免得抱有希望而换来失望。林母淡淡地说："谢了。"

赵志良那头喧闹声更大，赵志良说："金主任给你说。"这六个字渐轻，可见得手机正在离赵志良而去的过程中。金博焕一个石破天惊的"喂"，震得雨翔家那娇小的电话承受不住，嗡嗡作响。

金博焕道："那你明天来一趟体委，赵志良的朋友就是我的朋友，你嘛，准备四五万应该就可以打通了。"

……

翌日。林家正决定去不去，林父怕昨夜金博焕信口胡说，若是去了，六目相对，无话可说，会比裤子衣服穿反尴尬百倍，因为衣裤反穿乃是单方面的尴尬，观者还会得到身心上的愉悦，而如果去后金博焕苦想半天不记得了，便是双方面的尴尬。思于斯，林母要打个电话给赵志良确定一下。但今天是普遍揭榜之日，求人的人多，所以赵志良的手机电话都不通，无奈之下决定闯一下。体委就在大球场边上，林父与球场负责人曾有联系，一年前这个球场铺了草皮，县报上曾报道过。不料这次来时黄土朝天草皮不见，怪石满场都是。

林父林母一路走得扭扭捏捏。进了体委办公室，金博焕起身迎接，他瘦得像根牙签，中国领导干部里已经很少有像他一样瘦的人了。金博焕口气里带了埋怨道："你们怎么才来。"

林父林母一听受宠若惊，林母面有窘色道："你看这次我们两手空空的，连准备都……"

"喂——不要这么说，我金某不是那种人，朋友尽一点力嘛。赵志良说你们儿子喜欢踢球，那么应该体能还好，就开一个一千五百米县运动会四分四十一秒吧，这样够上三级运动员，一般特招可以了，以后雨翔去了，碰上比赛尽力跑，跑不动装脚扭掉，不装也罢，反正没人来查。学习要跟紧。"金博焕边写边说，然后大章一盖，说："赵志良大概在联系市南三中几个负责招生的，到时你们该出手时就出手，活络一下，应该十拿九稳。"

林母一听天下那么多富于爱心的人在帮助，感动得要跪下来。

到家后林母寻思先要请金博焕吃饭。赵志良打电话告之，市南三中里一个校长已经松口答应。要近日里把体育成绩证明和准考证号带过去。林母忍不住喜悦，把要让他进市南三中的事实告诉雨翔，雨翔一听这名称汗毛都竖起来。Susan 的第一志愿是市南三中，此次上苍可怜，得以成全。雨翔激动地跑出去自己为自己祝贺。晚上罗天诚又来电，劈头就是恭喜。雨翔强压住兴奋，道："我考那么差，恭喜什么？"

"你不知道？消息太封闭了，你那个 Susan 也离市重点差三分，她竟会进县重点！你们两个真是有缘，爱情的力量还能让人变笨。"

雨翔一听这几句话眼珠子快要掉下来。他又想起罗天诚也对 Susan 动过念头，也许不能用"动过"这种过去完成时，兴许还"动着"，听他的语气不像有普度众生的大彻大悟，便说：

"你骗谁？她考不取市重点谁考得取？"

那头一句"不信算了"便挂了。这样看似被动放弃的话反能给对方主动的震撼，越这么说那边越想不算，不信不行。雨翔打个电话给沈溪儿要她探明情况，沈溪儿考进了另一所市重点，心里的高兴无处发泄，很乐意帮雨翔，雨翔说想探明Susan的分数，沈溪儿叫了起来，说："你连这个都不知道？"雨翔以为全世界就他一个人不知道了，急着追问，沈溪儿道："你也太不关心她了，不告诉你！"

雨翔无暇跟这个心情特别好的人纠缠，几次逼问，结果都未遂。雨翔就像狗啃骨头，一处不行换个地方再加力："你快说，否则——"这话雨翔说得每个字都硬到可以挨泰森好几拳，以杀敌之士气。"否则"以后的内容则是历代兵法里的"攻心为上"——故意不说结果，让听者可以遐想"否则"怎样，比如杀人焚尸五马分尸之类，对方心理防线一破，必不打自招。但对于极度高兴之人，就算顿时一家人死光剩他一个，也未必能抹杀其兴致。雨翔的恫吓被沈溪儿一阵笑驱赶得烟消云散。雨翔尽管百计迭出，但战无不败。照理说狗啃骨头用尽了一切姿势后还是啃不动，就将弃之而去。但精诚所至，金石为开，别说骨头了。

雨翔换一种语气，黯然道："我一直想知道她的成绩，可，我一直在等她的电话。我没等到，我真的很急，请你告诉我。"

沈溪儿被雨翔的深情感染，道出实情："Susan她差三分上市重点，她怎么会考成这个样子的，好意外啊，你安慰安慰她，也许你们还要做校友呢。"

得知真情后，雨翔面如土色，忙跑到父母房里道："爸，妈，我上县重点吧。"

"瞎说！市重点教育到底好，我们都联系好了，你不是挺高兴吗？这次怎么了？压力大了，怕跟不上了？"

"嗯。"

"总之你去读，一进市南三中，就等于半只脚踏进大学门槛里了！"

"可……"

"别'可'，我们为你奔波，你要懂得体谅！"

"但……"

"你别'但'，你要尊重父母！"

结果很快就下来了，雨翔的抵抗无效如螳臂当车。一句很废的名言说"命运掌握在自己的手里"。但你的手未必照你意愿，天知道你掌握命运的那只手被谁掌握着。这一句才是名言。

请吃饭，送礼，终于有了尾声。雨翔以长跑体育特招生的身份，交了三万，收到了市南三中的录取通知书。那录取通知书好比一个怀了孕的未婚女人，迫使雨翔屈服了下来。雨翔没有点滴的兴奋，倒是林母唯恐天下不知，四处打电话通知。然后接到训练任务，说八月中旬要去夏训。四分之三个暑假安然无事，没 Susan 的电话，只有睡了吃吃了睡以及外人不绝于耳的赞扬。

十

　　全球的冬天越来越热，夏天更热。温度计零以下的刻度似乎已是多余。夏天白天气温直冲四十，偏偏上海近海，太平洋水的比热容也许比其他地方的大，温度到晚上也降不下来。恒温倒是恒了，只是恒得太高。高到一只鸡在窝里下一个蛋后去外面玩二十多天回来，小鸡不仅已经破壳，而且已成熟食。

　　转眼四十四天过去。这四十四天雨翔竭力不去想那些阴差阳错颠倒过来的事。临赴校训练前一天，家里百废俱兴，给雨翔张罗收拾，又要弄出壮士一去的豪迈，请了许多人吃送别饭。席间，雨翔想起沈溪儿曾说过 Susan 将来一定会去考也会考取清华，一腔激情又被燃起来，想既然君子报仇，十年都不晚，何况君子相见，三年算什么。于是站起来要表态道：

　　"我一定要考取……"

　　话出一半，被微有醉意的林母打断，说："考取什么大学现在不要胡说，好好读高中三年……"

　　正在豪情万丈时有人唱反调是很能给人打击的事情，尤其是话未说完被人掐断，像是关云长被砍头般。当年关公被斩，"身"居当阳，"首"埋洛阳，身首两地，痛苦异常。雨翔的话也是如此，被砍了不算，还被搅得支离破碎，凌云壮志刹那间消失无踪。

林母做了一会儿刽子手，借着醉意揭露内幕，众人嘘嘘作声。酒席散后，林母操劳疲惫，马上入睡。雨翔站在阳台上看星星，想明天就要去市南三中，久久不能平静。

第二天一家早起。学校要求一点前去报到，林父一早忙着托人叫车，林母则在检阅还缺什么，床上尽是大箱小包。林母心细，生怕有突发情况，每样东西都有一个备份，牙刷牙膏毛巾无不如此，都像娱乐场所里的官们，是成双成对出现的。点一遍不放心，再点一遍，直到确定这几大包东西可以保证雨翔的基本日常生活。

漫漫高中求学路就要从此开始。

东西陆陆续续搬进了车。天空开始飘落细雨，不料这细雨范围极小，不能跨区县，到了市南三中，依旧艳阳高照。市南三中的校门威武雄伟，一派复古风格，远看仿佛去了圆顶的泰姬陵，只是门口一道遥控门破坏了古典之美，感觉上像是古人腰里别个呼机。进了门口即是一条宽路，两旁树木茂密，一个转弯后便是胡适楼。市南三中的建筑都是以历代文人的名字命名的。胡适楼是行政大楼，总共五层，会议室最多，接下去是教师办公室和厕所。报到后通知是先领东西布置寝室，然后三点开个会，五点训练。布置寝室所需的东西林母均随车携带着，不想市南三中不允许用私人东西，统一要去钟书楼领。钟书楼乃是图书楼，市南三中的介绍上说有藏书十几万册，但为十几万册书专门造个大楼以显学校气魄未免削足适履了点。钟书楼也是一派古味，庞大无比，十万册书分许多馆藏着，往往一部书上册在第二借书室，下册跑到了第九借书室，不能重逢。

钟书楼是新建的，所以许多书放在走道上无家可归，像二战时困在法国敦刻尔克的士兵，回撤之日遥不可待。

体育生的临时领取生活物品处设在钟书楼第四层的阅览室里。钟书楼最高不过四层，最令雨翔不懂的是学校何苦去让人把东西先搬上四层楼只为过两天再把东西搬下来。看守这些东西的是一个老太，口里也在抱怨学校的负责人笨，把东西搬在四楼。雨翔寻思这也许是聪明人过分聪明反而变笨的缘故。

老太发齐了东西，忙着对下一个抱怨，这种设身处地替人着想的抱怨引发了别人的不满，都一齐怪学校。体育生已经陆陆续续赶到，放水进来的人看来不少，一个短裤穿在身上空空荡荡的瘦弱少男口称是铅球特招，雨翔谅他扔铅球扔得再远也超不了他的身高，心里的罪恶感不禁越缩越小。

市南三中校园面积是郊县高中最大的。钟书楼出来后须怀抱席子毯子步行一大段路到寝室。林父林母一开始随大流走，走半天领头的体育生家长并不是赶去寝室，而是走到开来的奥迪车旁，东西往后一塞，调头直驱寝室。一路人都骂上当，跟着车跑。寝室在校园的角落里，三年前盖起来的，所以还是八成新。男女寝室隔了一扇铁门，以示男女有别。

雨翔被暂时分在二号楼的三层。每层楼面四间，每大间里分两小间，各享四个厕所。和雨翔暂住一间的是跳高组的，个个手细脚长如蚊子，都忙着收拾床铺。一屋子父母忙到最后发现寝室里没插座，带来的电风扇没了动力提供，替孩子叫苦不已。雨翔住在上铺，他爬上去适应一下，觉得视野开阔，一览众山小，只是翻身不便，上面一动下面就地动山摇，真要睡时只好像个死人。

学校规定父母三点前离校。大限将到，林父塞给雨翔三百块钱作十五天的生活费。父母走光后，一寝室体育生顿时无话可谈，各自没事找事。

　　雨翔走出寝室楼，去熟悉校园。校内有一道横贯东西的大道，两旁也是绿树成荫。距寝室最近的是试验楼，掩在一片绿色里。试验楼旁一个小潭和一个大花园，景物与其他花园并无二致，但只因它在一个高中校园里而显得极不寻常。这花园占了许多面积，权当为早恋者提供活动场所。而据介绍上说，这花园还将向外扩张，可以见得早恋之多。"人不能光靠爱活下去。"不错，爱乃是抽象的东西，要活就要吃，又有吃又有爱日子才会精彩。花园旁是一个食堂，三个大字依稀可辨——"雨果堂"，下面三个字该是这个书法家的签名，可惜这三个字互相缠绕如蛔虫打结，雨翔实在无法辨认。雨翔想这个名字起得好，把维克多·雨果别解为一种食品，极有创意，照这个思路想下去，在雨果堂里买卡斯米，再要一份炒菲尔丁和奥斯汀，外加一只白斩热罗姆斯基和烤高尔基，对了，还要烤一只司空曙、一条努埃曼，已经十分丰富了，消化不了，吃几粒彭托庇丹。想着想着，自己被自己逗乐，对着军火库造型的雨果堂开怀大笑。

　　突然雨翔身后有脚步声，雨翔急收住笑。一只手搭在他肩上，雨翔侧头见那只手血管青凸可数，猜到是室友的，顺势转身扳开那只手道："你们去哪里？"

　　"开会。"

　　雨翔猛记起三点要开会，谢过三人提醒后问："你们叫什么名字？"

　　"胡军。"

　　"宋世平。"

　　"余雄。"

雨翔一听这三个阳刚之名，吓得自己的名字不敢报。会议室门口已满是体育生，粗粗一算，至少有四十个，雨翔叹市南三中真是财源广进。这些体育生一半是假——瘦如铅丝的是扔铅球的，矮如板凳的是跳高的，肥如南瓜的是长跑的，还有脸比豆腐白的说练了三年室外体育，人小得像粒感冒通的说是篮球队中锋，眼镜片厚得像南极冰层的说是跳远的——怕他到时连沙坑也找不到。雨翔挤在当中反倒更像个体育生。

此时有一人赶到会议室，他刚想说话，大约又思之不妥，因为自己不便介绍：我是你们的副校长，只好去拖一个值班老师来阐明他的身份。

这人是学校副校长兼政教处主任，自己早日吩咐说在第一会议室开体育生动员大会，结果到时自己忘掉第几会议室，不好意思问人，胡适楼里八间会议室都跑一遍，而且偏偏用了降序，找到时已经大汗淋漓，直从额边淌下来。近四十度的天气他穿一件长袖衬衫，打了领带，经此一奔波，衣服全湿湿地贴在肉上，成了身体的一部分。他不住地拎衣服，以求降温。第一会议室有两台柜式的三匹空调，但所放出的冷气与四五十个人身上的热气一比，简直相形见绌。冷空气比热空气重，所以副校长不可能从头凉到脚，只能从脚凉到头。

他擦把汗说：

"同学们好！辛苦了！我姓钱，啊。同学们都知道，我们市南三中是一所古校名校。这几年，为了推动上海市的体育事业，为上海的体育事业输送后备力量，所以，急需一批有文化有素质的运动员。当然，在座的不一定都是有级别的运动员，但是，我们可以训练，我们可以卧薪尝胆，苦练之下出成绩。何况市南三中的体育老师都很有训练经验，能帮助同学们提高。同学们也很辛苦，为了提高自己的运动成绩，都主动放弃暑假的休息时间，啊——"

钱校长顿了一下，由于天热，说得太快，后面一句没来得及跟上来。这一顿台下面都在窃声议论。胡军坐在雨翔边上，掩住嘴巴白钱校长一眼，用自己都听不见的声音骂："放屁，什么主动放弃，明明是被动放弃！"雨翔只见他动嘴不听见出声，本想问，一看他满面凶相，话也哽在喉咙里。

钱校长把领带放松些，继续说：

"同学们放弃了休息时间，我代表学校感谢大家！

"但同学们，我们进市南三中的主要任务还是学习，这里的同学们都是从大批学生中挑选出来的，既有体育成绩，啊，学习成绩也不差，哈，这样，学习体育两不误，为将来考取好的大学奠定良好的基础。

"可是，我们往往有许多体育生，因为不严格要求自己，放松了，以为进了市南三中就是进了大学。市南三中只是给你们创造了机会，而真正的成功与否全掌握在你们自己手里。我们已经处分过许多体育生，同学们，自重啊！不要一失足成千古恨，要珍惜这来之不易的和全市许多好学生共同学习的机会！"

下面一片寂静，不是听得仔细，而是全部灵魂出窍在神游大地，直到第一个灵魂归窍者带头鼓掌，震醒了众人，大家才象征性鼓了掌让钱校长有台阶下去。

第二个讲话的是体育组教研组长刘知章，这人不善言谈，上场后呆头呆脑直冲台下笑：

"我说些实际的话，成绩要靠训练，过会儿五点钟训练，每天早上六点也要训练，早晚各一次训练，其他时间自己安排，晚上九点前要回寝室，回寝室点名，早点睡，不要闹，注意身体，不要乱跑。好了，就这些话，五点钟集合。"

这几句话众人每句用心听，漏掉一句上下文就连不起来。站在一旁的钱校长心里略有不快，稍息式站着，十只手指插在一起垂于腹下。不快来自于刘知章的"卷首语"，照他说的推理，自己说的岂不是不实际的话？钱校长坚信自己的话都是实际的话，只是长了点。就仿佛比利牛斯山脉两侧的巴斯克人，虽然不爱说谎，却喜欢说废话，废话不是不实际的话。钱校长推理半天，艰难借得外国民族圆了说法，为自己的博识强记折服，心里为自己高兴。他想学生想不了那么深远，脸上表情一时难摆，不知要笑还是不笑，弄不好还让学生以为学校内部闹矛盾，故大步奔向刘知章与他寒暄，借形体动作来省略表情。

散会后，雨翔随胡军他们回寝室换衣服训练。一想到要训练，雨翔不由为自己的前途担忧，宽慰自己道：雨翔别怕，十个里有五个是假，你一定能跑过他们！这番自我暗示作用极大，雨翔刹那间感到自己天下无敌。

胡军是跳远的，先走了一步。余雄和宋世平约雨翔一起走，雨翔问两人到底是不是跳远队的，余雄大笑，一拍雨翔的肩，拍得雨翔一抖。宋世平见余雄在笑，无暇说话，替余雄说："我们两个是长跑队的。"

雨翔惊异两个人腿与身体的比例早已超过青蛙，不去跳高真是可惜，这种腿去长跑，怕跑一圈不用迈几步，兴许余雄一步要抵雨翔三步。这样一来，雨翔又要退后两名，真是人不可腿相。

操场上已聚了一些人。刘知章等在操场上，给体育生指明教练。雨翔的长跑队教练就是刘知章。刘知章第一天的第一堂课就是原地跳五百次。

林雨翔数学不佳，跳五百次体力尚能够支撑，但脑力却不济，数到四十后面全部乱套。六十后面是五十。跳过一百，小腿有点僵，再跳一会儿，小腿适应了，倒是头颈有点酸，雨翔边跳边奇怪怎么酸得不是地方，跳完五百次，长跑队五个人全瘫在地上。雨翔这才发现本届高一长跑特招生就三个，即他本人、余雄和宋世平。另外两个是高二的学生，这两人边跳边谈英超比赛，以表示对新体育生的蔑视。

第二个项目是测一个一百米，测完后解散。余雄百米跑了十一秒九，刘知章赞扬不断。宋世平十二秒八。刘知章对其点几个点。雨翔看人挑担不吃力，他看余雄的速度不过如此，不想自己跑时心里尽是力气但落实不到腿上，两只腿就是加不快频率，结果跑了十三秒二，脸面全部丢光。刘知章帮雨翔纠正一次跑姿，道："我是个直话直说的人，出钱进来的吧？不过你的体型挺适合长跑，以后多练练，兴许会出点成绩，去吧！"

雨翔听完，觉得刚从地上拾起来的面子又丢尽了，他原本想保这个秘密三年，不料第一天就被拆穿，吓得不敢久留，追上往寝室走的余雄和宋世平，还没开口就被宋世平反将一军："怎么？跑得不够快，挨骂？"

雨翔撒个谎，道："我的脚伤了，跟他说一声。"

余雄一笑，把上衣脱了，团在手里，对雨翔说："今晚有什么打算？"

雨翔一听到"今晚"，心里涌上一阵孤寂，"今晚"对雨翔而言是一个压抑在胸口的未知数。盛夏的校园固然美，但依然像个囚牢，囚牢再美也只是个囚牢，雨果堂要再过半个月才开放，连晚饭都像中世纪的秘密宝藏不知在什么地方。

洗完澡余雄要去吃肯德基，宋世平说这种偏远之地不会把山德士上校引来，还是随便找个地方解决一下。寝室走到校门口要十来分钟，夏日的傍晚是最美的，雨翔在市南三中那条大路上走着，边看夕阳边叹它的美，他本想让宋世平和余雄一起看，可两人正在争论李若彤和赵雅芝谁漂亮，恶战下来，结果仍是没有结果。雨翔也懒得惊动两人，遥望北方那片天突发奇想：也许清华园正在云下。走出市南三中的校门是一条空旷的马路，马路边上小吃店零星有几家，宋世平饿得像狗扑食，就近挑了一家"夜不眠"餐厅。

雨翔一看"夜不眠"的招牌，觉得好像见到过，想起时把自己吓一跳。当初梁梓君就栽在"夜不眠"，莫非这黑店生意兴隆又开了分店？不及多想，雨翔被宋世平拖了进去。他呆坐在位子上回忆往事——梁梓君也真是，一个暑假电话都不来一个。还有 Susan 也不知怎样了，消息都没有。

宋世平推几下雨翔，盯着他笑道："想你马子？"

雨翔对这个词很厌恶，说："什么马子？"

宋世平咬几下牙签道："你真是土啊！马子就是姐夫！"

雨翔更听不懂，问："什么，'马子就是……'？"

宋世平道："你也真是笨，女朋友英语怎么念来着？"

"bonne amie 啊。"

宋世平一听挥手说："你肯定搞错了，换个。"

"那只有 girlfriend 了。"

"对了嘛，什么'剥拿阿秘'，girlfriend 就是了嘛！"

"那又——"

"你又不懂了，girlfriend 由哪两个词组成？"

"girl 和 friend"

"对了，取每个字第一个字母呢？"

"g、f。"

"念一遍，快一点，像姐夫了吗？"

雨翔一念，果然"姐夫"。兴趣被勾起，笑个不止。宋世平又道："再教你一个。知道什么叫'上世界杯'吗？"

"什么——上……"

"你又不懂了，'世界杯'英语里怎么念？"

"World Cup 啊。"

"对了，各取一字母。"

"W……W、C！"

"对了嘛，上世界杯就是上厕所的意思！"

雨翔趴在桌上笑得求生不能求死不得。他不想英语被砍头去尾后还有这么多用处。

点的冷面很快送了上来，但这冷面比钢水凉不了多少，三人边吹气边吃。雨翔想起刚才的英语新解，喷了几次面。宋世平洋洋得意，小调哼个不停。余雄是个少言的人，一心一意在吃面。朋友相聚最快乐就是饭前，最尴尬是在饭后结账，各付各的未免太损感情，但往往就这么憋着等愿付账的救世主出现。雨翔把面吃到大结局时蓦地放慢速度，宋世平也在调戏最后几根面。余雄一拍桌子道："我请了！"宋世平马上感激涕零，说："大哥真有气度，小弟自叹不如。"店主借机狂斩，每碗面收了六块钱。

三人同行在校门口的马路上，而且不敢拐弯，唯恐迷路。

雨翔笑过后又重新沉默，空荡的大街助长了隐藏在心里的孤独，三人一起走却没话说，像三具干尸。宋世平被余雄所感动，打破沉默，一个劲追问余雄的身世。余雄被问得受不了，透露说他爹几年前死了，母亲再嫁个大款，就这么简单。

宋世平要再问个详细，问不出来索性在原有事件基础上续貂，说被后父虐待，每天追着余雄打，才把余雄的速度追得那么快。

余雄叫宋世平别说了，宋世平收住嘴转而打听雨翔底细。雨翔被逼得无奈，说自己是孤儿，宋世平自讨没趣，不再说话。

这条路柳暗花明，尽头竟有一家大百货店，难怪路上行人稀少，原来都聚于斯！雨翔进门就是一阵扑面而来的凉。找到空位置后，余雄说要喝酒，吓得雨翔忙要了一杯果汁证明自己清白。宋世平说一个人喝酒易醉，为了表示对余兄的爱护，所以也决定舍身相助，曲线救国，跟他一起喝。

余雄买来两听啤酒，边喝边抒心中大志，把雨翔衬得像个姑娘。两人虽然举杯邀不到明月，但"对影成三人"的条件是符合的，只是美中不足其中之一正在喝果汁。余雄显然不善酒，半听下肚已经眼神乱飘，拉住雨翔的手叫他喝酒。雨翔正在享受"举世皆浊我独清，众人皆醉我独醒"的快乐，推说肚子痛。余雄手一挥说："不管他，我们喝我们的。"然后一口一口往嘴里灌酒，但不敢一下子咽下去，把酒含在口里让肠道有个准备，决心下定后方才闭眼吞酒。

宋世平喝酒像猫咪舔牛奶，每次只用舌尖沾一些，见余雄不行了，凑上去套话："你的女朋友呢？"

余雄勾住宋世平道："我要传授你一些经验。这个东西不能全心全意，要……要三分真心，七分退路。"

宋世平隐隐约约听出这乃是遭受失恋重创男人的悲观之话，又要去套其背后的内容，不料余雄推开他，道："这个我不说，你自己想。妈的，困死了，几点了？"

"八点十分。"

"差不多了，去市南三中睡觉。"余雄揉几下眼说。宋世平想来日方长，再问不迟。三人一出门，一股热浪顿时从四面八方包来，又把三人逼了进去。雨翔忧心忡忡地说："今晚怎么睡！"宋世平的目光比老鼠更短，道："今晚的事今晚再说！现在要回去。"三人再憋足力气，数一二三冲了出去。门外极闷热，雨翔觉得每根汗毛都在燃烧，问："怎么回去？"

宋世平想出一个饮鸩止渴的办法：快跑回市南三中，跑的过程中会很凉快。雨翔笑宋世平想问题像遇到危急情况把头插在沙里的鸵鸟，顾前不顾尾。讨论到最后，三个长跑特招生都懒得跑，路边叫了一辆机动三轮车。

宋世平轻声问雨翔："这么小的车坐得下吗？"这句话被车主听见，忙一拍三轮摩托车说："怎么不行，里面可大呢！别说三个——"车主本想说哪怕三十个也塞得下，一想这个牛吹得像一个喷嚏打掉一个克里姆林宫一样不合实际，改口道，"就算四个，也是绰绰有余！"雨翔惊叹他会说"绰绰有余"这个成语，当是一个下岗知识分子，同情心上来，劝宋世平说："将就将就，一定坐得下！"

余雄第一个坐进去，就占掉其一半的空间。宋世平马上爬进去，堵填剩下的另一半。车主见这样要落下一个，忙去指挥调度，教宋世平和余雄怎样节约占地面积。两人照车主教的收腹缩脚提腰，竟无中生有省下一块空地。雨翔猫腰钻了进去，三个人手脚相绕，仿佛酒精灯的灯芯。车主怕三人反悔，忙把车子发动了，表示生米已经煮成熟饭。

车主问："要从哪里走？"宋世平不知道这话的厉害，中计道："随便，只要到市南三中就可以了。"

车主闷声不响开车。宋世平第一个发现方向不对，偷偷告诉雨翔。雨翔没想深奥，安慰宋世平条条大路通市南三中。那三轮摩托车几乎把县城里的所有街道都开一遍才慢悠悠找对方向。雨翔直催车主，说只剩十多分钟了。车主道："保管你够时间！"嘴边一笑，边开边唱。

余雄一开始端坐在中央，突然头往宋世平肩上一靠，宋世平当余雄死了，不住捏余雄的皮，余雄嘴巴动几下，证明自己还活力犹存。宋世平拍几下雨翔轻声说："你听他嘴巴动了像在说什么，听听！"

于是雨翔把耳朵贴在余雄嘴边，只听余雄动嘴不出声，宋世平再拍他几下，雨翔终于听出个大概，说："他在说什么'小爷'还是'小野'。"这时车子经过一块砖头，猛跳一下，余雄睁开眼说："快到市南三中啦？"这个问题雨翔和宋世平无一能回答。余雄又推开宋世平的手说："天太热了，大家分开点。"

宋世平给余雄一个神秘的笑。问："小野是谁？"

余雄一听，嘴巴本想张大，再问宋世平怎么知道，一想还是不说好，嘴唇颤一下，反问："小野是谁？"

宋世平以为听错，摆摆手说算了。

三轮摩托停下来，车主下车道："市南三中。"雨翔跳出车吃了一大惊，想明明出来时是向西走的，而这辆三轮车的停姿也是车头向西。

车主伸出两个指头晃一晃，说："二十块。"

宋世平怒目道："这么点路程……"

车主想既然生米已经不仅煮成了熟饭，而且已煮成了粥，砍几刀不成问题，理直气壮道："你看我跑了这么多路，油钱就花掉

166

多少？"

雨翔接话道："这是你自愿多跑的路。"

车主当市重点学生好骗，头仰向天说："你们又没教我怎么走，这么晚了，你们哪里还拦得到车？亏得有我，别说了，爽气点，二十块摸出来！"

余雄道："你——再说一遍。"

车主道："有什么好讲，快交二十块啊，想赖掉？乘不起就别乘，自己跑回来。"

余雄掏掏耳朵说："什么？你——再说一遍。"

"你干什么？"

余雄瞪车夫一眼，左臂一挥，一拳横扫在载客的铁皮厢上，"咣"一声，四个凹印，然后把指关节弄得咔咔作响，笑一声说："你——再说一遍。"

车主吓一跳，想自己的身体没有铁皮硬，今天倒霉，碰上一个更黑的，但又不愿马上放弃让自己脸丢光，像一个人从十层楼掉下来，自知生还无望，最后要摆几个动作，使自己不至于死得太难看。车主的语气马上像面条放在沸水里："这，你干什么要打坏我的车，价钱大家好商量。"

余雄向前一步，一字一顿道："你——再说一遍！"

车主大恐，生怕车上会有八个凹印，把前一句话也删掉了，再加个称谓，道："小兄弟，价钱大家好商量。"

余雄在口袋里掏半天，掏出一枚一元钱的硬币，两只手指捏着在车主眼前晃一圈，扔在他的手里，对雨翔和宋世平说："走！"雨翔脑海里竟有梁梓君的影像掠过，呆滞几秒后跟余雄进了市南三中的大门。宋世平夸："好你个余雄，你没醉啊，我真是崇拜死你了！

你手不痛？"

余雄揉揉他的左手，说："废话，当然痛。"

宋世平说："你刚才那几句话就杀了那老秃驴的威风，你不像是混饭吃的。"

余雄微微一笑，把自己扮得像神仙中人，说："哼，我当年……"

宋世平想听"当年"怎样，不料下面没有内容了。雨翔告诉宋世平："别问了，当年他肯定是老大。"

市南三中的夜十分恐怖，风吹过后不仅草动，树木都跟着摇曳，地上千奇百怪的树影森然欲搏人。但恐怖无法驱散内外的热气，雨翔不禁抱怨："今天热成这样，怎么睡呢！"

宋世平要回答，突然身体一抖，手指向前方说："看，人影！"

余雄林雨翔循指望去，果然五个黑影在向体育室潜行，手里都拽着一个长条。余雄一惊，飞奔过去，五个"夜行军"察觉到了，停下脚步看半天，笑着说："你扮鬼啊，高一新生怎么都跑在外面吓人。喂，朋友，热成这个样子你也去寝室，脑子烧坏啦？跟阿拉体育室里挤一挤，那里有空调。"

余雄摆摆手退后说："谢了，我们再说吧。"

宋世平要睡体育室，余雄道："你热昏了，三中的校规多严你知道吗？你想挨处分？忍一忍，走。"

宋世平依恋不舍地向体育室门口望几眼，一个影子正在爬门。雨翔忍住心中俗念，跟余雄一起走向寝室。

到了寝室门口，十几个人正带着席子走出来说里面太热。听者有心，宋世平更叨念要去睡体育室。余雄冷冷道："你忍不住你去睡。"

雨翔左右为难不知要睡哪里，最后人本性里的懦弱战胜了贪一时之乐的欲望，决定跟余雄去受罪。两个人像大灾难时的救世英雄，逆着大流向前走。宋世平也折回来说好友有难同当，来遮掩自己的胆怯。

寝室大楼人已散去一大片，只剩几个人坚守岗位，时不时发出几声怪嚎，回声在大楼里飘荡。三人回了寝室，洗刷完后躺在席子上，强迫自己睡着。三人连话都不敢说，此时最小的动作都会引发最大的酷热。宋世平忍不住又去擦了一个身，回来后问："你们有谁睡着了？"

"屁话，睡着都被你吵醒了！"

"余雄，你呢？"

"你说呢？"

"你们两个都没睡着？"

"废话。"

"那我们一起去体育室睡吧，那里有空调，想想，空调啊！"

"你要去你去。"

"现在去也晚了。"

"不如你们两个到阳台上来聊聊天吧。"

雨翔第一个起床，冲个凉后上了阳台。余雄也英雄难过高温关，爬起来搬个椅子坐在阳台门口。雨翔望着星空，说："其实我不想来这里，我也没想到会来这里。"

宋世平一脸不解，说："这么好的人人要进来的学校，你还不想进？"

雨翔苦笑道："不过也没有办法，既来之则安之，没爸妈管着，一帮同学住一起也挺开心的。"

余雄在暗处笑几声。雨翔惊异于他在这么热的天竟能发出这么冷的笑，刨根问底要把这个笑解析掉，问："笑什么！"

余雄问他："你以前没住过寝室吧？"

雨翔答"没有"。余雄再发一个冷笑，道："是啊，你刚来，觉得什么都新鲜。你看着，刚住进去一个礼拜保你每个人礼让三分宽宏大量。过久了你看着，骂你碰他床的，阻他路的，用他水的，哎哟，这才是对了。"

雨翔不信，说："我看学生小说里的……"

余雄打断说："你连这个也相信？那些浅的文章是浅的人写出来的，叫'美化'，懂吧？"

雨翔死守观点，说："大家让一下就没事了。"

余雄道："让？谁让？人的本性是自私的。"

宋世平一个人置身话外，心有不甘，要体现自己的存在，激余雄说："听你的话，好像你住过宿舍似的。"宋世平只等余雄叹息道："其实我也只是想象，被你看出来了！"不想余雄说："是啊，我住过，小学以后我在体校念书，住三年了。"宋世平事与愿违，本想这话像武侠小说里的断龙石，不料被余雄当成踏脚石，一下子热情被扑灭，眼里写满失望。

余雄由宋世平帮忙承上启下后，滔滔不绝道："我刚去体校那会儿，大家过得挺顺。后来大家就开始计较了，用掉别人一点热水就会拳来脚往的，人是这样的。"

雨翔仍对集体生活充满憧憬，道："那时候是你们人小，不懂事吧，进了高中也许就不一样了。"

余雄摇摇头道：

"也许会，但懂事只是指一种克制，不让自己的本性露出来，本性终究是本性，过久了就会自己露出来。"

雨翔为余雄的话一振，想余雄这个人不简单，看问题已经很有深度，不像美国记者似的宋世平。雨翔对余雄起了兴趣，问："你怎么会去上体校的？"

余雄道："我小的时候喜欢读书，想当个作家，但同时体育也不错，被少体校一个老师看中，那时亚运会正热，我爸妈说搞体育的有出息，以后——可以赚大钱，就把我送去少体校，就这样了。"

雨翔拍马屁道："难怪你的话都不简单，现在还要当作家？"

不等余雄回答，宋世平在一旁拍马的余屁："真的很不简单！"

余雄思索一会儿，道："现在难说了，大概不想了吧，不想了。"

宋世平又是一脸失望，他本想马屁新拍，无奈余雄说了这么一句丧气话，弄得他有力无处拍，只好手掌扇风说："好热啊。"

这话提醒了本来忘却了热的余雄和雨翔，顿时觉得一股奇热袭来。热不能耐下，雨翔大声道："你是看破红尘了吧！"

余雄说："怎么叫'看破红尘'，我看不起那种悲观的人，所谓看破红尘就是把原本美好的红尘看成了破烂！"

雨翔笑着拍手，说："好，好！"拍几掌觉得这句话似曾相识，但肯定不是名人名言，因为名人是说不出这种一语破天机的话的。仿佛以前谁说的就在脑子里的一个显眼处，但偏偏又找不到。雨翔用出吃奶的力气想，但"想"这个东西是加二十分蛮力也无济于事的。不想时自己会自动跳出来，要想时却杳无音讯，但正因为曾经"自己自动跳出来"过，所以雨翔不愿放弃努力。这种体验是很痛苦的，要想的东西往往已经到了舌尖却说不出口，仿佛自来水龙头口那一滴摇摇欲坠却又忽长忽短坠不下来的水滴，上也不是下也不是，只好任它悬在那里。

正在雨翔的思绪前不着村后不挨店时，突然"想通了"，这种爽快如塞了半天的抽水马桶突然疏通，闻之也令人心旷神怡。雨翔想起一开始说那句话的人是梁梓君，是梁梓君一次开玩笑时当成语曲解告诉雨翔的。

雨翔心疾自愈，但一想到梁梓君，脸上就笑不起来。余雄也叹一口气，那口气为夜谈收了一个尾，三人趴在阳台上不知何时睡着了。

第二天雨翔第一个被痒醒。阳台外面有些风，这风十分难得，吹散了他心里的一些忧郁。雨翔突然想起要训练，把其余两人叫醒，再看时间，佩服自己醒得恰到好处——还差二十分钟。第一次在异地醒来，雨翔有点落寞的感觉，觉得许多事情无所适从。洗脸的池子太低，弯腰时在家里习惯了，往往要撞水龙头；洗脸和洗脚的毛巾也时常放错地方；走路常和屋子里的摆设过不去，如入无人之境，撞得桌仰椅翻也已不下两次，一切都乱了。

三人出寝室大门时外面已经细雨绵绵，宋世平说："太棒了，不用训练了！"余雄白他一眼说："想得美，下雨照练。"慢跑到操场，刘知章正站在跑道上，手持秒表道："昨天热，辛苦了，我向学校反映，他们终于肯开放体育室。今天记者来采访，大家照练，采访到谁，别说空话大话，有什么说什么。好，慢跑两圈！"慢跑到一圈，操场旁杀出一个扛摄像机的人，镜头直对雨翔。雨翔浑身不自在，欲笑又不能，只求镜头挪开。摄像师瞄准了一会儿后又将镜头对着市南三中的建筑，亏得胡适楼不会脸红，让摄像师从各个角度拍遍。随后同摄像师一起出现一个记者，那记者像刚出炉的馒头，但细皮嫩肉很快经不住初升太阳的摧残，还没做实际工作就钻到轿车里避暑。她在车里见长跑队两圈跑完在休息，伺准时机赶过去采访。

宋世平故意坐在最外面，记者跑来第一个问他："你们对暑假的训练有什么看法？"宋世平不假思索，张嘴要说话，记者一看趋势不对，轻声对宋世平说："等等，摄像师说开始就开始。"然后对摄像师打个手势，自己说："开始！"宋世平刚才想说的话现在一句也找不到，竟支吾道："这个——它能提高……我的……体育成绩，使我进步。"女记者表示满意，谢过后走到刘知章面前，问："老师您好，您也十分辛苦，要冒着酷暑来组织训练，您有什么话要对我们的观众朋友说吗？"刘知章用夹生的普通话说："这个嘛，训练在于长久，而不在于一时的突击。今年的体育生质量比往年好，他们也太辛苦啊！"

女记者放下话筒，思忖这些话好像不对昧，咀嚼几遍后找出问题之根源，对刘知章说："您可不可以再说一遍，把最后一句'他们……也太辛苦'的'太'字那个，最好不说'太'。可以开始了，谢谢。"

刘知章摇摇头，把"太"去掉说一遍。女记者再想一遍，凑上去说："这个——您最好再加一点，比如结合学生的素质教育和跨世纪的人才培养计划之类。"

刘知章表情僵掉，推开话筒道："我说不来，你们找别人吧。"

记者也一怔，续以一个笑退下说："那谢谢您。"收起话筒的线，走出三十米，确定安全后对摄影师说："他当他是谁，采访他给他面子，他自己不要脸。要前面那段算了。"摄影师道："那素质教育和跨……"

记者道："跨什么呀，他不说有人说，台里面自会写一段让主持人读，叫'观后小议'，还会说得比那老头清楚。"说罢热得受不了，加快步伐向采访车跑去。

刘知章让体育生起来，说："别去管他们！"然后令每个人跑十圈。林雨翔装作平静地系鞋带，腿却平静不了，抖个不停。跑了一圈，觉得不过如此，加快了速度，但第二圈时就眼睛鼻孔一齐放大，体力却渐少渐小。刘知章在一边问情况，带头跑的两个高二男生为显示其耐久力，抢着答："可以，没问题。"据说抗战时美国ABC的著名评论员伊拉克·杀蛙累了（Eric Sevareiol）采访重庆行政院孔祥熙博士，孔说那时中国通货膨胀情况好比一个人从三十楼掉到十五楼，他在空中喊："So far，so good！"（迄今为止，还好！）如果孔祥熙有命活到今天，定会收起那个比喻送给这两个高二男生。

　　果然那两个男生说话太多，气接不上来，开始落后。雨翔咬住前面一个，但不敢超，生怕引发了他的潜能，跟了半圈后，觉得速度越来越慢，好胜心上来，像试探水温一样在他身边掠一下再退后，见那男生并无多大反应，只是脸上表示憎恨，无力付诸行动，便放心大胆超了过去。跑过五圈，极限了好几次，眼看被余雄拉开了大半圈，斗志全无，幸亏后面还有一个倒霉蛋在增强雨翔仅有的信心，让雨翔有个精神支柱，不料那根柱子没支撑多久，就颓然倒地休息，把倒数第一名的位置让给雨翔。雨翔仅有的可以用作安慰的工具也没有了，觉得天昏地暗，跑一步要喘两三口气，手脚都没了知觉，胸口奇烫，喉咙如火燎，吸进去的气好像没进肺里，只在口腔里绕一圈就出来了，最后的毅力也消失，但不甘心去得像第一个那样光明正大，用手捂住肚子，用这个动作昭告人们他林雨翔只是肚子痛而不是体力不支，把腿的责任推卸给胃，再轰然倒地。目眩一阵后，从地上半坐起，看其他人的劳累，以减轻心里的负担。宋世平原来也构思好捂住肚子装痛再休息，万没想到被林雨翔先用掉，只好拼了老命跑，证明自己体力无限。他面对雨翔时一副悠闲如云中漫步的神态，一旦背对，压抑的表情全部释放出来，嘴巴张得像恐吓猎物的蛇，眼睛闭起来不忍心看见自己的痛苦。十圈下来，宋世平瘫在地上一动不动，以诈死来博人同情。余雄脸上漠然无表情，俯身拍几下宋世平，再走到雨翔面前说："你怎么会这里痛？一定是跑前水喝得太多了！"

雨翔道："是啊，口太渴了！"

余雄脱下衣服，挤出一地的汗，说："洗澡去吧。"

雨翔笑道："光你挤出的汗也够我洗个淋浴！你受得了？"

余雄淡淡一笑，说："在少体校都是三十圈，一万二千米一跑的。"

雨翔吓一跳，不敢去想，脱掉上衣，撑地站了起来，走几步，两脚感觉似悬空点水。三人洗好澡打算去三塔园消暑，到门口见大批大批学生拥进来，吃了一惊，以为刚才跑得太快，超过了光速看见了未来的开学情景，证实了爱因斯坦的相对论，一看门口的通知才知道是高一分班的考试。校门口车子停了几百米，见头不见尾。宋世平不平道："我们怎么没分班考试？"余雄说："我们？你也不想想我们是什么人，像拣剩的肉，随便搭到哪个班就哪个班。"

三人相对笑笑，继续往三塔园去。三塔园据说是古时托塔李天王下凡界镇妖，抛三塔把妖压在下面而成。三人进了三塔园，浑身一凉。园里除了树还是树，树多降温，但美中不足的是园里扑面的虫子，那些虫进去不用交门票，都聚在园里发威。园里游人稀少，最大的参观团就是雨翔三人。

雨翔道："没想到人这么少，而且虫那么多——"他做个赶虫动作，"哪像我们看景色，像是虫子看我们。"

三人行至一烈士塑像处，虫子略少，坐下来休息。雨翔指着烈士塑像下一块牌子说："严禁攀登。"语气表示迷惑，想现代人室外攀岩运动已经发展到了这地步。宋世平说："这牌子有屁用，待会儿保管有人爬上面去拍照！"三人聊一会儿，兴趣索然，没有雅兴去欣赏李靖扔的三座塔，赶回学校去睡觉。此时分班考试第一门已经结束，人往外散开来。余雄见胡军正跟高二体育生勾肩谈天，对雨翔说："以后你少跟他在一起。"身旁一个家长在给孩子开易拉罐，见后对其说："喂，听着，以后不可以和体育生在一道，看他们流里流气的，进了市南三中也不容易。今后他们跟你说话你就不要去理⋯⋯"

宋世平听了气不过，要去捍卫自己所属团体的名誉以捍卫自己，被余雄拉住，说："何必呢。"

日子就在早上一次训练傍晚一次训练里飞逝。暑假集训期已过大半，学校里的草草木木都熟悉了，不再有新鲜感，日子也就一天比一天难挨。晚上一个体育室里挤了二十几个体育生，连桌上都睡满了人，睡不了那么高的人只好在地上打个铺，用粉笔画个圈表示是自己的领土，闲人不得进入，仿佛狗撒尿圈领地，半夜上厕所像是踏着尸体走路。不打呼噜的人最忌讳睡时有人打呼噜，因为那很有规律的呼噜声会吸引人的注意力去数而忘却了睡，二十几个体育生白天训练疲劳，晚上专靠打呼噜排遣心里的不满，呼噜声像十九世纪中期的欧洲资产阶级起义一样此起彼伏，往往一方水土安静了，另一个角落里再接再厉；先东北角再西南方，这种环绕立体声似的呼噜更搅得雨翔一个梦要像章回小说般一段接一段做。

梦里有许多初中时的人，还有与Susan共伞的一段反复出现，使身处异地的雨翔苦闷难耐。

第二天下午雨翔鼓足勇气给Susan打个电话，一直没人接。一想该是去军训了，心里惆怅难言。

再过三天就是新生报到兼军训。今年的炎热后劲十足，不见有半点消退之势。该在上海下的雨都跑到武汉那里凑热闹去了，空留一个太阳当头，偶然也不成气候地下几滴雨，体育生都像阿拉伯人，天天求雨，天天无雨。冒着烈日训练的后果是全身黑得发亮，晚上皮肤竟可反射月光，省去学校不少照明用的电费。

十一

　　新生报名那天把分班考试的盛况再演一遍，林父林母也赶来给雨翔搬寝室。中国言情小说里重逢之日的话莫过于一方拥着另一方，再深情凝望，道："××，你瘦了。"可林母端详雨翔半天，泪水涟涟道："雨翔，你黑了。"继而说要去街上买增白粉。寝室只是下降一楼，从三楼到二楼。室友不久都纷纷赶到，几个家长倒是一见如故，互相装蚊帐，跟在家长后的学生腼腆万分，眼睛看在地上。寝室的分类也带歧视，凡上海市市区户口的分在一号带阳台的那间，城镇和农村户口的被分在二号寝室。雨翔的床位在二号寝室靠门那铺。这间寝室一共四个人，除雨翔外全是考进来的；隔壁声势较为浩大一些，五个人，全是自费生。高中里最被人看不起的乃是体育生和自费生，但自费生可以掩饰，而体育生像是历代鬼怪小说里妖怪变的人，总有原物的迹象可寻，不能靠缄默来掩人耳目，每天去训练就是一个铁的事实。

　　父母散去后一屋子人一声不吭整理自己整齐得不需整理的东西。雨翔受不了，去隔壁的 203 寝室找余雄，余雄不在，雨翔又感到落寞无助，回到自己寝室里跟一群陌生的室友建立友谊，泛问四个人：
"你们是哪里的？"原意想造成争先恐后回答的盛势，不想四个人
都不作声，雨翔为施问者，进退两难，只好硬起头皮再问："你原来
是哪里的？"

这问终于有了反馈，雨翔左铺放下书说："灵桥镇中学。"雨翔
"哦"一声，左铺又道："他们两个都是的。"雨翔上铺才对左铺打
招呼道："老谭，什么时候去班级？"雨翔忽然悟出原来其余三个早
都认识，怕冷落了他才故意不说话，心里涌上一股温暖。学校怕学
生第一天上学就因为挑床铺而争执，在每张床的架子上都贴了姓名。
雨翔知道他的上铺叫沈颀，左铺谭伟栋，还有一个直线距离最远的
叫谢景渊。四人先谈中考，似显好学。隔壁寝室里嬉笑声不断传来，
撩得雨翔心痒。谢景渊问："那个叫——林雨翔，你中考几分？"

雨翔心里惨叫一声，暗骂这小子哪壶不开提哪壶，说："我这次
考砸了，才484分，差了三分，但因为我体育得过奖，所以我作为
体育特招生进来的。"

雨翔把分数提高一大截，心中忐忑不安，小心观察室友神态。

谢景渊一笑，笑得雨翔全身紧张，暗想定是谢景渊看过分数故
意再问，要嘲讽一番。想到这里，冷汗不止，马上补牢道："让我想
想看，好像不是这个分数，我考了几分呢？"雨翔正在假痴不癫，
谢景渊道："你有个特长就是好，什么事都好办，我们没有，只好考
试。"沈颀和谭伟栋都点头赞同。

雨翔虚惊一场，道："其实我这个484是超常发挥的，以前我考
起来只有420分左右，中考前我下定决心，恶补了两三个礼拜，才
考到484呢。"

三人一听，又惊叹不止。雨翔边理衣服边崇拜自己的聪明——

用自己曾经的愚昧来造就今天的辉煌。

四人去教室集中，一号寝室五个人也正打闹着出来，一路从寝室闹到雨果堂，没一步路是走正常的，狂笑撒了一地。

排位置时雨翔的同桌就是谢景渊。一班同学互相客气地问对方姓名爱好。雨翔心里则想班主任该是什么样子，该不是老到从讲台走到班级门口都要耗掉一个下课十分钟——古校的老师理论上说是这样的。待几分钟后，老师进来——那女老师三十几岁，一头卷发，嘴巴微张。雨翔前些天听宋世平说一个老师没事嘴巴不闭乃是常骂人的体现，骂人的话要随时破口而出，一张一合要花去不少时间，所以口就微张着，就仿佛一扇常有人进出的门总是虚掩着。雨翔联系起来看，果然看出一脸凶相。雨翔把这个发现告诉谢景渊，满以为会激起恐慌，谁知谢景渊道：

"老师凶点也是为我们好，严师才可以出高徒嘛，老师凶也是一件好事。"

雨翔白了他一眼，脸上笑道："你说得对！"

那女老师自我介绍道："我姓梅，以后就是大家的班主任。"梅老师说着顿了一顿，故意给学生留个鼓掌的时间。学生当是梅老师初上讲台，紧张得话说不出，都不敢出声。梅老师见台下没有反应，想这帮子学生又是害羞居多，连手都不敢拍，恨不得自己带头鼓掌。

继续说："我的姓中的'梅'是——"她想借一下梅子涵的名字，转念想怕学生没听过梅子涵，不敢用，又想借"梅花"，嫌太俗，"梅毒"则更不可能，竟一时语塞。台下学生见老师又卡住，当这个老师口头表达不行，都替老师紧张，口水都不敢咽一口。

梅老师的气全用在拖长这个"是"上，气尽之时，决定还是用梅子涵，便把梅子涵的名字肢解掉，道："'梅'是梅子涵的'梅'，当然不叫子涵，老师怎么敢和作家同名呢？"

这句废话算是她讲话里最成文的一句，还掺杂了一小小的幽默，学生都硬笑着。梅老师不曾料到这句话会引起轰动，跟着学生一齐笑。因是硬笑，只要发个音就可以，所以笑声虽大，却没有延续部分。

梅老师双手向下压几下，以表示这笑是被她强压下去的，再道："我单名叫'萱'，梅萱。我呢，是教大家语文的。我介绍好了，轮到大家自我介绍了。来，一个一来。"

雨翔侧身对谢景渊说："这老师一定废话很多，瞧她说的，'来，一个一来'，倒好像还要两个一来或一个两来不成。"

谢景渊道："老师说话为了大家能懂嘛，不能怪她的。"

学生的自我介绍精简得像是拍电报，瞬间轮到雨翔，雨翔站起来说："我叫林雨翔，'林'是林雨翔的'林'，'雨'是林雨翔的'雨'，'翔'是林雨翔的'翔'。"说到这里学梅萱一顿，静候想象里排山倒海的笑，不想这自以为强调自我中心的幽默没有效果，只有稀稀拉拉两三声笑，而且都像是嘲笑。雨翔心里虽已做好失败的准备，但想引一些女生发笑总可以，怎料现代女高中生守笑如守贞操，一脸漠然。雨翔刺激不小，伤口久久不能愈合，声音像被去了骨："我爱好文学，也获过一些奖，发表了一些文章，希望能和大家成为学习和生活上的朋友。"雨翔的下半段话给人留下了美好的印象，女生都温柔无邪地盯他看，目光软得似块水豆腐，英语里的"豆腐眼神（dove-eyed）"就是这样的。雨翔极不好意思，低头翻书。谢景渊站起来羞赧道："我叫——我叫谢景渊，'谢谢'的'谢'，'景色'的'色'——啊不，'景色'的'景'，'深渊'的'渊'。我相信脚踏实地就能有所作为。"台下哄然大笑，最后一句没人听到。谢景渊一脸绯红，埋头书里。一班人介绍完后，学校开了个广播会，是"新学期新计划"。雨翔听出声音仍是钱副校长的，而讲的内容似乎有例可循，只是把上次体育生动员会里的话再加以分尸组装，就成了今天的内容。时间仿佛陷在了钱校长的话里，钱校长更是有把时间转为热能的功力，教室里学生无不挥书散温，钱校长作半天文章，道："我要说的就这么几条。"学生都为之一振，万没想到钱校长道："但是，我还要强调几点……"学生无不惊奇，愤慨交织在脸上。钱校长像是在跟要强调的几点调情，来回把那几点翻了十几个身，终于结束："我要讲的就上面那些，留下的由同学们自己去实践。"学生长舒一口气，拍手称快，梅老师道："走读学生可以走，寄宿生留下开个会。明天大家别忘了上学！"

寄宿生一共十九个。梅萱向他们介绍了学校的重要生活设施在什么地方，比如热水龙头等。听梅萱的介绍，市南三中的这类设备隐匿得像是通缉犯，整天躲在暗不见天日的地方。雨翔和谢景渊散会后去灌开水，终于找到了一排热水龙头，雨翔把热水瓶凑过去，拧到最大，出来的水极为秀气，都一滴一滴坠下，点滴打了半天，热水瓶的小半都没到，雨翔怒道："我口水都吐得比它快。"

谢景渊只认化成文字的夸张，对雨翔道："你说话太夸张，口水是不可能吐得比它快的，它虽然慢，但总比你吐口水快。"

雨翔暗骂谢景渊说话土，不再与他搭讪，自顾自灌水。好不容易聚满了一瓶，对谢景渊道："我先走了。"到了寝室，见人都不在，悟到今天是雨果堂开饭第一天，匆匆拿起碗去吃饭。一到雨果堂吓一跳，想怪不得校园里空无一人，都汇集在雨果堂里。雨翔挑了一列比较短的队伍，等了几分钟仍在原地，想市南三中该不会有现打现吃的规定吧。再耐心等几分钟，队伍一动，雨翔想终于可以跨前一步了，怎知那队伍像是青春期少年的骨骼，会慢慢变长，雨翔被逼得退了三步，大惑不解，想自己排队排了十六年，竟会遇到越排人越往后的队，便探出头看究竟，只见从其他地方奔过来几个人，与排在队伍里的人攀谈几句后居然往队伍里一闪，消失无踪。而且各路人士也都看好这支队伍，纷纷来插，这队伍倒也像刘备，能够广纳贤良，再过几分钟，雨翔已经退了不止三舍，怕这样下去会饿死，便换了一列队伍。另一列队伍里一个声音道："林雨翔，这里！"雨翔见是余雄，忙跑过去，余雄说："排我前面。"

雨翔在后面待惯了，怕自己一插身后的人会不满，不敢排进去。

余雄对雨翔循循善诱道："现在谁有路子谁吃饭，管那么多没人会表扬你的。"说完一拖，雨翔被迫就范，站在队伍前头。排在前面的感觉果然不同，想自己身后多少人跟着，快意阵阵。抬头看到黑板上的菜单，馋意写在脸上，想雨果堂里厨师手艺必然不错。前面只剩两个男生，雨翔正构思大好蓝图，忽闻人群一阵骚动，有人道："自理会的来了！"

雨翔没听过"自理会"，当是一个专门插队的团伙，扭头一看才知道是负责检查的，站在队伍最后头那人显然是准备仓促，袖章戴反了，嘴角边闪闪发光，乃是吃完饭来不及擦嘴所致。后面的人催："喂，买呀，呆掉啦！"雨翔慌忙回过神和头，见食堂那个窗口正对着，一个戴口罩的人怒目以待，吓得脑子里蓝图都没了，支吾道："我……我要一份炒三鲜和糖醋小排，还有一块饭。"雨翔见放在板上的饭被割得一块一块，均匀有致，一时找不到量词，随口瞎说。说完见口罩没有反应，当他没听清，再说一遍，面罩愠道："你碗还没给我呢！"

雨翔低头见碗还安然被捏在手里，不好意思地递上去，口罩一把夺过碗，道："糖醋小排没有！"

雨翔小心道："你们黑板上不是写着——糖……"

显然是问这个问题的人很多，口罩未卜先知，说："这是上个学期最后一天的菜单，买菜看里面！"雨翔伸头，见肉类早已卖完，里面正值春天，满园春色关不住，都是绿油油一片，又叫不出名字，只好指着春色叫："这，那！"后面嫌慢，骂声不断。

雨翔这顿饭吃得没有兴趣，夏训时在外面盒饭吃多了，用毕站起来就走。走出雨果堂才记起碗还放在桌上，折回去却已经碗去桌空，自认倒霉回到寝室。一号寝室里五个人正头凑在一起听球赛，自己寝室里谢景渊正给沈颃解问题。雨翔问："你吃过饭了？"谢景渊不计打水时雨翔弃他而去的仇，笑容可掬地说："哪吃得上啊！我吃饼干。"说罢要证实自己这话的可信度，把饼干带出来和雨翔见面。

雨翔一瞥那袋散装饼干，随口说："你每个月生活费多少？"话一出口就懊悔，这摆明是对谢景渊和饼干的看不起。

谢景渊不计较，说："二百。"

"连吃饭？"

"连啊。"

雨翔一脸惊愕，嘴里捺不住冒出一句："我每个月五百。"一脸的惊愕到了谢景渊脸上，道："这么多！"

雨翔又说："隔壁那帮人说不定更多呢！"

沈颃和谭伟栋都放下书瞪眼睛，谢景渊自语："那他们可以买不少参考书了。"

雨翔手一扬，道，"哪里啊，他们这些人每天零食都要吃掉二三十块！"谢景渊像他们吃的是他的钱，心疼道："这么多！就是吃啊，作孽啊！"

雨翔听了暗笑，道："他们光身上的衣服都要二三百块钱一件呢。"

沈顾问："短袖的？"雨翔点点头。谢景渊道："那他们的家不是要被他们用穷？"

雨翔道："哪里呀！他们这帮人，每个家里至少五十万打底，要不这么低的分数怎么进来？"

谢景渊不解，道："学校里的校长为什么不来管呢？"

雨翔故意放纵大笑，道："学校？校长？哈！他们一管，钱从哪里来！"

谢景渊说："那教育局怎么不管呢？"

雨翔本想说："教育局管这个？他们是一路的，这样一管岂不是妓女赶嫖客？"反思一下，觉得面对谢景渊这样单纯到只受政治书熏陶的人不能这么说，便把这句话斩头去尾，说："他们是一路的。"

谢景渊眼神软了下来，道："学校怎么可以这样呢，学校是培养社会主义建设人才的地方，是……"沈顾和谭伟栋也围过来议论，雨翔不语，隔岸观火。

隔壁寝室里传来一阵骂臭声。

林雨翔十分不习惯漫漫三个小时的晚自习，话不能说一句，坐着又没事干，只有不住地看表然后怀疑手表坏了。实在闲极无聊，轻轻唱歌，唱到一半，背后让人戳一下，那一戳仿佛是警界的扫黄突击行动，效力只有一小会儿，过了一阵雨翔又忍不住唱几句。

好不容易熬过晚自修，晚上觉也不能睡安稳。熄灯前学校播寄宿生须知，广播里又是钱校长的声音，雨翔想这次完蛋，今夜将无眠了，但钱校长自己要赶着睡觉，只把住宿规定念一遍，像是耶和华受犹太教十诫：

"……市南三中之寝室条例……不准两人睡一铺……不准大声喧哗……不准乱拿别人的东西……不准听音乐，不准……"

雨翔略略一算，除了"不准杀人"外，其他的都说到了。最后，钱校长道："同学们，今晚大家好好睡，明天还有一个任务等着呢！"这话像是公路上一摊血，既能让人恐惧又可引人好奇。钱校长仿佛在广播里可以见到听者的神情，待到学生被好奇心折磨得不像样时，缓缓道："那任务是军训——"

宿舍楼里骂声不绝，但伤及不到广播室里的钱校长，倒是管理寝室的闻骂出动，以骂制骂道："你们造反！回去睡觉！"不料学生不把管寝室的放在眼里，水哗哗从楼上泼下来，管寝室的往后一跳，骂："你们这群臭小子再倒！再倒就记过！"倒水的学生只听到前半句，遵其命再倾其余水，边倒边叫："去你的！"管寝室的本想以不动来威慑学生，结果脚不听脑子控制，继续跳动着避灾。雨翔见这好玩，正愁洗脚水没处倒，顺大势倒了下去。

这时黑暗里一个声音："干什么呢？"

三楼一个声音颤着叫道："是钱——校长！"

楼上都是收脚盆的声音。雨翔急着把脚盆收进去，不小心碰到了阳台，手一滑，只听"咣"一声脚盆掉下楼。钱校长人一抖，看到一片漆黑里那东西还在地上滚，上前去按住，见是一只脚盆，气愤那帮学生不仅无礼到泼水，而且彻底到连作案工具都扔下来伤人。雨翔大叫不好，听下面没有反应，当钱校长给自己失手砸死了。钱校长拎起脚盆吼："你们今天快点睡，这事我一定要追究到底！"

雨翔待校长走后溜下去找脚盆，一楼的告诉他被校长拿走了，雨翔只是惋惜，想以后没有脚盆的日子里要苦了自己的脸，与脚共饮一江水。回到寝室，离熄灯还有一小会儿，跑到隔壁和余雄聊天，回来时钥匙没带，寝室门又被关上，不好意思地敲门，一号室里一人出来开门，雨翔感激地望着他，叹他果然是市区男生，白得像刚被粉刷过一遍，问："你叫——"

"哦，我叫钱荣。"雨翔谢过他后开始怀疑余雄说的人情冷暖。

二号寝室里三个人都躺在床上温书。雨翔也懒得跟他们说话，爬上床睡觉。虽说在三中已经住了十几天，但真正睡这种床却一次都没有。这床宽不过一米，长正好一个人，想是市南三中响应国家的"节约"口号，每个床都是量身定做的，毫厘不差，只差没改成人形。再想到犹太教的十诫，惊异莫非市南三中是宗教学校——佛教十戒里第八条就是"不坐高广大床"。

雨翔躺在床上，漫想高中三年该怎么去度过。熄灯后雨翔不敢动，怕翻一个身就下去了，这样僵着又睡不着，初秋的天像在跟盛夏的天比热，雨翔只好爬起来在窗边坐睡了一夜。

第二天早上雨翔穿上了交五十块钱学校发的校服。军训期间宁可让皮肤憋死也不愿让皮肤晒死——市南三中的校服是长裤长袖的，穿了没走几步就满身是汗；鞋子也是学校统一发的，缝纫技术更好，严实得穿进去像一脚踏进烂泥里，布质竟比雨翔吹的牛皮更厚。雨翔脚闷得难受，骂道："他妈的——也不是这么防攀比的！"市南三中历年严防攀比，前几年硬规定每天要穿校服，学生抗议声太大，说限制了人的个性。通常这么说的是不甘心只穿校服而有许多漂亮名牌衣服的人，后台十分硬，此消彼长，这里一硬，学校的规定就软了，只规定要买，穿不穿随君。这样一来，当然不穿。雨翔早听说市南三中的校服配不上季节，夏天的衣服可以用来提水，冬天的衣服洞大得连做鱼网的资格都没有。雨翔以为是胡言,今日亲身一体验,半条观点已被证实,又忍不住嘀咕一句:"何苦要穿!"

一头汗的谢景渊听见道:"这样体现了学生的精神面貌。"雨翔摇头想说"否也",看谢景渊一脸正经,强忍着说给自己听,想这年头精神面貌越来越有"面貌"的样子,好的精神面貌似舞女的脸,说不准抹了几层胭脂;学生的精神面貌更像是犯人的供词,要靠逼才能出来。

一号室里的人都嚷着跳了出来,他们都一身校服,在互相嘲笑。为了显示与众不同,几个人都戴了阿迪达斯的头带。谢景渊不懂,问雨翔:"他们头上的布是干什么的呢?"雨翔也不好打开天窗鞭挞人性里的虚荣,道:"这是擦汗的。"

教室里十分热闹,初识不久,就算朋友讲一个不好笑的幽默故事,碍于情面,只好笑,所以尽是笑声,只有成为了最好的挚友才会不给对方留面子。梅萱进门第一句话:"谁是林雨翔?"雨翔忙站起来说:"我是。"梅萱认清他的容貌,说:"去一趟校长室,钱校长找你。"学生都佩服林雨翔厉害,开学军训第一天就被校长接见。雨翔记起昨夜大意失脚盆,难道这脚盆能开口说话?忐忑不安进了校长室,钱校长正端坐着,脚盆在椅子下面。雨翔见了罪证,如芒在背,慢慢往钱校长那儿凑过去。钱校长的语气像盼了好久,放下笔说:"你终于来啦,好,坐。"雨翔不为客套话迷惑,想这些话只是黑暗前的黎明,准备抵赖。钱校长拿出脚盆,问:"这是你的吗?"雨翔为乱真,上前去看看,再赖不迟,一看后吓得赖的念头都没有了——脚盆边上有个号码,无疑是自己的,不作反抗道:"这——是我的。"

"那怎么会在我这儿呢?"

"昨天晚上不小心掉下去的。"

"是不小心？"

"嗯，昨晚我晒衣服，不，晾衣服，放在阳台上的，手一碰下去了。"

钱校长一时找不出这个谎言的弱点，雨翔见憋出来的谎很有成效，一谎未平一谎又起，眼里放光道："怪不得昨天晚上我找了半天找不到，原来是被你捡去了！"

钱校长被连环谎蒙住不算，还背了一个乱拿的罪名，心里叫苦，换个角度问："那你昨天晚上有没有看见谁在泼水？"雨翔道："三楼四楼那帮人。"

"那你为什么不阻止？"

"这个——我怎么去——"

"这个你做错了。作为一个中学生，尤其是市南三中的高一新生，身上应该充分体现出一种善恶观，应当疾恶如仇，你没有参与，很好，可你也不能袖手旁观，你要去阻止。"

雨翔的谎撒得太真，自己也信了，心里愤然想怎么不骂干坏事的而要骂看见干坏事的，说："可是我只有一个人，我阻止不了。"

钱校长在雨翔错的话里揪不到对的，只好在对的话里挑错的："这个你又做错了。即便没有效果，但市南三中学生的风貌你应该体现出来，你应该挺身而出，试过才会知道行不行，你认识到自己的错误了吗？"

雨翔怕再不妥协，钱校长又要发宏论，只好点头。

钱校长把脸盆还给林雨翔，抽出纸笔，道："你写份检讨——不能说是检讨，应该是对这件事的认识。"雨翔认识不出来，信笔写道：

检讨书

昨天晚上，我听到了我所住的那一幢宿舍大楼的第三第四层有一阵一阵的水直往外面泼，水掉下来，溅湿了我所住的那幢宿舍大楼的管理学生就寝纪律的老师的衣服。我当时正在我所住的那幢宿舍大楼的二楼晾几件刚刚洗好的脏衣服，见到了上面同学的不文明行为，我却没有劝阻我上面那些同学。我现在认识到我的行为是很恶劣的，不符合《中学生守则》里的规定，不具备作为一个跨世纪的中学生应有的基本素质。我决心要加强我的集体观念，认真做好作为一个中学生应做的事，不再犯上面那种错误，更严格要求自己，使自己成为祖国社会主义建设的人才。

检讨人　林雨翔

十二

　　军训的一个礼拜混混沌沌，烈日当头，滴雨未下。市南三中是军训的试点学校，众目所瞩，所以其他学校的严格全汇集在市南三中，十个班级的学生像是夸父，专门追着太阳跑。练三个钟头休息十五分钟，人都麻木得没有了知觉，女学生源源不断倒下去，被扶在路边休息。雨翔一次痒得忍不住，伸手挠了一下，被教官骂一顿，仅有的十五分钟都被去掉了。军训最后一天是全校的总检阅。梅萱常在班里发牢骚说这次要丢脸了，事实证明高一（3）班的学生果然丢脸，正步走时队伍像欧洲海岸线，主席台上的领导直摇头。结果这个耻辱没能保持多久，被后面的几个班级连续刷新，主席台上的头摇累了，索性坐看云起，懒得再摇。

　　最后由于其他班的无私帮助，（3）班居然拿到三等奖。欢送走了教官迎接来了各科老师。时间虽然是不能够退回的，但却能够补回。第一个双休日各科练习卷共有十来份，要弥补军训浪费掉的时间。回家时雨翔又乘错了车，到了家天都暗了，林父林母正四处打电话找人，林母伟大到牌都没去打，守候着儿子回家，见到了儿子后悬念破除，解不了手馋解眼馋，跑出去看人搓麻将。雨翔正在填那些试卷，林父进门问读书情况，雨翔嫌烦，两个人大吵一架，互不搭理。雨翔冷静后醒悟过来，这样一吵岂不断了财路，便去重修旧好，但林父余怒未息，两个人差点又吵起来。吃饭时雨翔看见放在碗柜角落里的酱菜，心肠一下软了，给父亲夹了一块肉，两人终于言归于好。第二天早上就要出发，林父一路送雨翔到车站，在外面等到车子启动，雨翔见满脸沧桑的父亲推着一辆破车，心里一下子难受起来。林父的愿望是要雨翔考取重点大学，雨翔这一刻心变得特别坚定，一定要考取清华，这坚定的决心经过公共汽车一路的颠簸，到了市南三中已经所剩无几。

寝室里剩谢景渊一人，仍在看书，雨翔问："你这么早来？"

"我没有回去。"

"干吗不回去？"

"为了省钱。"

雨翔不能再问下去，换个话题："那，你的作业做好了吗？"

"好了！"谢景渊边答边把卷子抽出来："我要问你一个数学题目。"

雨翔为掩心虚，放大声音道："尽管来问。"谢景渊把卷子递过去，雨翔佯装看这个题目，眼里根本没这题目的影子，只在计划怎么敷衍过去。计划好了惊讶道："咦，这么怪的题目，要涉及到许多知识，它说……"雨翔把条件念一遍，只等谢景渊开窍说懂了，然后自己再补上一句"我也是这么想的"。但谢景渊的窍仿佛保险柜的门，一时半会儿开不了，急得雨翔没话说。

沉默后，谢景渊说："是不是里面涉及到了——到了我们没有学过的内容？"

雨翔准备用来撤退的话被谢景渊抢先一步说掉了，只好对这个问题进行人身攻击："不会的。对了，肯定是出错了，漏掉一个条件！"

谢景渊点头道："那，我想大概也是了。"雨翔庆幸逃过一劫，不敢再靠近谢景渊，谢景渊不顾雨翔人在哪里，问："我还有一个问题。"雨翔听着这话一字一字出来，只恨自己不能把话塞回谢景渊的嘴，好比眼巴巴看见十米外一只酒杯坠下来跌碎。这时门"轰"一下开了，钱荣正拎着包进来。雨翔找到个替死鬼，忙说："谢景渊，你问钱荣。"钱荣摇头说："我怎么行呢？对了，雨翔，你卷子做完了吧？"雨翔说："还有几个空着……""没关系，让我抄抄！"雨翔把自己的卷子递给钱荣，问："你原来是哪个中学的？"

钱荣摆开抄的架势道："一个私立中学，哈，这样子的试卷也要我来做。"

雨翔小心地问："这试卷怎么了？"

钱荣不屑道："我至少读过一万本书，我去做这种试卷太浪费我的才气。"

雨翔心里一别，想这种自负是自己初中时曾有的，后来无意间也磨平了。自负这种性格就仿佛一根长了一截的筷子，虽然看上去很有高人一等与众不同感，但苦于和其他筷子配不起来，最终只能被磨得和其他筷子一样高，否则就会惨遭摒弃。钱荣这根长筷子是金的，要磨磨不掉，扔掉嫌可惜，保留至今。

钱荣抄着历史试卷道："你看这卷子，说得多浅，一点也不新鲜，听说过美国的'一无所知党'① 吗？没听说过吧？听说过'顽固党'

---

① 美国从前有一个党派，被人捉去一律一问三不知，故称"一无所知党"。

吗？历史书上介绍慈禧却不说'顽固党'，编的人水平还没我高呢。"

雨翔被他的话触动了什么，开了柜子翻半天翻出一本书，扬扬，问："你看过这本书吗？《俏皮话》，吴趼人的。"

钱荣做出嗜书如命状，扑过去道："噢！吴趼人的书，我见到过！我爸好像和他有来往。"

雨翔脸色大变，问："你爸是干什么的？"

钱荣就在等这话，道："我爸是东荣咨询公司的经理，和很多作家有来往！"

雨翔问："东——荣是什么？"

钱荣顿时气焰短掉大半，道："是一个咨询公司啊，你没听说过？什么见识。书拿来看看！"说完自己动手夺过书，一看封面"吴趼人"上面有个"清"字，大吃一惊，忙去补救那句话："怎么又有一个吴趼人，我爸也认识一个，上海的作家，好像是作协里的，他可是写小说的。"

雨翔成全了他的话，夺回书展开说："你不是说'顽固党'吗？这里有一则笑话，你听着。

"一猴，一狗，一猪，一马四畜生，商量取一别号，又苦胸无点墨，无从着想，遂相约进城，遇所见之字，即为别号。约既定，狗遂狂驰以去。入城，至某庙前，见有'化及冥顽'匾额，狗曰：'此即我别号也！'马继至，昂首无所睹，俯视，见某碑下，有'根深蒂固'四字，马曰：'我即以为名也。'俄而，猴跳跃亦至，举首指'无偏无党'匾额，曰：'我即名"无偏无党"可也。'俟半日，猪始姗姗而来，遍觅无所见。三畜咸笑之。猪曰：'若等俱已择定耶？'曰：'择定矣。'猪曰：'择定盍告我？'众具告之。猪笑曰：'从来别号不过两字或三字，乌有取四字者？'众为之爽然，猪曰：'无伤也，

若等盍各摘一字以与我，我得三字之别号，而若等亦各得三字矣。'

"三畜大喜，互商曰：'彼既乞我等之余，只能摘末一字以与之。'于是狗摘'顽'字，马摘'固'字，猴摘'党'字。猪之别号，乃曰'顽固党'。"

念完哈哈大笑。钱荣道："这个笑话我曾听过，我不记得是哪里了，让我想想看——唉，不记得了。但肯定听过！"

雨翔笑余插些话："我听你一说，正好想起！真是巧，这本书我带了。我还带了几本，你看。"于是一本一本把书拿出来。钱荣镇定地看着，有《会通派如是说》《本·琼森与德拉蒙德的谈话录》《心理结构及其心灵动态》，还有《论大卫·休谟的死》。雨翔带这些书的目的是装样子，自己也不曾看过，那本《俏皮话》也只是雨翔军训时在厕所里看的，上面说到的那则《畜生别号》是这本书的第一则故事，雨翔也只看了这一则，不料恰好用到，嗟叹看得多不如看得巧。钱荣的狂气削减了一大半，以为林雨翔真是饱读之人，嘴上又不愿承认，挣扎说："这几本书我在家里都翻过，我家连书房都有两间。从小开始读书，上次赵丽宏到我家来，看见我家的两个大书房，眼红死，说他的四步斋自愧不如。"雨翔料定他梦呓，又不能把赵丽宏找来对质，没有推翻的证据，摆出一个吃惊的神态。钱荣问："你呢？"

雨翔为了能势均力敌，没有的说成有，有的再加一倍，道："我家虽然只有一个书房，但里面书不少，都是嗟——这几本一样的书。难啃啊！"

钱荣说："光读书不能称鸿儒，我曾见过许多作家，听他们说话是一种艺术的享受，fruition of art，懂啵？"

雨翔已经淡漠了他的开门之恩，眼光里有一种看不起，钱荣阔谈他父亲与作家们的对话，仿佛全世界所有活着的作家都与钱老子访谈过，像吴趼人这种作古的都避不过。一个冷声，说："你英语学得不错。"

"当然。英语最主要的是词汇量，你们这些人往往满足于课本，真是 narcissism（自恋），我读外国名著都是读不翻译的。"

雨翔听不懂"自恋"，心里明白这肯定不会是个好词。对话里最痛苦的事莫过于明知被人骂了却不知被骂成什么。雨翔搜尽毕生所学之英语词汇，恨找不到一个体贴艰涩的词来反骂，叫苦不迭。

钱荣又说："我生性是方外之人，学校里老师都叫我奇才！"

雨翔又听不懂"方外之人"的意思，只好翻着书不说话。那一句英语一个成语仿佛后羿射杀凿齿的两箭，令雨翔防不胜防。两人一场恶斗，胜负难分，只好把矛头对准在读英语的谢景渊道："你呢？"

谢景渊抬头问："我怎么了？"

钱荣问："你家有多少藏书？"

谢景渊问："藏书？连语文数学书吗？"

雨翔："不，就是这种——这种——"他拿着那本《西学与晚清思想的裂变》，展示给谢景渊。

谢景渊推推眼镜，摇头道："我家没有这种书。我爸常说，读闲书的人是没有出息的人。"

这话同时震怒了雨翔和钱荣，联合起来给谢景渊伐毛洗髓："你怎么这么说呢？"

谢景渊连连引用名人名言："我老师也说过，课内的那几本书都读不完，课外的书除了辅导书外就更不要去碰，看了这种书心会野，就学不到真正的知识。"

钱荣看看雨翔，见雨翔没有要口诛的意思，想一个人和这种书呆子争太损颜面，甩一句："许多人是这样，自以为是，人性如此。"这话没有写地址人名邮编，不知针对着谁。雨翔和谢景渊都不作声。

钱荣突然道："呀！我徙宅忘妻了！雨翔，我们说到哪里了？"雨翔厌恶钱荣不知从哪本书角落里找来这么多不曾见过的成语，来此故意卖弄，冷言说："我也不知道。"

钱荣不肯放过，道："也许——对，是说到我学英语的方式对吗？"

雨翔不敢再说下去，怕钱荣又躲在外文里骂他，和谢景渊说话："你在看什么书？"

"英语。"

钱荣听见，说："你这样是学不好英语的！我有一本《Gone with the Wind》(《飘》)，借给你。你可不准弄褶了弄皱了，你看通了这本书，英语就会有我一半水平。Understand？"

谢景渊不屑道："我不看了。你自己看吧。"

钱荣一笑说："Shit！ That's nonsense！我自己去看了，原来这个时代还有人像块 stone！"

雨翔守株待兔半天，终于碰上一个自己懂的单词，不肯放过显示的机会，说："什么像块石头，你不能把你的观点强加于人！"

谢景渊听见雨翔在捍卫他谢景渊的荣誉，十分感动，又怕两个人君子动手，道："算了！算了！"

雨翔不理会两个人，跑到隔壁去找余雄。余雄正伏案写东西，见雨翔来了，忙收起来。雨翔劈头就说："我们寝室里有两个神经病，一个每天看书，就是书呆子分分，另一个以为自己是李敖，成天吹牛卖弄，自己又不懂，世界上怎么会有这种人！"

余雄微笑说："你受不了了？好戏还在后头。"

雨翔余怒未平，说："他以为自己是谁？"该说的说完了，雨翔心里的恶气也全部出了，正面斗不过，别人背身时踹人家一脚也是快乐的。不同的是，背面踹人一脚，人家会觉得痛，但雨翔这么说只仿佛隔了一层墙壁打人，抑或说，好比人家生前打不过，待人死后让人家遗体不安。总之，这是一种鞭尸的快乐。

　　雨翔精神上的鞭尸完了，心里涌上一种无人抵抗大获全胜后的斗志，不甘就此放手，继而去鞭他祖宗八代的尸："他就仗着他爸那公司，真是狗仗人势！"彻底鞭完后，心里一阵茫然和空荡荡。

　　晚自修时雨翔不敢唱歌，军训一个礼拜真是沧桑巨变，坐雨翔背后的姚书琴不知如何竟骗来一个纪律委员，专职记录纪律。人一旦当上了官，腰杆子都能直许多。没当官的人好比一群野狗，那官职宛如一根链条，一旦野狗群里有人当官，那野狗就俨然变成一只家狗，有了狂吠几声赶其他野狗的资本和身份。姚书琴表面从容，暗地里不停记雨翔的名字，罪名是"大声喧哗"。倘若论单打独斗，野狗与家狗应该实力相当，但野狗往往打不赢家狗是因为家狗有主人。雨翔连斗的勇气也没有，只有在背地里骂的本事。

　　真正在市南三中才不过一个多星期，雨翔就觉得这种日子难熬，连个说话的人都没有，别的寝室熄灯后比熄灯前更热闹，查寝室者的威严仿佛光绪的帝位。偶尔实在哪间寝室里太不像话，就进去干涉一下。学校闻之大怒，每日晚上都由政教处的人督察，一旦揪住就写检讨，现在学生大多作文水平很高，九十年代的学生作文尤以套话废话见长，皆不畏写检讨。政教处便把每日抓住的不按时按规就寝的学生名字公布出来，这一招果然有效，此后纪律安稳不少，只是政教处老师走后，寝室里依旧闹声四起，校方不知，还在每周总结里夸学生纪律意识有所长进。然全校最安静的寝室莫过205室的二号寝室。雨翔每夜都憋了一肚子话，只等在梦里说给别人听，而且雨翔的失眠愈来愈厉害，大幸时到十一点钟睡着，有一天几乎彻夜无眠，到第二天上课时，囤积的睡意像猛虎下山。但人往往气愤之后容易睡着，这一夜雨翔睡得特别早，第二天凌晨就起床了，本想报晓让众人都起床，但雨翔却忽然有一种报复心理，恨不得他们全体迟到。

起早后雨翔没事干，出了寝室后扑面一阵凉爽，决定去花园走走。市南三中的清晨十分秀美，大片的树林也似从睡梦里醒来，清爽可人。花园掩在其中，更能给人享受。雨翔只顾朝一片鸟叫处踱去。花园边的石凳上有一个女孩子正读英语，雨翔的脚步也放轻了，怕踏碎了她的宁静。雨翔相信清晨的花园是最纯净的，因为只有此时，没有校园恋人徜徉在里面，"爱情的魔力再大也大不过床的诱惑"，这句谚语也可以这么理解——一个满是困意的人也懒得去谈情说爱。毕竟，有时候赖床比上床更有吸引力。

结果还是有人坏了这大好的意境，花园的深处，雨翔看见一个年纪顶多不过初一的男孩在等人。雨翔原先也没有多想，结果不到五分钟，远处跑来一个年纪似乎更小的女孩。男孩抬腕看表，冲她笑笑，说："你迟到了。"女孩两手一摊伸出舌头说："对不起，我被一些事耽搁了！"雨翔离两人一树之遥，听到这对白好像特别耳熟，是在言情小说里用滥掉的，心想莫非这两个也——不会不会，这么小的年纪怎会懂情是何物，爱在他们眼里应该是件不知道的东西。

结果这两个男孩女孩像物理学家，喜欢向未知领域挑战。女孩含羞道："这里真美。你约我到这里来干吗？"说完往后一拢头发，低头等待。

男孩子欲言又止，考虑成熟，说："我最近心里好烦，我相信我在做出一个我一生最大的选择。"

雨翔脸上的吃惊倒是几倍于那女孩子，他不相信这种话出自一个小男生之口，听着别扭，忍不住要笑，干咳两声暗示那一对还有一个人存在，话不要说得太露。那两人扭头发现了雨翔，并没有惊讶的意思，在那两人的眼里，雨翔的存在仿佛物体自由落体时的空气阻力，可以忽略不计。

女孩子低头良久，猛抬头说："你看着我的眼睛回答，你是为了我吗？"

男孩仿佛藏了几千年快修炼成仙的心事被看穿，说："我无法骗自己，我是为了你。"

雨翔用劲控制自己的笑，又干咳两声。

女孩子受不了有干咳破坏浪漫，说："我们换个地方吧。"

男孩不允，说："走自己的路，不管别人说什么。我有话要对你说。"

女孩脸上迅速一片红色，摆弄衣角道："现在吗？"

男孩道："现在，对，我已经无法再等待下去了！"这话仿佛一张病危通知单，让女孩有个心理准备。

男孩说："你知道吗？从我第一眼看见你，我就被你深深地迷住了。这是上苍赐我的幸福，我不愿放手，我一直想对你说这句话——"

女孩明知故问："哪句话？"

"我——喜欢你！"

女孩瞪大准备已久的眼睛："可，这太仓促了吧？"

男孩道："不，一点也不，我愿为你放弃一切。"

女孩子禁不住，眼里有些醉意，问："真的吗？"

男孩说："真的，是真的，不是在梦里，我愿为你放弃一切，包括我的学业。"

女孩一副惊慌失措："这一切都像是书里写的。我该怎么办。我无助，我迷惘……"

雨翔一点要笑的念头也没有了，想泛滥的言情电视剧害人何等之深。离开了花园恶心得连吃早饭都没胃口。教室里已有几个人，暑假的练笔作文刚发下来。雨翔的作业故作艰深，大段大段都是《管锥编》里剽窃的。结果，一看评语，差点气死。本子上大段大段被红线划出来，批语曰："引证较为丰富，但显牵强，要舍爱。"雨翔没顾发表评论，挥笔就骂琼瑶，骂得浑身爽气。过几天，本子呈上去，雨翔只等梅萱写些评语表示赞同。本子发下来，雨翔心跳控制不住地快。他现在甚至有些怀念马德保，第一次出门读书，自然希望得到班主任的赏识。脑子里都是想象，想梅老师一定会夸他目光深远独到，笔锋犀利老到。翻开本子却只见孤零零一个钩，而且这钩也极小极不豪放。再翻一页，也是一个发育未全的钩，两个钩拼起来才有个钩样，这种做法好比现在餐饮业里的生财之道，把一份的料作两份用。钩子附近一个字的评语也没有，雨翔看了十分窝火，仿佛两个人吵架，一方突然沉默不说话，另一方骂着身心也不会爽快。梅萱抱着清政府对敌的态度，雨翔却没有大英帝国的魄力，自认晦气。扫一眼谢景渊的作业本，见一个料美量足的钩，那钩好似领导的年度成绩总结，洋洋洒洒漫无边际。撑足了一页纸，舒展得仿佛一个人在床上伸懒腰，旁人看了也羡慕。这大钩把雨翔的钩衬得无比渺小，雨翔不服，拿起谢景渊的本子看，见他写的是要好好学习建设祖国的决心。雨翔鼻子里出气，一甩本子说："这种套话我见得多了。"

谢景渊缓缓说："这哪是套话，这是决心的体现。"

雨翔厌恶道："写和不写还不一个样。"

钱荣正在吹牛，身旁围了十几个女生前俯后仰地笑，钱荣越吹越有兴致："我十二岁那年，跟我爸去北京，第一个去拜访肖复兴——""哇——"一个知道肖复兴的带头叫起来。钱荣又道："我爸带了我的作文，肖复兴一看就断言我能在文学上极有成就。"

"哇——那你发表过文章吗？"

"发表文章？哼！那些报纸哪有发表我文章的资格！"钱荣一言，把全世界的报纸贬为草纸。雨翔替他爸鸣不平，在旁边竖起耳朵听。钱荣骂人骂绝，骂成草纸了也不放过："凭我爸和那里面人的关系，要发表文章轻而易举易如反掌！而且我的性格注定我是方外之人，玩世不恭，却也淡泊了名利……"

雨翔泼冷水道："怕是水平不够吧。"不料冷水还没泼到钱荣身上就被女生挡了回来："你有什么资格这么说！"

雨翔道："我至少还发表过文章！"雨翔那篇文章好比一碗冷饭，可以随时再炒一遍惹别人眼馋。众女生里有人记起来，说："不是那个——介绍的时候说自己发表过文章的吗？""对对，我记起来了，林雨翔。"

钱荣急忙说："你发表过多少字的文章？"

雨翔大窘，不能拍拍胸脯自豪地说六百个字，装糊涂说："我也记不清多少。"钱荣说："怕只有一篇吧。"这句随口贬低的话歪打正着，雨翔背过身一笑说："我会吗？下个礼拜我把文章带过来。"这话说了自己也后怕。

钱荣道："你的随笔本借我拜读一下。"他故意把"拜读"两字念得像没睡醒时的眼神般飘忽无力。

雨翔这次说了真话："我这个写得不好。"

钱荣乘他不备，抢过本子念："……琼瑶的文章是一种垃圾，是一种误导，是……我真不懂，那么多重复的'两双眼四行泪'和乏味的拖沓的无意义的对话……什么样的书写给什么样的人看，读这种书的人水平一定不会很高……"

这些话犯了众怒，女生的骂多得来不及记，一句一句叠着："你凭什么说琼瑶，你就一个人高高在上！""你清高什么，琼瑶的书那么好，你写得出来你去写！""写不好就说人家！"……

雨翔仿佛抢救一个全身大出血的病人，这里堵住了那里又喷出来，徒劳一阵，解释不济，只好宣布病人死亡："好好好，算我说错了。"这话里还带有明显的反抗，被女生一眼看破："什么'算'，明明是你不服气！"

雨翔挥挥手说："好了，我说不过，我瞎写的，可以了吧。"

钱荣最后补一枪，道："早就该承认了。"

雨翔无言以对，怀念被马德保宠的那些日子，想在初中里真是春风得意，大小比赛参加无数，虽然最后只是衬托别人，但却磨炼得一身的比赛经验。到了市南三中，梅萱不赏识，这倒也罢，钱荣这小子又有乾隆的余勇，胆敢和他过不去，一口气咽不下去，要重树威信。可威信这东西不比旗杆，倒下去了扶几把又可以竖起来；要树立威信的最好办法便是屈才去参加学生会的组织，得一身的职位，说起来嘴巴也沾光。市南三中恰在搞一个素质教育周，提倡把课余时间还给学生，往年还的方式就是成立兴趣小组，这个兴趣小组不是培养学生兴趣而是培养教师兴趣，并不能想去哪个去哪个，都是老师安排，学生有着古时候结婚的痛苦——明明不喜欢对方，却要跟对方厮守。今年市南三中大进一步，允许自由报名，雨翔瞄准三个组织——文学社、记者团、广播电视台，而且立刻把一夫三妻的设想付诸行动。周六上午各组织招生，雨翔洗头刮脸，说要用"三十六计"外的一招美男计。到了胡适楼门口见都是报名的学生，鼓足信心向文学社报名点走去，一看负责人大失所望，一位半秃的老教师负责筛选，那老师一脸不食人间烟火状。林雨翔苦于没有用计的对象，只好去靠自己的实力。中国的文学仿佛伍子胥的心事，有催人老的本领，旁边两个陪考的年纪加起来可以去看虎门销烟。挑选形式十分新鲜，一桌十人聚一起，讨论对中国作家名著的观后感，雨翔排到第二桌，所以静看第一桌人厮杀。主考者眼睛眯着，像是在挑蟋蟀，看谁斗得最猛拣谁。最后一个下口千言离题万里的人胜出，女生叫不公平，主考上前手指点几下桌面说："机会就摆在你们眼前！要争取。"再提起手晃几下，仿佛他的手就是"机会"，说，"未来是市场经济，要从小有竞争意识。"那只获胜的蟋蟀在后面洋洋得意地笑。

第二桌的议题是读《红楼梦》的认识与感想。雨翔没读过《红楼梦》原著，只读过缩写本，而且缩得彻底，只有七八百字，茫然一片空白，一点印象也没有，只见旁边一个女的一遍一遍站起来说："这是中国第一本把女人当人写的小说！光凭这点，它应该在中国文学史上占一席之地！"言下之意《红楼梦》在中国文学史上还没有位置。对面一个男生又站起来开河："这位同学您错了！我们在这里欢聚一堂主要讨论这部书的艺术价值而不是艺术地位。"雨翔觉得四面八方都是声音，不说不行，站起来把仅有的知识憋出去：《红楼梦》这书前面是曹雪芹写的，而后面是高鹗所写……"九个人听着，要看这小子半天没吭一声有什么高见，林雨翔没有高见，仿佛一个要跳崖的人，前后都没有了路，只好跳了再说，"我认为这本书都是曹雪芹写的，根本没有什么高鹗。"结果这一跳极为成功，不但死得好看，而且还成了仙。对面那男生站起来说："我认为这位同学说得极对！"女生不服，站起来不算，还学赫鲁晓夫砸桌子，给自己的话伴奏："但事实证明前八十回和后四十回笔法不相同，一个曹雪芹怎么会写出两种文笔！"破坏完公物坐下去，对着雨翔笑，雨翔把那笑作化学分析，发现一半是奸笑一半是嘲笑，心里一冷。主考说："好了，同学们讨论得十分热烈！"然后把那一男一女留下，雨翔作为俩人的启蒙人，却没有入选，暗骂一句，去考记者团。幸好记者团里不用嘴，只要写一篇描写市南三中风景的文章，那帮考记者团的都有小题大做的本能，写了半个钟头还没收笔。雨翔把市南三中概况写一遍，第一个交了卷子就走，想这次定取了，因为写新闻报道要简要切题。

报广播电视台的人最多，前面排队的人笑着说："这种地方，电视台像在选美，谁漂亮谁上；广播台像在选鬼，怎么丑的人都有。"排在队伍里报电视台的人一阵哄笑；报广播的妄自菲薄，真把自己当鬼，心里骂电视台的人侵犯了鬼权，伤到了自尊。几个长得漂亮的鬼作为形象代言人，说："你们这种靠脸蛋吃饭的，像一种什么职业来着……"具体没说，表示有什么侮辱也是你们自己想的。报电视的都不敢说话，不是不想，而是报广播的数量多，鬼山鬼海，犯不起。

雨翔既做人又做鬼，无论哪方胜利都不会吃亏，所以心安理得看着。前面的报名点显然发现一个雨翔性质的人，放话说："大家听着，一个人不可以报两个项目，如果要报电视台的编辑，大家要先去报记者团，我们自会在里面选。"雨翔一时难以定夺要报哪个，照理说鬼多力量大，但竞争太激烈，怕选不上；想去电视台做学生新闻主持，突然间看到了钱荣也报电视台，为表示道路不同，毅然留在广播台。

考场在一间密室里，先问姓名，俟对方回答，听到声音不甜美者当场谢绝。林雨翔命大，第一关竟然闯过去。第二个问题："你口才好吗？"

林雨翔自以为谦虚道："一般。"这个谦虚像商场里打折，无论折扣多低，自己还是赚的。

问："具体点呢？"

林雨翔撒个谎道："晚上熄灯后一寝室的人都听我说历史故事。"这个谎有三层深奥的含义：一是他林雨翔口才极好，全寝室的人都听他说话；二是他林雨翔历史知识丰富；第三层最妙——假使后面的口试没发挥好，理由可以是现在不是晚上熄灯后，这点看来，林雨翔的口才仿佛隆冬时的脚，白天被严严实实地裹起来，不能轻易示人，到了晚上方可显露。

问者点几下头："那么你报名广播台的动机是什么呢？"

"证明自己。"

"那好，请谈谈你对人生的感悟。"

雨翔一时塞住，感悟不出。

问："为什么不说话了呢？"

雨翔突然聪明了，说："沉默是金。"这个妙手偶得的感悟使雨翔对自己肃然起敬，恨不得大叫一声"说得好"。

问者也对雨翔肃然起敬，让雨翔念一段栗良平的《一碗阳春面》，开始念得挺顺，后来栽就栽在叹词里。日本人对文章里的叹词毫不吝啬，一个接一个，频繁得像中东的战事，如："唔——阳春面。""好——咧。""真好吃啊！""妈妈你也吃呀！""啊，真的！""哦，原来是这样。"

林雨翔没有日本人那种善于狡辩的舌头，读起叹词来不能达到千回百转的效果，自己也觉得不堪入耳，读到后来自己为自己摇头。问者道："可以了。谢谢你，如果你被录取，我们会通知的。"

林雨翔出门见钱荣也边谢边出来，笑挂在脸上舍不得抹掉，看见林雨翔就问："你如何啊？"雨翔的当务之急就是杀掉钱荣脸上的笑，说："哦，你说那个啊，我会不取吗？"心里一个声音"也许会"，钱荣听不到林雨翔的心声，想这小子信心十足，肯定十拿九稳。

雨翔问："你呢，你又如何呢？"钱荣说："我一般会取。"雨翔气势上压倒对方，终于获得胜利，开心了一个上午。林雨翔懒得乘车回去，决定留在学校。中午一过，一些过了一夜的寄宿生纷纷回去，偌大一个市南三中里没几个人。雨翔呆呆地望着只剩一个壳的校园，怅然若失。宿舍大楼右侧是一幢年久失修的红砖楼，说"失修"是冤枉的，学校每年都修，无奈中国学生厉害，看到了公物有极强的摧毁欲望，前面在修后面跟着一帮子人在破坏。这幢红楼叫"贝多芬楼"，学生当聋子好欺负，近几年里大肆破坏，开门不用手，都用脚和身子，手留着刻字用。校领导只好变成瞎子，说要再造一幢。以前几届毕业出去的学生对这幢楼破坏得有了感情，都写信说要保持古典风格，拆不得。现届的学生认为这幢楼还有其破坏价值，打出孙中山"物尽其用"的口号，中国学生做事喜欢直奔两个极端而去，好事要做到底，坏事也不能半途而废。这幢楼留着要给后几届的学生破坏，也当是大哥哥们留下的一份厚礼。贝多芬楼就留了下来，成为学生学业负担下的发泄物。

贝多芬楼里有一个练琴室，那些钢琴托了贝多芬楼的福，也被践踏得尊容大毁。一架钢琴上刻了一句至理名言："弹琴（谈情）要和说爱连在一起。"学校四处追缉这位思想家，最后得到消息，这句话十年前就在上面了，教育了整整半代人。去贝多芬楼练琴的每天都有，而且都是城里小有名气的艺术家，艺术家都和这幢楼差不多脏，一见如故，像看到了自己的再生；这幢楼也难得看见同党，每逢艺术家在里面作画弹琴都敞门欢迎。艺术是高尚的，但艺术家不一定全都高尚，有的和学生沦为一类，也在门上梁上刻字。今年学校实行封闭式管理，所谓的"封闭式"管理就是关门打狗式，不允许外人进入学校。既然是关门打狗，学生当然要有个狗样，学期伊始交了两张两寸照片，一个月后领胸卡。学校可以"闭关"，却做不到"自守"，几个熟络的琴师依旧来练琴，幸亏这些人有点水平，每天弹《秋日的私语》，不再去弹自己谱的曲，整个校园仿佛服了中药，气络通畅不少。今天是周末，依然有人练琴，静心聆听，雨翔竟听出了意境，仿佛看见往事再现，和梁梓君大闹"夜不眠"——应该是看他闹；战无不败的作文诗歌比赛；擦肩而过的Susan；不知是敌是友的罗天诚；赵镇长、金主任……突然想要写封信，然而写信也要一定的文学功底，尤其要卫斯理那种日产万字的功夫，往往写前脑子里的话多得要溢出来，写时那些话就仿佛西方总统候选人当选前的承诺，没一句能落实下来，两眼定定地看着"最近还好吗"这一句话，方才的千言万语已被它概括进去，写了半天也拼不满四五行，心里为朋友没面子，最主要的是要浪费一张邮票，只为让对方满心欣喜地看一些空话后再满心失望，朋友何幸之有，邮票何幸之有！林雨翔想给Susan写封信问候一下，不知是时间太少懒得写了或作业太多写得懒了，或者都不是，只有一个信念，错过都错过了，三年后再说。

钱荣还躺在床上等他爸派车来接，见林雨翔在发呆，说："你在想谁？"说完意味深长地一笑。

林雨翔淡淡说："没想谁。"

钱荣突然跑到雨翔面前说："告诉你一个消息，我要去追姚书琴！"

雨翔大惊，说："你老虎屁股也敢摸？"

钱荣摆摆手说："喏，我因为被她记录的名字太多常被梅萱骂，我决定和她改善关系，用我的博识去感化她。"

雨翔咧嘴说："你就为这个？"

钱荣又把主题向下挖掘一层："喏，我一个人在学校里闲得无聊，况且她也不错，又白又嫩的，凶可以改嘛，她这么凶，肯定没人追过，说不定还是初恋，有个那个可以打发掉许多寂寞。"

下面车喇叭响了起来。

十三

在爱情方面，人类有一个大趋势。男人眼里的理想伴侣要像牛奶，越嫩越白越纯越好；女人眼里的理想伴侣要像奶牛，越壮越好，并且能让自己用最少的力挤出最多的奶。牛奶只有和奶牛在一起才会新鲜，然而姚书琴这杯牛奶久久没有奶牛问津，逐渐演变成一杯酸奶。

钱荣果然有事没事去找姚书琴，姚书琴起先不太经意，后来听女生议论，一下没了主意，女生都羡慕得要死，嫉妒得给她出主意说钱荣这个人又独特又有才又壮实，而优点之首便是有钱。姚书琴口头上说不行，心里早已允许，于是两个人在公众场合像是美英两国的飞机，总是相伴出现。

一个男人在男人面前越是小气，在女人面前就大方得不可思议。钱荣平时在寝室里一毛不拔，在姚书琴面前却恨不得要拔光全身的毛，姚书琴要吃什么买什么。姚书琴和这头奶牛待久了，身上渐渐有了牛的特征，仿佛牛一样有四个胃，吃下去那么多东西却不嫌饱。既然诚心要和钱荣恋爱，就不能再记钱荣的名字，记录本上只剩林雨翔一个人傲视群雄。林雨翔天下无敌后找余雄诉苦，余雄告诉他凡事要忍。林雨翔听不进，和钱荣的矛盾日益加深，小则都用两人自己错误百出的学识斗智，大则讽刺挖苦齐上。钱荣考场情场都得意，运气宛如九八年夏天的长江水位，飙升不止，想停都停不住。姚书琴则被他训练得像只猫，乖顺无比。林雨翔正走背运，破坏纪律的事迹被传到政教处，钱校长从古到今阐述做人的道理，还就地作比较说钱荣这个名字以前也常出现，后来他改过自新，名字就没出现过。雨翔听了气愤不过，背地里骂学校领导根本不知道现在学生是什么样子，他们还以为现在的学生见了异性就脸红，殊不知现在这时代，学生一般到了高二就名花有主，到了高三就别说名花了，连草都有了主，大学里要找一个没恋过爱的学生仿佛是葛优脑袋上找头发。又去找余雄诉苦，余雄又说要忍，雨翔当场忍不住骂余雄一顿。

近一个月，钱荣和姚书琴的感情像块烧红的铁，其他人看了也觉得热，任何闲言碎语就像水珠子碰在上面，"嗞"一声蒸发无踪。每隔一节课就像隔了一年，下课只听见两人无边无际的话。钱荣都把话说得中美合作，称自己是"被动的信"（lettered）（精通文学的）。上课时两人相隔太远，只好借纸条寄托思念。林雨翔坐的位置不好，只得屈身给两人做邮差。传的内容莫过于姚书琴问："你会什么乐器啊？"钱荣传纸条道："那些 easy，我通——可能只是粗通 sex^①，violin（小提琴）也会一点，人家叫我 fiddler（小提琴家，骗子）。"

姚书琴对这些看不懂的英语敬叹不已，遂对钱荣敬叹不已，这增加了钱荣的洋气，下课说话都是："Oh dear！这小子是 ugly（丑

---

① 应为 sax，萨克斯管。sex 为性交。

陋），Ha，no…no…not 这样的，上次我们在 Pub 里，他灌我 drink，真是 shit，fuck him！"这些旁逸斜出的英语让全班自卑万分。姚书琴装作听得懂，侧头注视着钱荣点头，看钱荣脸上的表情行事，钱荣小笑，她就大笑；钱荣小怒，她就大怒。似乎很难找出一样东西数量上会比中国的贪官多，但恋爱里女孩子的表情就是一个大例外，姚书琴的喜怒哀乐在钱荣面前替换无常变化无端，也不晓得用了什么神奇的化妆品，脸越来越嫩，快要和空气合为一体。有句话说"爱情是女人最好的化妆品"，这话其实不对，爱情没这威力，爱情只是促使女人去买最好的化妆品，仅此而已。

林雨翔还是霉运不断，他自己又不是一件衣服，否则可以喷一些防霉剂。一个月前参加的报考至今没有消息，学校的工作一向细致得像是沙子里拣芝麻——应该说是芝麻里拣沙子。今天上午学校才吞吞吐吐透露说录取名单也许大概可能说不定会广播出来，这话仿佛便秘的人拉屎，极不爽快，但至少给了雨翔信心，想自己挣脱噩运的时刻终于到来，凭自己那句万众倾倒的"沉默是金"，进广播站应该不成问题，记者团也是理所当然可以进去，想象广播里一个一个"林雨翔"的名字，心花怒放。

学校终于兑现了承诺。班会课时有人调试广播。校领导致力于保护学校的古典之美，连广播都舍不得换。虽然广播的造型是古典主义的，而里面的声音却是超现实主义的，一个人说话把录下来的声音再听一遍，连自己也害臊不认得了，仿佛韩愈当官后看自己科举考试时的文章。广播里粗的声音可以变成细的，最神奇之处是它还有可逆反应，细的声音竟也能变成粗的，为科学所不能解释。但百变不离其宗，林雨翔一耳就听出来广播里的女声肯定是钱校长的，里面念道：

"为促进素质教育的发展，提高学生日后竞争生存的能力，丰富学生的课余生活，进一步增加学生对学习的兴趣，进一步使学生从课堂内走向课堂外，并提高学校的教学成绩，便于让老师掌握学生的课外兴趣和自身特长，也让学生了解自我的潜力，更好地发掘，学校响应了市政府市教委应试教育向素质教育转轨的号召，放开手脚，大胆创新，为学生在课外开辟了一片广阔的属于自己的天空，让学生自由自在地翱翔，锻炼自己的翅膀，磨炼自己的心智，丰富自己的生活，巩固发展自己的特长，让学生在日后走出校园踏上社会后有与人一拼的竞争实力，更好地建设祖国，学校组织了一些兴趣小组。"

雨翔惊叹不已，想钱校长洋洋一席话，能够让人听了仿佛没听一样，真是不简单。其余学生都摇头不止，都夸听君一席话，胜读十年骈体文。

幸亏钱校长心地善良，给陆机留了面子，开始报被录取者名单，但就此报了也太损自己风格，一定要加些空话，仿佛害羞女人接受心上人的求爱，总要坚持一番：

"经过学校老师根据学生的各方面素质，综合学生的各方面成绩，最后，我们决定了以下的名单：

"数学兴趣小组……电视台……钱荣……"

班级里哗然一片。男的都看着钱荣，女的都盯住姚书琴。钱荣笑吟吟地点头，鸡犬升天的姚书琴也光荣地笑。林雨翔差点脱口说你们省着点笑，还有我呢。然后静待自己的名字。隔了许久，钱校长才报到记者团，林雨翔一下做好准备，身体也调到最好的姿势，只等接受祝贺。报到第三个时雨翔终于听到一个耳熟的名字，是余雄，想这下要成为同事了。钱校长又报了三个，还是没有自己。林雨翔的心蓦地狂跳，肯定是在剩下几个里了。再报两个，仍旧没有，林雨翔更坚信剩下的两个也定有自己的半爿天，像快要死的人总是不相信自己会死。钱校长又缓缓报一个，把林雨翔的另外半爿天也拆了。只剩下一个。林雨翔的身体和心脏一起在跳，不由自主张开了嘴，校长开口的一刹，林雨翔耳朵突然一抖，身体仿佛和尚的思想，已经脱离了俗尘。

"最后一位是，董卓。"

四周一阵掌声，林雨翔也机械鼓掌，脸上的失落像黑云里穿行的月亮，时隐时现。为了不让人发觉，向谢景渊笑道："市南三中里什么样的人都有，连《三国演义》里的都来报记者，恐怕下一个是张郃吧。"说完痛心地再笑。谢景渊脸上的严肃像党的总路线，可以几十年不变，冷漠地对雨翔说："现在是上课，请不要说话。"

又是漫长的等待。这等待对雨翔而言几乎没有悬念，由于他深信他的"沉默是金"，只是悠闲地坐着。转头看看钱荣，钱荣对他笑笑，扭回头再等待。

等待终于有了结果。钱校长开始报广播台的录取人员，雨翔轻快地等，时间也轻快地过，直到听不到钱校长再报，才意识到自己都没被录取。雨翔在几分钟前已经锻炼了意志，这次没有大喜大悲，出自己意料地叹一口气，什么也没想。

钱荣顿时成为名人，因为还没上电视，所以现在只是个预备名人，没事就看着壁上挂的那台实际是二十五时被校长用嘴巴扩大成二十九时的彩电笑。学校的电视台是今年新成立的，备受瞩目，钱荣是第一个男主持，备受瞩目。记者团倒是会内部团结，先采访钱荣，钱荣大谈文学与媒体的联系，什么"电视 mass — media（媒体）与人的 thinking（思想）是密不可分的，尤以与 culture（文化）为甚"

等等，听得记者恨没随身带字典，自叹学识卑微，不能和眼前的泰斗相比。记者团采访过了自然要在"media"上登出，记者团的报纸要一月一份，不及文学社一个礼拜一份那么迅速，只好暂把采访放在文学社的《初露》报上，名为《他的理想他的心——记市南三中第一届电视台男主持人钱荣》。文学社起先不同意，说已排好版，无奈电视台受校领导宠爱，文学社没能保住贞操，硬在二版上把《他的理想他的心》塞了进去。原来的五号字全都改用六号字，电脑房大开夜车，准备将其隆重推出，在全校范围内引起轰动，不幸忙中出错，原来空出一块地方准备插一幅图，事后遗忘，校对的那些人也空长两只眼睛，报纸印出来才发现有纰漏，大惊小呼，补救已晚。那空白处被一堆密密麻麻的六号字映衬着，仿佛一个人披着长发头顶却秃了一块，明显加难看。情急下找主编，主编也是刚被推选的，此次犯下滔天大罪，故意学功成名就的文人，过起隐居生活，久觅未果。社员再找校领导，校领导一旦遇上正事，管理贝多芬楼的态度就上来，说既然放手让学生管理，我们就信任学生，这种事情应该自己处理，以锻炼应变能力。

智者总是在生死攸关时出现的，这时文学社一个人突然聪明了，说把钱荣找来，在印好的报纸里的空白处都签上名字。众社员心里叫绝妙，嘴上不肯承认，说："事到如今，只有这个办法了。"钱荣不知道内幕，欣然应允，签了一个中午，一回教室里说了不下五遍，还常甩甩手说他签得累死了，"Be a celebrity（做个名人）真是辛苦。"雨翔巴不得他手抽筋。

下午《初露》就发了下来，学生都惊呼"草纸来了"。一看草纸，上面还有未干的墨水印，都恨这堆墨渍坏事，使《初露》连做草纸的唯一资格都丧失了。终于有人细看那堆墨渍，那人眼力惊人，横竖认了半天念"钱荣"，众生大哗，都去看那篇《他的理想他的心》。报道里钱荣的话都夹中夹英，甚至连国名都不放过，都是 China 什么了 chinese 怎么了，仿佛中文里没有"中文"这个词语。中国人一向比较谦虚，凡自己看得懂的不一定认为好，但碰上自己看不懂一定不会认为坏，学生都望着《他的理想他的心》出神，望着望着，终于望而生畏，都夸钱荣是语言天才，加上钱荣的签名，使钱荣这人更显神秘，仿佛是现代名家正在写的一本书，还没露面外边已经赞扬不断。高一许多女生路过（3）班门口都驻足往里面指点："哪个是钱荣？""这个这个，正沉默——看，现在在记东西，就那个。""就是他？哇，很棒的，帅呆了！"钱荣故意不去看，姚书琴暗暗吃醋，心里说："去，就你们这几个人也有资格看钱荣。"更深处却隐藏了一种危机感——本来女孩子都希望自己的靠山能够出人头地名声显赫，使她脸上有光，一旦靠山真的有了名气，她就会发现其实她脸上还是原来那么点光，更不幸的是慕名来靠这座山的人也越来越多，此时她又恨不得他只是一个无名小卒。钱荣没有察觉，每次在姚书琴面前炫耀全校多少女生追他，意在暗示姚书琴，"尽管如此，我还是伟大地选择了你，你是多么有福气"。

　　钱荣有所不知的是女孩子一旦坠入爱河，这类话要尽量少说，放在肚子里自娱一番也就罢了，没有必要拿出来互娱。女人的智慧与爱情是相对的，爱情多了智慧就少了，这就是古希腊神话中智慧之神雅典娜不谈恋爱的缘故，智慧少了就想不到钱荣那么深奥的用心。

　　终于姚书琴吃醋吃得饱和了，与钱荣大吵一架。当时钱荣仍在鼓吹，姚书琴拍案而起："你算是我什么人，对我讲这些干什么！"

　　钱荣在大庭广众之下不好道明自己是姚书琴什么人，一口英文

216

派不上用场，瞪眼看她。姚书琴骂得不爽，自己已经站着了，不能坐下再拍案而起一次，能做的只有拍案"叫绝"："你是不是想逼死我！"话一说完，仿佛自己真的已经死了，颓然坐下甩手说，"你一天到晚跟我说，你不嫌烦？你不嫌烦我嫌烦！你成天把她们挂在嘴上，你这么在乎你去跟她们好啊！"然后拼命酝酿眼泪。

钱荣茫然失措，顾及到自己是当红人物，影响不好，只想尽早结束这场争吵，扮一脸伤心说："好啦，对不起，我不好，惹你难过了，好啦。"

林雨翔在旁边看，忍住张口欲出的喝彩。想这对狗男女终于要决裂了，而且看样子姚书琴还要闹下去，闹！就这样闹！闹得全校都知道，闹到政教处！于是换一个看戏的坐姿，准备眼福耳福一起饱，不料姚书琴只是伏在桌上不知哭笑，钱荣安慰几声也出去了。雨翔倒比两个当事人还伤心，油然而生十一月十八日观狮子座流星雨后广大天文学家的心情。但还是有一些快乐的，经过这次，两人的感情就算没有破裂至少也有拉伤。

然而雨翔彻底失望了，钱荣神通广大，不过一天，两人就和好如初——和好胜初。那天晚自修钱荣给姚书琴洗了一只红得出奇的苹果，还不知从哪位农民伯伯那里要来几颗红豆，并偷王维诗一首，写在一张背景是海的天蓝信纸上：

红豆生南国

春来发几枝

愿君多采撷

此物最相思

送你一苹果

愿解心头锁

唯有一事求

请你原谅我

姚书琴念了一遍，笑出了声，问："这是你写的？"

"是我写的。"钱荣这话别有用心，万一被人拆穿，说起来后四句是他写的；如果没人说破，那当然最好。

雨翔听见姚书琴念，几乎要叫出来"抄的"，后来看到两人有说有笑，竟动了恻隐之心，硬把话压下去，那话仿佛绑架时被套在麻袋里的人东突西顶，挣扎着要出来，雨翔也不清楚为什么，就是不让它说出来，善良得自己也难以置信。

钱荣对王维糟蹋上了瘾，又吟："行到水穷处，坐看云起时。"然后看雨翔神情有异，说："林雨翔，下个礼拜学校电视台开播，我播新闻，你一定要看，若有 inadvisable，就是不妥，你可要指正噢。"

林雨翔恨不得要说："老子学富五车，你够资格要我指正吗！"无奈自己也觉得这句大话实在太大，卡在喉咙里出不来，心里也没有底，究竟学富的"五车"是哪种车，弄不好也不过学富五辆脚踏车，没有傲世的底子，只好笑着说："一定，一定会的。"

不论是不是凭体育成绩来的，既然成为了体育生，每天的训练是逃不掉的。林雨翔起初受不了每天跑那么多圈，常借口感冒发烧脚抽筋手拉伤不去训练，刘知章前几次都批准了，后来想想蹊跷，不相信林雨翔这人如此多灾多难，每逢林雨翔找借口都带他去医务室，被拆穿一次后，林雨翔不敢再骗，乖乖训练。这学校良心未泯，刮钱之余也会拨出一小点钱作体育生的训练费，雨翔拿到了十七块钱，想中国脑体倒挂的现象终于解决了，苦练一个多月，洒下的汗水也不止这些钱，但无论如何，毕竟是自己劳动所得，便把这十七元放在壁柜里当作纪念。

天气渐凉，体育生的麻烦就来了。原本体育生训练好后用冷水冲洗挺方便的，但现在天气不允，理论上说热水澡也可以在寝室里洗，可洗热水澡耗热水量大，通常用本人的一瓶只能洗一个小局部，洗澡需调用全寝室所有的热水瓶，寝室里的人都不同意，仿佛这热水瓶每用一次要减寿一点。假使寝室里都同意了，地方也不允许，澡要在卫生间洗，卫生间其实最不卫生，满地垢物，踏上去脚都恶心，况且卫生间是公用的，即使克服了脚的恶心，往往洗到一半，某君冲进来稀里哗啦一阵，便又升华到了耳的恶心，这样，不仅澡洗不舒服，那人也不见得会拉舒服，所以，应运而生一条规则：卫生间里不得洗澡。

这个规定是钱荣定的，目标直指雨翔。林雨翔不敢争辩，懒得去洗，不仅做不到商汤时盘铭"苟日新，日日新，又日新"，而且有时三四天也难得一新，使人闻了都有望梅止渴口水直流的效果。实在有个女生受不了，小声问林雨翔几天洗一次澡，雨翔大大地窘迫，没想到自己已经酸到这个地步。汗臭这东西就像刚吃饭的人脸上的饭粒，自己并不能察觉，要旁观的人指出才知道，而往往一经指出，那人必会十分窘促，自尊自信像换季商品的价格般一跌万丈。雨翔被伤的自尊久久不能恢复，与人说话都要保持距离，转而将仇恨移到了学校管理工作上，写周记反映情况。那本周记的运气显然比林雨翔的运气好，被校领导见到，评语道："你的问题提得很好，是我们工作的百密一疏，兹决定近日开放浴室。"校领导的钱比梅萱多，不必省圆珠笔芯，大笔一挥，一个大钩，那钩与以前的相比明显已经长大成人，而且还很深刻，划破了三张纸，大如古代史里的波斯帝国，可以地跨三洲。雨翔进市南三中以来从未见过这么这么大的钩，想以前写周记竭力讨好也不过一个小钩，这番痛斥学校倒可以引起重视，真是奇怪，兴奋了几节课。

学校的澡堂终于开了。那澡堂似乎犯下了比热水龙头更深重的罪，隐蔽在实验楼后面，雨翔好不容易找到。进澡堂前要先交两块钱买澡票，如此高价料想里面设施一定优良，进去一看，大失所望，只不过稀稀拉拉几个龙头，而且龙头里的水也不正常，冷热两种水仿佛美国两个主要党派，轮番上台执政，而且永远不能团结在一起。调了良久，两种水不是你死就是我亡，始终不成一体。换一个水龙头，更加离谱，热水已经被完全消灭，只有冷水哗哗洒在地上，溅起来弹在脚上一股冰凉，雨翔吓得忙关掉。再换一个，终于恍然大悟第二个龙头里的热水跑到哪里去了，两脚烫得直跳，不敢去关，任它开着。

第四个终于争气，有了暖水可冲。雨翔心里难得地快乐与自豪，越冲越得意，从没觉得自己会如此重要，一篇周记就可以开放一个浴室，对学校以前的不满也全部抛掉——比如一只草狗，纵然它对谁有深仇大恨，只要那人扔一根骨头，那狗啃完后会感激得仇恨全忘。雨翔决定以后的周记就用批判现实主义的手法。

钱荣第一次上电视主持十分成功。雨翔在底下暗自发力，心里一遍一遍叫："念错！念错！"还是没能如愿。学校第一次播放，拍摄没有经验，但在新闻内容上却十分有经验，一共十条新闻，一大半全是学校开的会，如"市南三中十一月份工作成绩总结大会""市南三中十二月份工作展望大会""关于如何培养学生学习兴趣座谈会""关于如何开展学生的精神文明建设座谈会"……领导争相要露脸，摄像师分身乏术，不敢漏了哪个会，苦得要命。

钱荣边上还有一个长发动人的女孩子，初次上镜，比较紧张，念错了两个字，女孩子的动作改不了，每次念错都伸出舌头笑，以示抱歉。雨翔恨屋及乌，也对那女孩看不顺眼，恨不得她的舌头断掉。

播了二十分钟里面依然在开会，不禁叹天长地久有时尽，此会绵绵无绝期。又开两个会后学校里终于无会可开，内容转为学生的校园采访，被采访的人莫不呆若木鸡，半天挤不出一句话的比比皆是，表达能力强者挤出了几句话也是首不对尾，观众都暗暗笑，记者比被采访的人更紧张，执话筒的手抖个不停。雨翔想，那些校园采访都是剪辑过的，都成这个样子，原片就更别去说了。

十四

　　往往人是为宽容而宽容，为兼听而兼听。市南三中也是这样，那次给林雨翔一个大钩并开放了澡堂只为显示学校的办事果断，关心学生。雨翔初揭露一次，学校觉得新鲜，秉公处理，以示气度；不幸的是雨翔误入歧途，在一条路的路口看见一棵树就以为里面一定是树林，不料越走越荒芜，但又不肯承认自己错了，坚信树林在不远方。于是依然写揭露性的周记，满心期盼学校能再重视。学校一共那么点老底，被林雨翔揭得差不多了，愤怒难当，又把林雨翔找来。

　　这次钱校长不在，负责训话的是钱校长的同事胡姝。胡姝教导进市南三中不过几年，教高三语文兼西方文学讲座，教学有方，所以当了教导。据学生传说，胡教导这个人讲究以情动人，泪腺发达，讲着讲着会热泪盈眶，任何冥顽不化的学生也招架不住，一齐感动，然后被感化。所以背后学生都叫她"胡姝"，后来又取了一个谐音，叫"哭妹"。被哭妹教导是许多学生梦寐以求的事，被雨翔撞上，众生都说雨翔要走正运了。林雨翔心里十分诚惶，不知犯了何错。临去前，拍拍胸说："我去见识一下她！"众生喝彩。钱荣打趣道："你去吧，你哭了我带电视台给你做一个 report（采访报道）。"在他的口气里，市南三中电视台像是一只拎包，随他带来带去。

雨翔硬下心，鼓励自己说：我林雨翔堂堂男儿，不为儿女情长所动，何况一个胡姝！庆幸自己没看过言情小说，还未炼成一颗比张衡地动仪更敏感的心。

胡教导的位子在钱校长对面，雨翔走过钱校长的空位时紧张不已，仿佛钱校长精神不死。胡教导一团和气，微笑着招呼说："来，坐这里。"

雨翔偷看胡教导几眼，发现胡教导的五官分开看都不是很美，单眼皮、厚嘴唇，但集体的力量大，这些器官凑在一起竟还过得去，而且由于之间隔了较大距离，各自都有客观能动性，活动范围一大，能组合出来的表情自然就多了。

胡教导先是一个欢迎的表情："你知道我为什么叫你来吗？"

雨翔还不知道是周记惹的祸，摇摇头。胡教导果然教西方文学出身，张口说："你很喜欢读书吗？"

雨翔忙称"是"。胡教导问下去："批判现实主义的书读得很多吗？"只等雨翔点头。雨翔忙说"不是"。胡教导沉思一会儿说："那么自然主义的——比如左拉的书呢？莫泊桑老师的书喜欢吗？"

雨翔怕再不知道胡姝当他无知，说："还可以吧，读过一些。"

胡教导看见了病灶，眼睛一亮，声音也高亢许多："怪不得，受福楼拜的影响？不过我看你也做不到'发现问题而不发表意见'嘛。现代派文学看吗？"

雨翔听得一窍不通，能做的只有一路点头。以为胡教导后面又是许多自己没听说的名字，耳朵都快要出汗。不想胡教导已经打通中西文化，在外国逛一圈后又回到了中国："我发现你有诗人的性格，对朝廷的不满，啊——然后就——是壮志未酬吧，演变成性格上的桀骜不驯。"

雨翔听了这么长时间，还是不知所云，谈话的中心依然在那遥远的地方，自己不便问，只好等胡教导作个解释。

胡教导终于摆脱历史的枷锁，说出了一个没有作古成为历史的人："钱校长去南京办点公事，临走前告诉我说要找你谈一次话，钱校长很关心你啊。知道这次为什么叫你来吗？"

雨翔二度在这个问题上摇头。

胡教导依然不肯把周记说出来，说："你也许自己并不能察觉什么，但在我们旁人眼里，你身上已经起了一种变化，这种变化对你的年纪而言，太早，我不知是什么促使你有了这种由量到质的变化，所以，今天我们两人来谈一谈。"

雨翔听得毛骨悚然，浑然不知什么"变化"，在胡教导的话里，仿佛雨翔是条虫，过早结了一个蛹。雨翔问："什么——变化？"

这句话正好掉在胡教导的陷阱里，胡教导说："我说吧，你们作为当事人是不能察觉这种微妙的变化的。"

林雨翔急得要跳起来："胡老师，我真的不知道什么变化。"

胡教导扬眉说："所以说，你丝毫不能发现自己身上的变化的。"

雨翔半点都没领教胡姝以情感人的本事，只知道自己急得快要哭出来。

胡教导终于另辟一条路，问："你是不是觉得心里有一种要发泄的欲望？或者对世界充满了憎恨？"

雨翔吓得就算有也不敢说了，轻轻道："没有啊。"

胡教导头侧一面，说："那么，是不是觉得你壮志未酬，或者说，你有什么抱负，什么愿望，在市南三中里不能实现呢？"

这句话正中伤处。林雨翔考虑一下，说："其实也没有。"然后不知道吃了几个豹子胆道，"只是——我觉得市南三中里的比如文学社这种选拔不合理。"说罢看看胡教导，见胡教导没有被气死，又说，"这种只是比谁吵得凶，不能看出人的水平。我以前还拿过全国作文大赛的一等奖，却进不了文学社。"说着自己也害臊，两颊火热。

胡教导听到"全国一等奖"，神情一振，仿佛面前的林雨翔换了一个人，陌生得要再横竖打量几遍，说："看不出来，那你干吗不说呢？文学社的选拔是一种新的形式，难免有不妥，你可以去找负责的——的——庄老师，说明一下情况，我们学校可是很爱惜人才的，会让每个人得到自由的发挥，也可以让梅老师去说一下，路有很多条。"

雨翔眼前燃起一盏灯。胡教导发现说远了，回来道："可是，无论一个人曾经有过多么辉煌的成绩，但他不能自傲，不能随心所欲地说话。你活在社会里，你必须接受这个社会。"

林雨翔明了了不久，又陷在雾里。

胡教导自己也不愿做神仙，把神秘感撕下来，拿出雨翔的周记本，说："你这里面的内容我看过了。"

林雨翔不知道后面的话是好是坏，一时不好摆表情。胡教导好不容易翻到一篇，说："我随便翻一篇，你看——你说学校的管理工作不严，晚上熄灯后其他寝室吵闹。这些本不该学校三令五申来管，学校在寝室管理上下了大功夫——"说着两手一展，表示下的功夫足有那么大。"但是，现在的学生自我意识太强，我行我素，学校的制度再完善，也无法让他们自我约束，学校也很为难。这是双方的事，更重要的是学生的自觉配合。"

雨翔不敢说话。

胡教导轻叹口气，看向墙壁，将自己浸在记忆的长河里，确定已经浸透后，缓缓说："我又想起了我的大学时代，唉，那段日子多美好啊。我们都还是一群姑娘——我记得当时在寝室里，我们都特别友爱，你缺什么，别人就会送给你。大学里管得不严，当时住在我上铺的一个四川的同学，她身体很弱，校医说我们要保证她的安静。她一直头痛，唉，我们哪里想得到她那时已经得了脑瘤啊！我们几个同学都很互相照顾，想想心头就暖。到大三，那个四川的姑娘已经不来读书了，她可聪明呐！只可惜啊，当时我们哭了一个晚上——"雨翔注意胡教导的眼睛，果然一汪泪水被下眼睑托着，波光粼粼。胡教导也有自知之明，准备好了一块手帕，擦一下，说："你们迟早会懂的，友情的可贵啊，你们现在吵吵闹闹，以后也会懂的，回想起来，会笑当年的不懂事的。"

雨翔暗叹胡教导厉害，那眼泪仿佛是仆人，可以招之即来。谈话谈到泪水出现这份上，自然不好再说什么。胡教导等仆人全退回去，说："学校的管理是存在一些不尽如人意的地方，这些学校会逐步改进的，当然也欢迎学生写周记指出，但学生的精力不应该过多集中在这上面，周记主要是要记录下学生的学习规划，比如定一个计划做一个总结啦。知道了吗？"再礼尚往来几句就放了林雨翔。林雨翔把这次谈话的意思领会错了，当是学校支持他写，但又怕影响学习，自然对学校的关心十分感激。回来后对同学讲自己的英雄事迹，钱荣没想到"哭妹"真哭了，恨漏掉了一条好新闻，惋惜道："Shit, missing a wonderful newsbeat！（他妈的，错过了一次绝佳的独家采访！）"怪自己没有被召去的幸运。

226

雨翔进文学社的愿望自然实现了，庄老师就是那个挑蟋蟀的主考官，笔名"庄周"，研究历史的人习惯了古书的自左到右读法，大家都戏谑地叫他"周庄"。市南三中一个资深历史老师与"周庄"是挚友，看到这个名字触动了历史神经，觉得叫"周庄"还不爽，再深入一层，叫"沈万三"，为显示亲昵，扔了"沈"字，改"三"为"山"，直呼"万山"。老师之间如此称呼，学生当然不会客气，碰面都叫"万老师"。

　　万老师的年纪远没有表面上伪装的那么大，书写出了三四本。自古文人多秃头，万山厄运难逃，四十岁开始微秃，起先还好，头上毛多，这里秃了，顶多那里梳过去一点，一方有难，八方支援。后来愈秃愈猛，支援部队力不从心，顾此失彼，照顾不周，终于秃到今天这个成绩。万山戴过假发，教师运动会上掉了一次，成为千古笑料，不敢再戴，索性放逐那个脑袋。

　　文学社每周活动一次，与其说"活动"，不如说是"死静"，是听万老师讲授中国文学史。万老师为人极为认真仔细，是一块研究纯数学的料，却被文学给糟践了。其人说惯了老实话，舌头僵掉，话说不清楚，李渔和李煜都要搞半天，一再重申，此鲤鱼非彼鲤鱼也。最近讲到杜甫和杜牧，更是发挥搅拌机的威力，挺着舌头解释此豆腐非彼豆腐也。偏偏中国诗人多，有了鲤鱼的教训，他吓得不敢讲李益和李颀。前四堂课是中国文学的简介，雨翔没有听到，自以为落下许多，去图书馆找书自己看，决心要在文学社重塑初中的荣耀。书借来了却没了兴趣，只看了一个序，而且还没有看全。高中的生活一下比初中宽了许多，愿听就听，一切随便，甚至上课睡觉也可以，只要不打呼噜。时值秋天，雨翔仿佛已经做好了冬眠的准备，上课都在睡觉，一睡就忘了苏醒。谢景渊起先用肘撞他几下，实在无能为力，只好任他去睡，想林雨翔这个人有学习潜力，一拼搏就行。林雨翔有能耐撒谎却没能耐圆谎，数学连连不及格，数学老师乱放卫星，说在市南三中数学不及格是很寻常的，这能激励学生拼命读书。雨翔听进去半句，把这些不及格当成是寻常之事，没放在心上，对自己说："我林雨翔聪明无比，突击一下就可以了。"遂也对自己的谎言相信得一塌糊涂，成绩也一退千里。

进高中两个月来，林雨翔除文学外，兴趣仿佛是西方文人眼里苏州佳丽的脸，变化无端，今天喜欢下棋明天甚爱电脑，但这些本来美好的兴趣在雨翔手里，就像执鞭中国足球队的外国知名教练，来一个败一个。雨翔样样会其皮毛，自诩是个杂家，其实不过是个"砸家"；放在读书上的心思都没了。在市南三中除了心里有点压抑外，手脚好似还在酷暑里睡觉，放得极开。撒谎的功夫倒渐入佳境，逼真得连木头都会点头相信。

这种日子过久了，心里也觉得空虚。雨翔把进入文学社作为结束前两个月散漫日子的标志。

寄宿制高中每周五下午放得很早，各类活动都在那段时间里展开。雨翔先去刘知章处请假，再去文学社报到，心里有些紧张。万山把他招呼到身边介绍："他是林雨翔，文章写得很好。"

学生十分惶恐，因为在武侠小说里，每逢武林大会，高手总是半路从天而降插进来的。如今情况类似，都对林雨翔有所提防。雨翔殷切期盼万山把他的获奖情况介绍一下，以在学生中树立威信，不料万山一如一切老文人，已经淡泊了名利，并不在意这些。

万山简介完了中国文学史，理应详介。他本准备在这节课里介绍《淮南子》，匆匆想到一件要事，交代说："由于一开始我们是——刚刚成立，所以呢临时选了一个社长，现在大家相处已经有一个多月，应该十分了解，我想过几个礼拜推选。应该是民主选举一下，好吧？就这样定了。"

上次排版失误时找不到人的隐居社长故意翻书不看人，其他社员都互相看着，用心交流。雨翔端坐着微笑，造成一种假象，让人以为林雨翔此时出现只为当社长。心想这次来得真巧，正赶上选举，万一可以被选上社长，便有了和钱荣抗衡的资本。

雨翔第一堂课就去笼络人心。先借别人的练笔，看后赞不绝口。无论人多么铁石心肠，碰上马屁都是照单全收，雨翔这招收效很大，四周的人都被拍得晕头转向。

由于万山比较偏爱散文，所以社员大多都写散文。散文里句子很容易用腻，社员都费尽心机倾尽学问。雨翔感受最深的是一个自称通修辞的社员，简单的一句"我看见聚在一起的荷花，凉风吹过，都舒展着叶子"竟会在他的散文里复杂成"余觑见麇集之菡萏，风飔飔，莫不挨叶"。佩服得说不出话。还有一派前卫的文笔，如"这人真是坏得太可以了，弄得我很受伤"。雨翔很看不懂，那人说："这是现代派里的最新的——另类主义。"然后拿出一张知名报纸，指着一个栏目"另类文学"，难得这种另类碰上了同类，激动道："现在都市里流行的文笔。"

雨翔接过报纸看，如逢友人——这里面的文章都是钱荣的风格——"阳光 shine（照耀）着，pat my skin（爱抚着我的肌肤）。这是我吗？以前的我吗？是吗？No！Not me！我是怎么了？……"雨翔看了半天还不知道作者是怎么了，摇头说："另类！另类！"

台上万老师正在讲《淮南子》里的神话，然而万老师讲课太死，任何引人入胜的神话一到他嘴里就成鬼话，无一幸免。社员很少听他讲课，只是抄抄笔记，以求学分。万老师授完课，抬腕看表，见还有几分钟时间给他践踏，说："我们的《初露》又要开始组稿了，大家多写一点好的稿子，给现在的社长筛选，也可以直接交给我。中国文学十分精深，大家切忌急于求成；不要浮，要一步一步，先从小的感悟写起，再写小的散文，等有了驾驭文字的实力，再写一点大的感悟，大的散文。《初露》也出了许多期了，各方面评论不一，但是，我们文学社有我们的自主性，我们搞的是属于我们的文学……"

十五

文学这东西好比一个美女,往往人第一眼看见就顿生崇敬向往。搞文学工作的好比是这个美女的老公,既已到手,不必再苦苦追求,甚至可以摧残。雨翔没进文学社时常听人说文学多么高尚,进了文学社渐渐明白,"搞文学"里的"搞"作"瞎搞、乱弄"解释,更恰当一点可以说是"缟文学"或是"槁文学"。市南三中有名的"学校文学家"们徒有虚名,他们并不把文学当"家"一样爱护,只把文学当成宿舍。"校园诗人"们暗自着急,不甘心做"人",恨不能自称"校园诗家"。

雨翔在文学社待久了——其实不久,才两星期——就感觉到文学社里分歧很大,散文看不起小说,小说蔑视诗歌。这些文学形式其实也不是分歧的中心,最主要是人人以为自己才压群雄,都想当社长,表面上却都谦让说"不行不行"。写诗的最嚣张,受尽了白眼,化悲愤为力量,个个叫嚷着要专门出一本诗刊,只差没有组党了。

现任社长是软弱之人,而且散文小说诗歌都写,一时也说不清楚自己究竟站在哪一边,没有古人张俊劝架的本领,恨不得把这句话引用出来："天下文人是一家，你抄我来我抄他"，以诏告社员要团结。

文学社每周三例会，最近一次例会像是内讧大会。照规矩，周三的会是集体讨论然后定稿，再把稿子排一下，《初露》样报出炉。结果写诗的见了不服，说分给他们的版面太少；写小说的后来居上，闹得比诗人凶，说每次《初露》只能载一篇小说，不能满足读者需求——所谓的读者也只剩他们几个人。这些人没修成小说家的阅历，却已经继承了小说家的废话，小说写得像大说，害得《初露》每次要割大块的地来登这些文字。写散文的人最多，人心却像他们的文章一样散，闹也闹不出气势。这种散文家写文章像做拼盘，好端端的材料非要把它拆掉换一下次序再拼起来，以便有散文的味道。

雨翔孤单一人，与世无争，静坐着看内讧。写诗的最先把斗争范围扩大到历代诗人。徐志摩最不幸，鼻子大了目标明显，被人一把揪出来做武器："《再别康桥》读过吧，喜欢的人多吧，这是诗的意境！诗在文学里是最重要的体裁——"那人本想加个"之一"，以留退路，但讲到义愤填膺处，连"之一"也吃掉了。

"言过其实了吧。"小说家站起来。慢悠悠的一句话，诗人的锐气被磨掉大半。那人打好腹稿，觉得有必要把诗人剩下的锐气磨掉，眼向天，说："井底之蛙。"

他犯了一个大错。其实磨人锐气之法在于对方骂得死去活来时，你顶一句与主题无关痛痒却能令对方又痛又痒的话。那句"井底之蛙"反激起了诗人的斗志，小诗人一一罗列大诗人，而且都是古代的。小说是宋朝才发展的，年代上吃亏一点，而且经历明清时代小说仿佛掉进了粪坑里，被染了一层黄色，理亏不少，不敢拿出来比较，只好就诗论诗道："你们这种诗明明是形容词堆砌起来的。"这句

232

该是骂诗人的，不料写散文的做贼心虚，回敬道："小说小说，通俗之物，凡通俗的东西不会高雅！"

小说家恨一时找不到一种既通俗又高雅的东西反驳，无话可说。

不知哪个角落里冒出一句："《肉蒲团》！"四座大笑，明明该笑的都笑完了还要更放肆地假笑，意在击溃写小说的心理防线。殊不知，小说家的皮厚得像防御工事，区区几声笑仿佛铅弹打在坦克上。一个发表小说最多的人拍案站起来引《肉蒲团》为荣道："这本书怎么了，是人精神荒漠里的绿洲！是对传统的突破！"坐下来洋洋得意，他所谓的"对传统的突破"要这么理解——当时的传统就是写黄书，《肉蒲团》一书色得盖过了其他黄书，便是"对传统的突破"。

三方在明清禁书上纠结起来，迟迟不肯离开这个话题，女生也不甘落后，都涉足这个未知地域。

社长急了，终于想到自己有制止的权力，轻声说："好了，你们不要闹了。"社长有如此大胆是很罕见的，社员也都停下来听社长的高见。社长的强项在于书面表达，嘴巴的功能似乎退化到了只是进食，所以不多说话，四个字出口："照从前的。"社员很愤慨，想方才自己一场无畏的辩论竟换来无谓的结果，都在替自己说的话惋惜。

最后《初露》报上的编排是这样的，三篇散文一部小说一首诗。主笔写散文的第一位是提倡另类文学的，这番他说要用自己独到的眼光来观察人世间的精神空虚，以一个偷窥狂为主线，取名"A Snoop Man"；社长的大作《风里》由于本人欣赏得不得了，也被选上；那位通修辞的复古散文家十分背运，佳作未能入选，倒不是写得不好，是打字员嫌那些字难打，大散文家高傲地不肯改，认为改动一字便是对艺术和这种风格的不尊重，宁愿作品老死也不愿它屈身嫁人。

　　小说向来是兵家必夺的，那位《肉蒲团》拥护者击败群雄，他的一篇描写乘车让位子的小说由于在同类里比较，还算比较新颖，荣幸被选上。小说栏上有一名话："这里将造就我们的欧·亨利。"雨翔为欧·亨利可惜。这本"美国的幽默百科全书"一定作了什么孽，死了也不安宁，要到市南三中来赎罪。

　　诗人出诗集未果，就恶作剧。现代诗比蚯蚓厉害，一句话断成了几截都无甚大碍，诗人便故意把诗折断。据称，把东西拆掉是"西方文明最高技巧之一"（托尔勒为普里戈金《从混沌到有序》一书所作序言），诗人熟练运用这种"最高技巧"，诗都写成这个样子：

夜

飘散在

我

的

睡眠里

风

何处的

风

携走我的

梦

告诉

我

是我的心

飘

在
夜空
还
是
夜空
散
入
我
的心
深了
夜
深了
静了
心
静了
谁的
发
香
久
久
久
盘踞
在
我的

梦
里
散落
在
我
的
心里。

　　社长看了惊讶，问诗人可否组装一下，诗人摇头道"一旦句子连起来就有损诗跳跃的韵律"，还说"这还不算什么"，语气里恨不得把字一笔一画拆开来。社长一数，不过几十字尔尔，但排版起来至少要一大页，没了主意。

　　诗人道："现在的诗都是这样的，还是出本集子发下去实惠。"

　　社长慌忙说："这不行！"因为文学社办的《初露》，费用还是强制性从班委费里扣的，再编一本诗集，学生拿到手，交了钱，发现买一沓草纸，弄不好还要砸了文学社。雨翔随手拿起诗一看，笑一声，甩掉纸，冷言道："这也是诗？"

　　诗人怒道："看不起怎么着？"

　　雨翔很心疼地叹一口气，说："多好的纸，给浪费了。"

　　诗人大怒，苦于还背了一个诗人的身份，不便打人，一把抢过自己的宝贝，说："你会写吗？"

　　社长当两人要决斗，急着说："好了，用你的诗了。"诗人一听，顿时把与雨翔的怨恨忘记，拉住社长的手："拜托了。"诗人的灵魂是脆弱的，但诗人的肉体是结实的，握手里都带着仇，社长内秀，身体纤弱，经不起强烈的肉体对话，苦笑说："好了，好了。"

于是排版成了问题。林雨翔为了在文学社里站稳脚跟，对社长说："我会排版。"这话同时使社长和雨翔各吃一惊。社长单纯简单得像原始单细胞生物，并不担心自己的位子，说："好！没想到！你太行了！你比我行！"恨不得马上让位给雨翔。

雨翔也悬着心，说实话他不会排版，只是零零星星听父亲说过，点点滴滴记了一些，现在经过时间的洗礼，那些点点滴滴也像伦敦大雾里的建筑，模糊不清。社长惜才，问："那么这首诗怎么办？"

雨翔四顾以后，确定诗人不在，怕有第五只耳朵，轻声说："删掉。"

"删掉哪一段？"

"全删掉！"

社长摆手说"绝对不行"。

雨翔用手背拍拍那张稿纸，当面斗不过背后说，又用出鞭尸快乐法："这首诗——去，不能叫诗，陈词滥调，我看得多了。档次太低。"

社长妥协说："可不可以用斜杠把它——"说着手往空中一劈。雨翔打断社长的话，手又在稿纸上一拍，心里一阵舒服，严厉说："这更不行了，这样排效果不好，会导致整张报纸的版面失重！"暗自夸自己强记，两年前听到的东西，到紧要关头还能取用自如。

社长怕诗人，再探问："可不可以修改，修改一些？"

雨翔饶过稿纸，不再拍它，摇摇头，仿佛这诗已经患了绝症，气数将尽，无法医治。

社长急道："这怎么办，报纸就要出了。"

雨翔把自己的智慧结晶给社长，说："我想最好的办法就是换一篇，或不用诗歌，用——"

社长接话说："散文诗，散文优美，诗含蓄，用散文诗吧！"

雨翔眼里露出鄙夷，散文诗是他最看不惯的，认为凡写散文诗的必然散文上失败，写诗上再失败，散文诗就可以将其两方面短处结合起来，拼成一个长处；自然，散文诗的质量可见于斯。竭力反对道："不行，还是出一个新的栏目，专写点批评——文学批评？"

社长思考许久，终于开通，说："也好，我只怕那些人……"

"没有关系的，他们也是讲道理的。"说着显露一个鲍威尔式的微笑，问："谁来写呢？"沉思着看天花板，仿佛能写的人都已经上天了，凡间只剩林雨翔一个。

社长谦虚道："我写不好。而且我们明天就要送去印刷了，怕时间不够了，你写写行吗？"

雨翔心里一个声音要冲出来："我就等你这句话了！"脸上装一个惊喜，再是无尽的忧郁，说："我大概……"

社长忙去把后文堵住，说："试过才知道，这是一个很新的栏目，你马上要去写，最好今天下午就交给我。说定了！"说着得意非凡，当自己把雨翔的路堵死，雨翔只好顺从。

林雨翔一脸为难，说："我……试试吧。"然后告辞，路上走得特别轻松，对自己充满敬意，想到市南三中不过一个多月，一个多月的群居生活竟把自己磨炼得如此狡诈；再想钱荣这厮能威风的时候也不长了，仿佛看见自己的名气正在节节升高，咧嘴笑着。

教室里钱荣正和姚书琴说笑。钱荣手里正拿一本《形式逻辑学》，指给姚书琴看，雨翔心存疑惑，这么严肃的书也能逗人笑？凑过去看，见两人正在阅读里面"逻辑病例"之"机械类比"里的病句，佩服他们厉害，有我军苦中作乐的精神。两个人的头拼在一起，恨不得嵌进对方。爱之火热，已经到了《搜神记》里韩凭夫妇和《长

238

恨歌》里连理枝的境界。

人逢喜事，想的也就特别多。雨翔见钱姚两个爱得密不透风，又想起了比姚书琴清纯百倍的 Susan，一想到她，心里满是愁绪，惋惜得直想哭。委屈就委屈在这点上——自己刚刚和 Susan 有了点苗头，就缘尽分飞。仿佛点一支烟刚刚燃着吸了一口就灭了，嘴里只有那口烟的余味。雨翔想想这也不恰当，因为他还没有"吸一口"，只是才揭起 Susan 神秘的面纱，只解眼馋，没到解嘴馋的分上，就好比要吃一只粽子，好不容易千辛万苦剥掉了上面的苇叶，闻到了香味，急着正要尝第一口时，那粽子却"啪嗒"掉在地上。他叹了一口气，把钱姚置于自己视线之外，免得触景伤情，心里只有一个念头，要在市南三中里如日中天。当然，一下子如日中天困难较大，太阳也是一寸一寸从天边挪到正中的，雨翔也要一步一步来，计划着先在文学社站稳，最好能当上社长——只怪现在中国废掉了世袭制，社长现在对他林某人看得像手足兄弟，否则，定会把社长的位子献给雨翔。再然后要带着文学社超过记者团。计划暂时做到这里，眼前的任务是写一篇评论文章，书评写不出，文评也可以。

下午两节都是数学课。市南三中的课堂很怪，同科的喜欢挤一起上，仿佛一副没插乱的旧扑克牌，望去都是对子。两节数学课还算是数学老师慈悲为怀，隔壁（2）班，抽签不幸，碰上一个数学班主任，那班主任自己对数学爱得不得了，为了让学生跟他一起爱，他在一个上午连上了五节数学课，企图让学生和数学在一起的时候多一些，日久生情。（2）班学生可惜生不了情，生出了气，匿名信告到校领导，那领导妙手回春，辩解道："动机是正确无误的，只是在行动上有些小偏差。"雨翔庆幸自己没有这种班主任，碰上了梅萱，管得极宽，所以决定在两节数学课上作文学批评。

批评一定要有一个对象，否则一顿训话漫无目标，再大的杀伤力也没用。雨翔对大家不敢批，对刚出道的小家可以批着玩的——比如汽车开不动了，乘客可以下来推；火车开不动了，就没这回事。不过近来中国文坛里推火车的人层出不穷，雨翔不愿去白做功，宁可量力而行，从小推起。

确定了范围，就要锁定一个受害者。出了两本书的许佳是个很佳的对象，但那两本书像恐怖小说里半夜的鬼叫，只能听到声音却见不到真面目。外面宣传得轰轰烈烈，只是不见那两本书出现，雨翔手头没有资料，萌发了一种治学的严谨态度，想等书出来了再批倒这两部言情小说也不迟。

目光就聚集在肖铁身上。肖铁的文章仿佛是科学家预言一千年后的地球人，头身比例倒了过来，而且常常主次不分，写文章像拾荒；最主要的一点就是肖铁像铁一样生硬的比喻，什么"见到作文就像看到胡萝卜一样连碰都不想碰"，[①]雨翔在这句话下面批道："我不懂！那么见到了白萝卜呢？"用的是龙应台评无名氏爱情三部曲的语气。

肖铁的文章真可作反面教材，雨翔批得满心喜悦，连连拍手，像《成长的感觉》里"走回头路是不可能的，就像岁月不会回头、河水不可能逆流一样"。雨翔只听说江水不可能逆流，理论上，河水有涨退潮，不存在逆流问题，又一错矣。诸如此类，雨翔写了整整千字，觉得满意，交给了社长。

报纸两天后就下来了，雨翔拿到手先找自己的大作，终于在角落里寻宝成功，看见《我对肖铁的一些批评》，心里有些不满，是因

① 　原文见《中文自修》1998 年第 11 期。

为排版的见题目太长，有点麻烦，美观第一，把跟在"肖铁"后面的"文章"给斩掉了，全文顿时换脸，变成人身攻击。再看正文，删掉了二百多个字，目的却和题目的改法大不一样，是去掉了一些冷嘲热讽。雨翔虽然心有不满，但这是他在市南三中第一篇发表的文章，灵魂最深处还是喜欢的。偷偷看了七八遍，暗自笑了好几声，恨不得全世界识字的人都来读几遍。

事实证明，亏得有林雨翔这篇文章，使《初露》草纸增价不少。市南三中的学生看惯了骈体文，偶见一篇骂人的，兴致大增，都记住了"林雨翔"这个名字，交口称赞。钱荣也来祝贺几句："不容易啊，大作家终于发表文章了，恭喜！"雨翔当时正溺在喜悦里，满耳朵好话，自然也把钱荣这句话当祝贺收下了，好比在庆宴上收红包，等人去楼空繁华落尽后，一个人躲着把红包拆开来，才发现钱荣这小子送了几张冥币——雨翔平静下来，品味出钱荣话里有刺，像被快刀割了一下，当时并无感觉，等发现有个伤口时，痛会加倍厉害。不服气地想骂钱荣，无奈上课，距离太远，纵使骂了，声音也不会有气势，并不能给对方严重伤害。寻思几遍，决定就地取材，转身对姚书琴说："咦，对了，我怎么好久没见到你的钱大文人的大作了？"

姚书琴的耳朵就比雨翔的好使，听出了话里的刺，三下五除二就拨完了："林大作家这么博闻强记，积累了一个多月终于发表了一篇骂人的文章，钱荣怎么抵得上？"

雨翔说不出话，姚书琴追击说："林大文豪，你下一个准备要骂谁？算了，我没这个荣幸知道，你忙你的吧，我们可都等着读你的奇文啊。"说完摊开记录本，写道："林雨翔上课无故讲话，扰乱课堂纪律。"雨翔气得要自尽，心底里佩服钱荣真是驯兽有方。

于是一个下午都憋了气，雨翔的热水瓶仿佛也在替主人憋气，放在架子上不知被谁兜一下，瓶胆四裂。调查出来是一号室里的人碰的，雨翔细声地要他赔款，不料人愈是有钱愈小气，跟雨翔争了半天说是它自己掉的。钱荣也为同类说话："你这热水瓶本来就摆在这么外面，别人不小心碰倒了也不能怪人家，你们在郊区住惯的人要有一点集体观念，不要我行我素，学会有修养。"

雨翔又冒上一股怒火，浑身火热，爆发之际想到梁梓君的后果，又一下凉了下来，闷头走进二号室。钱荣总领一号室大笑，骂道："Boorish pig！ Country tyke！（无知的猪！乡下的野狗！）"然后分析国情，"中国人为什么普遍 fibre（素质）不高，主要是中国的 peasantry（农民）太多，没受过什么 education（教育），粗野无礼，其实应该把城市的与农村的分开来看，才公平，fair！"

多亏林雨翔英语不佳，没听明白几个主要词汇，否则定会去恶斗。二号室里平静得多，谢景渊破天荒在读《初露》，对林雨翔说："这篇作文写得不好，写作文就要写正面的，写光明面，怎么可以反面去写呢？这种作文拿不到高分的。"

林雨翔一肚子火，经谢景渊无意一挑，终于憋不住，发泄道："你懂个屁！我这篇不是作文——不是你说的作文——是一篇批评的——"说着不知怎么形容，满嘴整装待发的理由乱成一团，狠坐在床上，说："你不懂欣赏，水平太低！"骂完心理也平衡了，原来在这间屋里只有一个人委屈，现在顿时增加一个，雨翔没有道理不畅快。

沈颀有着农村学生少有的胖，胖出的那些肉是从身高里扣除的，一看就是一块睡觉的料，今晚长眠得正酣，被吵醒，像惊蛰后的蛇，头从被窝里探出来，问："什么事，什么事？"见雨翔和谢景渊都赌气坐着，又钻进去睡觉。谭伟栋这人似乎被一号室的感化改造了，成天往一号室跑，二号室里很少见人，而且着衣也开始变化，短袖常套长袖外边。雨翔对这人早已好感全无，又跑到隔壁205室向余雄泼苦水，余雄开导："你干你的，与他们何干？你别去理就是了。"雨翔心里道："说得容易，当初你揍三轮摩托车的一拳如何解释？"恨不得要说出来把余雄驳倒。

回到寝室门口，发现自己没带钥匙，敲几下门，里面毫无反应。可惜雨翔不曾听过莎士比亚就这个问题的看法——"用温柔的怜恤敲门，再坚硬的门也会为之而开。"所以越敲越粗暴，只怨恨自己太瘦而门太壮，否则就可以效仿警匪片里的"破门而入"，威风八面。不知敲了多少下，手指都麻了，那门还是铁石心肠。雨翔敲得心烦意乱，准备动用脚时，那门竟一声脆响——有人开门。雨翔一身激动，竟有种奇怪的念头：如果是钱荣开的门，一切恩怨就此勾销。

一张漠然的脸出现在门侧，是谢景渊，钱荣正在一号室床铺上叫："别开！Don't open——"见门开了，雨翔半个身子已经进来，指谢景渊说："You！多管闲事。"雨翔想对谢景渊道谢，谢景渊一转身往二号室走，把雨翔晾在那里。

雨翔怒视着钱荣，生平第一次英语课外说英语："你，Wait-and-see！"

十六

雨翔叫钱荣"等着瞧"只是雨翔的一厢情愿。其实"等着瞧"这东西像恢复外交关系一样，须要双方的共同努力，彼此配合。林雨翔在文学社里决心埋头干出一番成绩，要让钱荣瞧，钱荣当然不会傻傻地乖乖地"等着"，最好的方法就是主动出击。

学校的那些社团里，最被看得起的是电视台，记者团最近也合并到了电视台，使电视台一下子兵肥马壮。换个方面，在学校里，最受人尊敬的是文学，而最不受人尊敬的是文学社。发下去的报纸几乎没人要看，虽然由雨翔写的那篇文学批评轰动了一阵，但毕竟已经人老气衰，回天乏术。万山立誓要把文学社带成全市闻名的文学社，名气没打造出来，学生已经批评不断，说文章死板，样式单一。文学社里面也是众叛亲离，内讧连连——诗人先走了，说是因为雨翔的文章挤掉了他们的地方，自己办了一个"心湖诗社"，从此没了音信。社长之职争得厉害，也定不下来，择日再选。

文学社乱了，电视台就有了野心，要把文学社并过来。《孙子兵法》上说"五则攻之"，现在电视台的兵力应该五倍于文学社，但文学社久居胡适楼，沾染了胡适的思想，不愿苟合，强烈要求独立自主，文学社的人内乱虽然正在惨烈进行中，可还是存在联合抗外敌的精神，一时啃不动。

市南三中的老师喜欢走出校园走向社会，万山前两天去了北京参加一个重要笔会，留下一个文学社不管——万山的认真负责是在学术上的，学术外的就不是他的辖区。文学社的例会上乱不可控，每位有志的爱国之士都要发言，但说不了两三个字，这话就夭折了，后面一车的反对。本来是男生火并，女生看戏，现在发展到了男女社员不分性别，只要看见有人开口就吵下去，来往的话在空气里胶着打结，常常是一个人站起来才说"我认为——"下面就是雪崩似的"我不同意"！害得那些要发言的人只好把要说的话精兵简政，尽量向现代家用电器的发展趋势靠拢，以图自己的话留个全尸，只差没用文言文。

社长挥手说："好了！好了！"这句话仿佛是喝彩，引得社员斗志更旺。雨翔没去搏斗，因为他是写文学批评的，整个文学社的唯一，和两家都沾不上亲戚关系，实在没有义务去惹麻烦。看人吵架是一件很惬意的事，雨翔微笑着，想文学社今年的选人方式真是厉害，培养出来的蟋蟀个个喜斗——除去极个别如社长之类的，雨翔甚至怀疑那社长是怎么被挑进来的。

社长满脸通红，嘴唇抖着，突然重重一捶桌子，社员们一惊，话也忘了说，怔怔望着社长。

社长囤积起来的勇气和愤怒都在那一捶里发挥掉了，感情发配不当，所以说话时只能仗着余勇和余怒。事实上根本没有余下的可言，只是迫不得已身不由己，好比刹车时的惯性和人死后的挺尸："请大家……不要再吵了，静一下，好不好……我们都是文学社的社员，不应该——不应该在内部争吵，要合力！"

台下异常地静。大家难得听社长讲这么长的句子，都惊讶着。社长收到意想不到的效果，叹自己号召力大——说穿了那不是号召力，只是别人一种不敢相信的好奇，譬如羊突然宣布不食草改吃肉了，克林顿突然声称只理政不泡妞了，总会有人震惊得哑口无言——社长在钦慕自恋他的号召力之余，不忘利用好这段沉寂，说："我觉得我是一个不称职的社长——"社员差点忍不住要表示同意，这是文学社有内讧以来广大社员所达成的第一个共识。

社长低声说："我没能力当社长，我觉得大家有必要在今天推选出一个新的社长。我推荐林雨翔。"

林雨翔吃惊得要跳起来，被幸福包住，喜不自禁说："我怎么行！"想来散文和小说两派也不会让一个外人当社长。恰恰相反，散文和小说互相提防，都怕被对方当上，又怕己方的人对方不服，如今冒出林雨翔这个尤物，都表示赞成。雨翔喜出望外，只是短短几秒，地位就大变，推辞几下，盛情难却，说："社长只好暂由我代，受之有愧。文学社是一个很好的团体，文学发展至今，流派——无数，成绩显著。现在大家遇到了一些麻烦，所以有些不和，也是没什么的——主要是我们受到电视台的威胁大一些——那是有原因的，电视台是新生事物，学生好奇大一些，说穿了，不过尔尔！过一阵子，学生热情退了，兴趣自会转向。电视台里的男主持，还是副台长——"雨翔说这句话时装着竭力思索，仿佛钱荣是他前世认识的一个无足轻重之友，"叫——钱荣，是吧，他这个人就是表面上爱炫耀，内心却很自私，无才无能，何足挂齿！"下面"哦"成一片，似乎经雨翔点拨，终于认清钱荣本质。雨翔越说越激愤，心里有一种久被饭噎住后终于畅通的爽快，心想有个官职毕竟不同。继续说：

"这种三教九流的没什么可怕，文学自有她无与伦比的魅力。最主要的是我们内部有些小分歧的问题，大可不必，我想文学社最好能分两个小组，一个散文，一个小说，版面各半，再各选一个组长，大家互相交流，取彼之长补己之短，最好把什么'心湖诗社'也团结过来，互相学习，友好相处，天下文人是一家嘛！"

话落后经久不息的掌声。雨翔也不敢相信这么短时间里他居然信口开了一条大河，心还被快乐托得像古人千里之外送的鸿毛，轻得要飞上天。旧社长鼓得最猛，恨不能把下辈子的掌都放在今天拍完。

雨翔一脸红润，奇思妙想源源不绝，说："我还准备在《初露》上开辟一个帮同学解忧的谈心类栏目，这样可以增加它的亲和力。"

"好！"社员都举手叫，夸社长才倾万人。

回教室后林雨翔首先想到要出恶气，问钱荣："你现在在电视台是什么位置？"

钱荣一脸骄傲想回答，姚书琴抢着说："男主持和副台长啊，怎么，想求人？"钱荣预备的话都让女友说了，愈发觉得两心相通，贴在脸上的骄傲再加一倍，多得快要掉下来。

雨翔"哼"一声，说："才副的？"

姚书琴的嘴像刚磨过，快得吓人："那你呢？伟大文学社的伟大社员？"然后等着看雨翔窘态百出。

雨翔终于等到了这句话，迎上去说："鄙人现在已经是社长了。"

钱荣一怔，马上笑道："不至于吧，你真会——"雨翔不等他"开玩笑"三个字出口，说："今天刚选举的，论位置，你低我一级噢。"

钱荣笑得更欢了，说："你们今天是不是内乱得不行了？是不是——自相残杀了，人都死得差不多了，你才被选上的？"姚书琴在一边哈哈大笑，仿佛古代打仗时的战鼓，虽不能直接杀敌，也可以为这句话增加不少气势。

林雨翔没有钱荣那样战备精良，士气上输了三分，说："可能吗？是集体评选的。"

钱荣笑得直不起腰，说："就算是吧，一帮小社员选举着玩嘛，你们的那位'周庄'跑到北京去了，你们闲着无聊就玩这个？有趣，Yuck！Juck！你准备当几天社长玩，再退掉啊？"

姚书琴打完战鼓改唱战歌，嘻嘻小笑着。

雨翔急道："是真的！"

钱荣问："没辅导老师也能改选？"

雨翔学江青乱造毛泽东的遗嘱，说："那个——'周庄'走时亲口吩咐要选举的，你不信等他回来问啊。"

钱荣："那太可喜可贺了，我带电视台给你做个纪录片，到时林社长要赏脸。"说着手往边上一甩，好似林雨翔赏给他的脸被扔掉了。

雨翔手里有了权力，与钱荣抗争："要不要我的《初露》给你们登广告？"

钱荣道："不必社长大人费心，我们——不，应该是鄙 broadcaster（电视台）的受欢迎度已经远远超过了贵社，似乎那个了吧？"

林雨翔甩下一句："看着好了，你们电视台办不久的。"怕听到钱荣挖苦，立即跑出去找"心湖诗社"。诗人仿佛是鲨鱼，需要每时每刻移动，否则命会不保，所以找到他们极难。雨翔跑遍校园，还找不见人影，肩上被责任压着，不好放弃，只好再跑一遍，无奈诗人行动太诡秘，寻他千百度都是徒劳。

雨翔突然想到一本书上说诗人有一种野性，既然如此，诗人肯

248

定是在野外。市南三中树林深处有一个坍得差不多的校友亭，雨翔想如果他是诗人，也定会去那个地方，主意一定，飞奔过去。

雨翔还是有诗人的嗅觉的。"心湖诗社"果然在校友亭下。

"诗"到如今，备受冷落。得知有新任的文学社社长来邀，发几句牢骚，乖乖归队了。

新一期的报纸一定要有新的样子。雨翔手头生平第一次拿到这么多稿子，激动不已，充分享受枪毙稿子的乐趣。第一篇被否定的是另类文人的得意之作，那人洞察人心态着了魔，写完了偷窥狂，又写偷盗狂（kleptomaniac）。雨翔一看到文章里中西合璧就心生厌恶，没看文章内容就否决了，弄得另类主义文人直叫："Why！ You are no-man！（为什么！你总爱和我唱反调！）"一想林雨翔只和自己唱过一次反调，用"no-man"太委屈他了，兴许真的是写得不好，便闭了嘴。

然后雨翔又刷下了那个动不动就把"你"写成"汝"的文章，还不忘幽默一下，说："汝也不能上也！"那人问："为什么？"雨翔突然感到积了多时的怨气有了抬头之日，瞄他一眼，说："你是社长还是我是社长？"

那人的话碰了壁，只好把气咽在肚子里，心里一阵失望。

雨翔接手文学社后的第一期《初露》终于诞生，发下去后他焦急地等反馈。实在没有主动汇报的积极分子，社员只好暂时变成间谍，遵雨翔的命去搜集情报。例会时，情报整理完毕，大多数人表示没看过，少数看过的人认为比以前的稍好，只是对"文学批评"一栏表示不满——林雨翔实在读书有限，批评不出。歌倒是听了许多，便硬把流行歌曲拉妇从军来当"文学"批评，而且只批不评，一棒子打烂整个歌坛，说当今的歌一钱不值，那些歌星仿佛是要唱给动物听，咬字不清词意晦涩，常人无法听懂。况且歌手素质太低，毫无内涵可言，不仅如此，还"男人的声音像女人，女人的声音像男人。外加形象怪异，男性中如任贤齐之类头发长得能去做洗发水广告，女性中如范晓萱之类头发短得可以让喜欢扯住女人头发施威的暴君无处下手望头兴叹……"歪理作了一堆。雨翔对自己的评论颇为得意，以为有识之士一定会对其产生共鸣，遂对林社长的文章研究得爱不释手赞赏得连连点头，恨不得市南三中博洽通理的人和他林雨翔的文章相爱——万万没有想到会有人"表示不满"，痛恨地要抄他的家，问："是谁？"

社员摇头说不清楚。林雨翔悻然说："这些浅薄的人，俗气！"

社员提议："社长，你那篇文章的涉及范围微微大了一些，最好能具体一点。"

那个提议被林雨翔用潜意识拒之耳外，原想驳他几句，转念想自己信望卓著，不必与之计较。心胸豁然开阔，说："你说得对，我以后注意一点。"那社员不胜欣慰，笑着坐下。

林雨翔并没有做到"注意一点"，只是注意一点点，认为以后要多写人名，有名有据，范围自然小了。于是撰文批台湾作词人许常德，正要发表上去，噩讯传来，万山从北京回来了！雨翔不好亲口去说换了社长，只好托旧社长说明一下，好让万山有个思想准备。没想到万山大惊失色，指着旧社长说："我不在你们……林雨翔这个人他太……唉！"要看由雨翔编的报纸，看过后平静了些，说："过得去。他第一篇文章写得可以，第二篇怎么扯什么'歌曲'上去了！

不伦不类。"又要看最新的样报，看后在《我说许常德》下批"该文甚多讹舛，断不可发"。旧社长十分为难，说这个最好周老师亲自办。万山叫来林雨翔，本想撤他的职，还想好了批评的话，结果临阵见到雨翔一副认真样，心软了下来，指点几句，委婉剥夺他的审稿权："学生呢，比较忙一些，不如每个礼拜把稿子送过来，我来审发，好吗？"雨翔没有说"不好"的胆量，委曲求全。

万山在首都学到了先进经验，决定在文学社里讲授大学教材，叫作"提前教育"。自己在中学里过大学教授的瘾，乐此不疲，还就此写了一篇教育论文。代数是万山学术之外的东西，所以一概不认真负责，说改革以后初露文学社总共在市级刊物上发表文章百余篇，比罗曼·罗兰访苏时的苏联人还会吹牛，引得外校参观考察团像下雨前的蚂蚁，络绎不绝排队取经。

雨翔的社长位置其实名存实亡。雨翔一点都没了兴趣，因为原本当社长可以任意处置稿件，有一种枪毙别人的快乐；现在只能发发没被万山枪毙的稿子，油然生出一种替人收尸的痛苦。

十七

　　期中考试刚过，林雨翔红了五门——数学化学物理自在情理之内，无可非议，化学仗着初中的残余记忆，考了个粉红，五十三分；物理没有化学那样与中考前的内容藕断丝连，高中的物理仿佛已经宣布与初中的物理脱离父子关系，雨翔始料未及，不幸考了个鲜红，四十五分；数学越来越难，而且选择题少，林雨翔悲壮地考了个暗红，三十一分。理科全部被林雨翔抹上血染的风采后，文科也有两门牺牲，其一是计算机，雨翔对此常耿耿于怀——中国的计算机教育仿佛被人蒙上了眼，看不见世界发展趋势，而且被蒙的还是个懒人，不愿在黑暗里摸索，只会待在原地图安全。当时 Windows98 都快分娩出来了，市南三中，或者说是全上海的高中，都在教 Foxbase 这类最 Basic 的东西，学生都骂"今天的学习为了明天的荒废"，其实真正被荒废掉的不是学生的学习，而是电脑的功能，学校里那些好电脑有力使不出，幸亏电脑还不会自主思考，否则定会气得自杀。雨翔比痛恨 fox（狐狸）还要痛恨 Foxbase，电脑课也学得心不在焉，所以考试成绩红得发紫——二十七分。

最后一门红掉的是英语。雨翔被钱荣害得见了英语就心悸，考了五十八分。但令他欣慰和惊奇的是钱荣也才考了六十二分，钱荣解释："Shit！这张什么试卷，我做得一点兴趣都没有，睡了一个钟头，没想到还能及格！"

语文历史政治雨翔凑巧考了及格，快乐无比。看一下谢景渊的分数，雨翔吓了一跳，都是八十分以上，物理离满分仅一步之遥。雨翔看得口水快要流下来，装作不屑，说："中国的教育还是培养那种高分——的人啊。"话里把"低能"一词省去了，但"低能"两字好比当今涌现的校园烈士，人死了位置还要留着，所以林雨翔在"高分"后顿了一下，使谢景渊的想象正好可以嵌进去。

谢景渊严肃道："林雨翔，你这样很危险，高中不比初中，一时难以补上，到时候万一留级了，那——"

雨翔被这个"那"吓出一个寒战，想万一真的留级真是奇耻大辱，心里负重，嘴上轻松："可能吗？不过这点内容，来日方长。"

"明日复明日，明日何其多。这个样子下去……"

"好了，算你成绩高，我这文学社社长不如你，可以了吧？"

谢景渊说："那你找谁去补课？"

雨翔士可辱不可杀，语气软下来："有你这个理科天才同桌，不找你找谁？"

谢景渊竟被雨翔拍中马屁，笑着说："我的理科其实也不好。"

姚书琴被爱冲昏了头，开了两盏红灯，被梅萱找去谈一次话后，哭了一节课，哭得雨翔心旷神怡。

文学社里依旧是万山授大学教材。万山这人虽然学识博雅，但博雅得对他的学识产生了博爱，每说一条，都要由此而生大量引证，以示学问高深。比如一次说到了四大名著之一《西游记》，不绝地说什么"妖对仙，佛对魔"，不知怎么说到牛魔王，便对"牛"产生兴趣，割舍不下他的学问，由"牛魔王"发展到《牛虻》。这还不算，他居然一路延伸到了《包法利夫人》（Madame Bovary），说："包法利"（Bovary）隐含了"牛"（Bovine）的读音和意思，所以"包法利夫人"就是"牛夫人"，然后绕一个大圈子竟然能够回到《西游记》——"牛夫人"在《西游记》里就是牛魔王的老婆，铁扇公主是也！

社员们被倾倒一大片，直叹自己才疏学浅。万山当然也有失手的时候，许多次运气不佳，引用了半天结果不慎迷路，回不了家，只好搁在外面。

雨翔对这种教学毫无兴趣可言，笔记涂了一大堆，真正却什么也学不到，只是留恋着社长的名称，才耐下心听课。当上社长后，雨翔演化成了一条虹，两眼长在顶上，眼界高了许多，对体育组开始不满，认为体育生成天不思进取秽语连天，"道不同，不相为谋"，寻思着要退出体育组。

十一月份，天骤然凉下，迟了两个月的秋意终于普降大地。市南三中树多，树叶便也多，秋风一起，满地的黄叶在空中打转，哗哗作响。晚秋的风已经有了杀伤力，直往人的衣领里灌。校广播台的主持终于有了人样，说话不再断续，但古训说"言多必失"，主持还不敢多说话，节目里拼命放歌——

　　已经很习惯　从风里向南方眺望

　　隔过山　越过海

　　是否有你忧伤等待的眼光

有一点点难过　突然　觉得意乱心慌

冷风吹痛了脸庞

让泪水浸湿了眼眶

其实也想知道

这时候你在哪个怀抱

说过的那些话

终究我们谁也没能够做到

总有一丝愧疚　自己

不告而别地逃

而往事如昨

我怎么都忘不了……

　　这歌有催人伤心的威力。雨翔踱到教室里，见自己桌面上静躺了一封信，心猛然一跳。呆着想自己身在异地，原本初中里交的朋友全然没有消息，似曾有一位诗人或哲人打比方说"距离如水"，那么朋友就是速溶的粉末，一沉到距离这摊水里就无影无踪——今天竟有一块粉末没溶化完，还惦着他，怎么不令人感动！林雨翔扑过去，心满肚子乱跳。

　　雨翔希望信是 Susan 来的，一见到字，希望凉了一截。那些字仿佛刚被人揍过，肿得吓人，再看信封，希望彻底冷却。那信封像是马拉，患了皮肤病，长期被泡在浴缸里，全身褶皱，不是 Susan 细心体贴的风格。

　　雨翔还是急不可待拆开了信。信纸一承以上风格，一副年逾古稀的残败样。信上说：

林友：

　　展信佳。不记得我了吧？应该不会的。我现在在区中里，这是什么破学校，还重点呢，一点都没有味道。每天上十节课，第一个礼拜就补课。中国教委真是有远见，说是实行"双休日"，其实仍旧是单休，还要额外赚我们一天补课费。说说就气，不说了。

　　期中刚过，考得极差，被爹妈骂了一顿。

　　说些你感兴趣的事吧——说了你会跳楼，但与其让你蒙在鼓里，还不如我让你知道——你的 Susan（是"你的"吗？现在可能不是了）似乎已经变了，她现在和理科极优的男孩好得——我都无法形容！简直——她有无给你写信？如果没有，你就太可惜了，这种朝三暮四的人，你不去想也罢。不值得啊，你我也是殊途同归。市南三中好吧！一定快好死了，待在里面不想出来了，所以你人都见不到。

　　匆匆提笔，告之于你，节哀顺变。

　　勿念。

Tansem Luo

于区中洞天楼

　　雨翔看完信，脑子里什么都想不了，觉得四周静得吓人，而他正往一个深渊里坠。坠了多时，终于有了反应，怕看错了，再把信读一遍，到 Susan 那一段时，故意想跳掉却抵抗不了，看着钻心地痛，慌闷得直想大叫，眼前都是 Susan 的笑脸，心碎成一堆散沙。怔到广播里唱最后一句"不如一切这样吧／你和我就算了吧／谁都害怕复杂／一个人简单点／不是吗",雨翔才回到现实,右手紧握拳,往桌子上拼命一捶,空无一人的教室里全是这一捶的余音。李清照的悲伤是"物是人非"的;林雨翔更惨,物非人非,泪水又不肯出来,空留一颗心——绝不是完整的一颗——麻木得挤不出一丝乐观,欲说不能,像从高处掉下来,嘴巴着地,只"嗯"了一声后便留下无边无际无言无语的痛。人到失恋,往往脑海里贮存的往事会自动跳出来让他过目一遍,加深悲伤。心静之时,回想一遍也没什么,只觉人世沧桑往事如烟;心痛之时,往事如烟,直拖着你一口一口吞苦水。每逢失恋倍思亲,不是思活着的亲人,而是思死去的亲人,所以便有轻世之举。雨翔悲怆得想自杀,满腔的怒火可以再去烧一趟赤壁。自杀之念只是匆忙划过而已,一如科学家的美好设想,设想而已,绝无成品出现的可能。

雨翔突然想到 Susan 的两封信——两张纸条他都带来了,开了柜子找出来看,一看到 Susan 的字又勾起了难过,既舍不得又凶狠地把纸撕烂,边撕边说:"什么——三重门——去你的——我——"这时脑子突然聪明,想起万山说过"三重"在古文里乃是三件重要的事之意①,古人"王天下有三重焉",林雨翔"忘天下有三重焉",决定把 Susan 忘记。

突然,林雨翔的聪明更上了一个台阶——他猛想起,刚才只顾悲伤了,忘了看信是谁写的,区区一个生人的话,何足取信!希望又燃起来,望着一地的纸片后悔不已。

那个"Tansem Luo"实在生疏,英文里各无意义,学鲁迅硬译

---

① 《礼记·中庸》第二十九章:"王天下有三重焉。"三重指仪礼、度、考文。

是"天山骤"，雨翔渐渐怀疑这信的可信度。再念几遍，似乎有了头绪：骤，罗，天——罗天诚！骂这小子变骤子来吓人——罗天诚的意思显而易见，要先利用雨翔通讯不便的劣势撒个谎让他退出，再自己独占Susan。雨翔长吐一口气，想多亏自己胆大心细推理缜密，刚才的悲哀全部消失，构思写封回信。

一般来说，看信时快乐，回信时就痛苦，而看信时痛苦，回信时就快乐。雨翔没有王尔德和奥登曾那么怕回信，展纸就写。

Dear Luo：

  展信更佳。

  身在异地，身心漂泊，偶见昔日友人（是友人还是敌人？）之信，感动万分。

  信里提及Susan，挚友大可放心，Susan与我情有多深我自明了，我俩通信不断，彼此交心，了解极深。至于信里提醒的情况，我的确不知，但我信任她，朋友之间讨论题目有何不可？

  不知罗兄在区中生活如何？望来信告之。我一切都好，您大可不必操心。我现任本市最佳之文学社之社长，罗兄可将此消息转告Susan。

  祝 学安

写完信后雨翔扬眉吐气，但觉得不解恨，再加几句：

  P.S：罗兄，十分抱歉，复信简短，主要因为我手头有一堆Susan的信，要赶着还信债，匆匆止笔，见谅。

雨翔马上买了几张邮票把信寄了出去，觉得早一天让罗天诚收到此信，他林雨翔就多一点快乐。

然而出气归出气，疑惑仍然存在，比如人家扇你一巴掌，你回敬他两巴掌，心理是平衡了，但你的脸却依旧灼痛。

为打消疑虑，雨翔又给沈溪儿写一封信：

溪儿：

　　为避免你忘记，我先报上名字——林雨翔。如雷贯耳吧？闲着无聊给你写一封信。

雨翔恨不得马上接下去问："快如实招来，Susan 怎么样了？"但这样有失礼节，让人感觉是在利用，便只好信笔胡写"近来淫雨绵绵，噩运连连""中美关系好转，闻之甚爽"，凑了三四百个字，觉得掩饰用的篇幅够了，真正要写的话才哆哆嗦嗦出来：

　　突然记起，所以顺便问一下，Susan 她最近情况怎样？我挺牵挂的。

写完这句话想结束了，但觉得还是太明显，只好后面再覆盖一些废话，好比海龟下蛋，既然已经掘地九寸，把蛋下在里面，目的达到后当然不能就此离开，务必在上面掩上一些土，让蛋不易被察觉。

雨翔满心期待地把蛋寄出去。

果然种豆得豆，三天后雨翔同时接到两人来信。雨翔急着要看罗天诚的反应，拆开后却抖出自己的信，上面一句话用红笔划了出来，即"我现任本市最佳之文学社之社长，罗兄可将此消息转告Susan"，旁边批示道：既然你与 Susan "通信不断"，何必要我转告？雨翔幡然醒悟，脸上腾红一片，想智者千虑，必有一失。批示旁边是对这条批示的批示：我说的都是真话，你不信也罢信也罢。

雨翔心有些抽紧，拆开沈溪儿的信。沈溪儿学林雨翔的风格，废话连篇，雨翔找半天才发现 Susan 的消息：

> 你很牵挂她吗？我想似乎没有这个必要了。我听许多人说她一进区中就被选上校花，追求者不要太多哦。有谣言说她和一位理科尖子关系挺好的，她也写信过来证实了，要我告诉你不要再多想了，市南三中是好学校，机会不可错过，好好读书，三年后清华见。你要想开一点……

雨翔再也念不下去了，人像一下子被抽空了，从头到脚毫无知觉。三天前已被重创一次，今天不仅重（zhòng）创，而且还被重（chóng）创，伤口汩汩流血。

雨翔又把信撕得粉碎，愤然骂："什么狗屁学校，什么狗屁市重点，去你妈的！去你——"哽咽得说不出话，只剩心里的酸楚，跪倒在空荡荡的教室里，咬住嘴唇呜咽着。事情已经这样了，问什么也无济于事，万般悲戚里，决定写信过去画个句号。

> Susan：
> 　我真的很后悔来市南三中。这里太压抑了，我连个说

话的人都没有。但我一直以为我有你，那就够了。我至今没有——是因为我觉得我配不上你，我也不知道你追求的是什么。我没有给你写过信，因为我想保留这份记忆，这种感觉。我有心事只对我自己说，我以为你会听见。现在似乎我已经多余了，还是最后写一封信，说清楚了也好，我已经不遗憾了，因为有过。我祝你，或者说是你们快乐。好聚好散吧，最后对你说——

雨翔手颤得已经写不下去了，眼前模糊一片，静坐着发呆，然后提起笔，把最后一句划掉，擦干眼泪复看一遍——毕竟这么严肃悲观的信里有错别字是一件很令人尴尬的事。雨翔看着又刺痛了伤心——失恋的人的伤心大多不是因为恋人的离开，而是因为自己对自己处境的同情和怜悯——雨翔只感到自己可怜。

信寄出后，雨翔觉得世界茫然一片，心麻木得停止了跳动。

那天周五，校园里人回去了一大半，老天仿佛没看见他的伤心，竟然没有施雨为两人真正的分手增几分诗意，以后回首起来又少掉一个佳句"分手总是在雨天"，晴天分手也是一大遗憾。傍晚，凉风四起，像是老天下雨前的热身——应该是冷身，可只见风起云涌，不见掉下来点实质性的东西。

雨翔毫无饿意，呆坐在教室里看秋色。突然想到一句话，"这世上，别人永远不会真正疼爱你，自己疼爱自己才是真的"，想想有道理，不能亏待了自己，纵然别人亏待你。雨翔支撑着桌子站起来，人像老了十岁，两颊的泪痕明显可见，风干了惹得人脸上难受。雨翔擦净后，拖着步子去雨果堂，一路上没有表情，真希望全校学生都看见他的悲伤。

雨果堂里没几个人，食堂的服务员也觉得功德圆满，正欲收工，见雨翔鬼似的慢走过来，看得牙肉发痒，催道："喂，你吃饭吗？快点！半死不活的。"

雨果堂里已经没几样好菜了。人类发展至今越来越像远古食肉动物。雨翔天性懦弱，不及市南三中里这么多食肉动物的凶猛，这么长时间了没吃到过几块肉，久而久之，机能退化，对肉失去了兴趣，做了一个爱吃青菜的好孩子。好孩子随便要了一些菜，呆滞地去吃饭。

失恋的人特别喜欢往人迹罕至的角落里钻。雨翔躲在一个角落里吃饭，却不得已看见了钱荣和姚书琴正一起用餐，眼红得想一口饭把自己噎死算了——但今天情况似乎不对，以往他俩吃饭总是互视着，仿佛对方是菜，然后再就一口饭；而今天却都闷声不响扒着饭。管他呢，兴许是小两口闹矛盾。

雨翔的心痛又翻涌上来。

高中住宿生的周五很难熬，晚上几个小时无边的空白，除了看书外便是在昏暗的灯光下洗衣服。林雨翔对这些事毫无兴趣，倦得直想睡觉。

余雄来找他，问："你不舒服？"

雨翔的失意终于有一个人解读出来了，心里宽慰一些。说："没什么。"

余雄一眼把林雨翔的心看透，说："结束了？"

雨翔没心理准备，吓了一跳，默默点头。

余雄拍拍他的肩说："想开一点，过两天就没事了，红颜祸水。

我以前在体校时——她叫小妍，后来还不是……"

雨翔有了个将痛比痛的机会，正要诉苦，余雄却说："你一个人看看书吧，我先走了。"

林雨翔的记忆直追那个夏夜，余雄在三轮摩托里含糊不清地叫的原来是这个名字，真是——不过一想到自己，觉得更惨，又是一阵搅心的悲辛。

钱荣也垂头丧气进来，见了林雨翔也不计恩怨了，道："我和那个姓姚的吹了！"

雨翔一惊，想今天是不是丘比特发疯了，或者说是丘比特终于变正常了。雨翔有些可怜钱荣，但想必自己的痛苦比较深一些，潜意识里有些蔑视钱荣的痛苦，说："很正常嘛，怎么吹的？"本想后面加一句"你为什么不带你的记者团去采访一下她"，临说时善心大发，怕把钱荣刺激得自杀，便算了。

"我差点被姓姚的给骗了！"钱荣一脸怒气，姚书琴的名字都鄙视地不想说，一句话骂遍姚姓人。

"为什么？"

"那姓姚的——"说着从口袋里掏出一张皱巴巴的纸，给雨翔看。雨翔苦笑说："你写的干吗让我看？"

钱荣两眼怒视那纸，说："当然不是我写的。我在她笔袋里找到的。"

雨翔接过纸一看，就惊叹市南三中里人才辈出。给姚书琴写信的那人是个当今少有的全才：他通伦理学，像什么"我深信不疑的爱在这个年代又复燃了在苏联灭绝的'杯水主义'"；他通莎士比亚戏剧，像什么"我们爱的命运像比亚笔下的丹麦王子哈姆雷特的命运"——莎翁最可怜，被称呼得像他的情人；他通西方史学，像什么"在生活中，你是我的老师，也许位置倒了，但，亚伯拉德与厄络依斯之爱会降临的"；他通苏东坡的词，像什么"相顾无言，唯有泪千行"；他还通英文，用英语作绕口令一首，什么"Miss, kiss, every changes since these two words"，又感叹说"All good things come to an end"；他甚至还厉害到把道德哲学、文学、美学、史学、英语、日文撮合在一起，像秦始皇吞并六国，吐纳出来这么一句："最美的爱是什么？I tell myself，是柯罗连科的火光，是冬天的温暖，更是战时社会主义时 a piece of パン（一片面包）。"

雨翔"哇"了一声，说这人写的情书和大学教授写的散文一样。

钱荣夺过纸揉成一团扔了，说："这小子不懂装懂，故意卖弄。"

"那——这只是别人写给姚书琴的，高中里这类卑鄙的人很多——"雨翔故意把"卑鄙"两字加重音，仿佛在几十里外的仇人被这两字鞭到一记，心里积郁舒散大半。

钱荣："这样一来，也没多大意思，What's done cannot be undone，事情都摆定了。木已成舟，不如分手，truth！"他直夸自己的话是真理，幸亏他爸的职权法力还略缺一点，否则说不定这话会变成法律。

雨翔问："她提出的？"

钱荣急忙说："当然是我甩掉她的。"今日之爱情与从前的爱情最大的不同就是命短，然而麻雀虽小五内俱全，今日爱情命虽短，但所需之步骤无一欠缺；其次一个不同便是分手，从前人怕当负心人，纵然爱情鸟飞掉了也不愿开口，而现代人都争当负心人，以便夸口时当主动甩人的英雄，免得说起来是不幸被动被甩。

雨翔暗自羡慕钱荣，而他自己则是被迫的，心余力绌的，多少有被欺哄的感觉。

钱荣问："去消遣一下，泡网吧，怎么样？"

雨翔深知钱荣这人到结账时定会说没带钱，让别人又先垫着，而且钱荣这人比美国政府还会赖债，就推辞说："现在市里管得很严。"

"哪里，做做样子罢了，谁去管？"

雨翔想也是，现在为官的除吃饱喝足外，还要广泛社交，万忙中哪有一空来自断财路，这类闲暇小事要他们管也太辛苦他们了。

"不了，我肚子有些不舒服。"这个谎撒得大失水准。

"算了，我去吧。"

钱荣走后整间寝室又重归寂静，静得受不了。雨翔决定出校园走走。天已经暗下，外面的风开始挟带凛冽，刺得雨翔逼心的凉。市南三中那条大路漫漫永无止境，一路雨翔像是踏在回忆上，每走一步就思绪如潮。

风渐渐更张狂了，夜也更暗了。校园里凄清得让人不想发出声音。钟书楼里的书尚没整理完毕，至今不能开放，据说市南三中要开校园网，书名要全输在电脑里，工作人员输五笔极慢，打一个字电脑都可以更新好几代，等到输完开放时，怕是电脑都发展得可以飞了。学校唯一可以提供学生周末栖身的地方都关着，阴曹地府似的，当然不会有人留下——那些恋人们除外，阴曹地府的环境最适合他们，因为一对一对的校园恋人仿佛鬼怪小说里的中世纪吸血鬼，喜欢往黑暗里跑。雨翔正逢失恋日，没心思去当他的吸血鬼伯爵，更没兴趣去当钟馗，只是默默地垂头走着。

走出校门口周身一亮，置于灯火之中。里面的高中似乎和外边的世界隔了一个年代。这条街上店不多，但灯多车多，显得有些热闹，雨翔坐在路灯下面，听车子呼啸而过，怅然若失。

三三两两的学生开始往电脑房跑。可怜那些电脑，为避风声，竟要向妓女学习，昼伏夜出。市南三中旁光明正大的电脑房就有五家，外加上"学习中心""网络天地"，不计其数。纠察的人一看就知道是当年中国死板教育的牺牲品，只去封那些标了"电脑游戏厅"的地方。仿佛看见毛泽东，知道他是主席，看到毛润之就不认识了，更何况看到毛石山了。雨翔注视着那些身边掠过的学生，对他们的快乐羡慕死了。

夜开始由浅及深。深秋的夜性子最急，像是要去买甲A球票，总是要提早个把钟头守候着。海关上那只大钟"当当"不停，声音散在夜空里，更加空幻。橘黄的灯光映着街景，雨翔心里浮起一种异乡的冷清。

一个携着大包学生模样的人在雨翔面前停住，问："同学，耳机、随身听、钱包要不？"

雨翔本想赶人，抬头看见那人疲倦的脸色，缓兵道："怎么样的，我看看。"

那人受宠若惊，拿出一只随身听，两眼逼视它，说："这是正宗的索尼，马来西亚产的，很好啊！"

"我试试。"

那人见雨翔有买的欲望，忙哆嗦着装好电池，拣半天挑出一副五官端正的耳机，对准孔插了两次，都歪在外面，手法比中国男队的脚法还臭。第三次好不容易插进了，放进一盘带子，为防这机器出现考前紧张症，自己先听一下，确定有声音后，才把耳塞给雨翔戴上。

雨翔听见里面的歌词，又勾起伤心。那声音实在太破，加上机器一破，双破临门，许多词都听不明白，只有断断续续听懂些什么

"我看见……的烟火，在远方，一眨眼消逝在天空……通往你的桥都没有……雨打醒的脸，看不到熟悉的画面……陌生的……陌生的人陌生的脸孔……陌生的城市陌生的天空……找不到一个熟悉的角落让我的心停泊……远方的你灿烂的烟火……何时能燃烧在我的天空……"①

那人心疼电，说："怎样，清楚吧？"

"可以。"

那人便关掉随身听，问："要吗？"

"多少钱？"

"一百六十元。"

雨翔惊诧地复述一遍。那人误解，当是太贵，然后好像害怕被路灯听见，俯下身轻轻说："这是走私货，这个价已经很便宜了，你如果要我就稍微便宜一些。"

雨翔本来丝毫没有要买的意思，经那人一说，心蠢蠢欲动，随口说："一百五。"

那人佯装思虑好久，最后痛苦得像要割掉一块肉，说："一百五——就一百五。"

雨翔已经没有了退路，掏钱买下，花去一个半礼拜生活费。那人谢了多句，转身消失在夜色里。

这时雨翔才开始细细端详那只机器，它像是从波黑逃来的，身上都是划伤擦伤——外表难看也就算了，中国人最注重的是内在美，可惜那机器的内在并不美，放一段就走音，那机器仿佛通了人性，自己也觉得声音太难听，害羞得不肯出声。

---

① 歌词引自张洪量《情定日落桥》。

雨翔叹了一口气，想一百五十块就这么去了，失恋的心痛变为破财的心疼。过一会儿，两者同时病发，雨翔懊恼得愁绪纠结心慌意乱。

这么靠在路灯边。街上人开始稀少了，雨翔也开始觉得天地有些空蒙。

十八

  这世上并不是每个人都耐冷得像杨万里笔下的放闸老兵，可以"一丝不挂下冰滩"；林雨翔离这种境界只差一点点了，竟可以挂了几丝在街上睡一个晚上。雨翔是在凌晨两三点被冻醒的，腰酸背痛，醒来就想这是哪里，想到时吓一跳，忙看手表，又吓一跳。两跳以后，酸痛全消，只是重复一句话："完了，完了！"他当学校要把他作逃夜处理，头脑发胀，身上的冷气全被逼散。

  学校是肯定回不去了。林雨翔漫无目的地瞎走。整个城市都在酣眠里。他觉得昨天就像一个梦，或者真是一个梦，回想起来，那一天似乎特别特别长，也许是因为那一天在雨翔心上刻下了几道抹不去的伤痕。当初拼死拼活要进市南三中，进去却惨遭人抛弃，人在他乡，心却不在，雨翔觉得自己像粒棋子，纵有再大抱负，进退都由不得自己。

  雨翔的那一觉仿佛已经睡破红尘，睡得豁然开通——这种红尘爱啊，开始总是真的，后来会慢慢变成假的，那些装饰用的诺言，只是随口哼哼打发寂寞的歌①。

雨翔看到了这一点后，爱情观变得翻天覆地。以前他想 Susan，是把自己当作一个剧中人去想；现在爱情退步了，思想却进步了，想 Susan 时把自己当成局外人，而且还是一个开明的局外人——好比上帝看人类。他决定从今以后拒绝红颜拒绝红娘拒绝红豆——雨翔认为这是一种超脱，恨不得再开一个教派。

这样，他便想，Susan 现在应该睡了吧，也许在做梦，梦里应该有那位理科天才吧，反正一切与我何干？

然而有一种事与林雨翔有天大的关系——今天，是昨晚千真万确他逃夜了，虽然是无意逃夜，但事态还是很严重，弄不好会被学校处分。

边走边唱，边唱边想，竟到了一条铁路旁，路灯在这里消失，气氛有些阴森吓人。那条铁路中间一段在光明里，两头延伸处都扎进了黑暗，四周就是荒野，天色墨黑，身心缥缈。

静坐着，天终于有一些变灰。两三辆运货的卡车把夜的宁静割碎，驶过后，周边的夜都围挤着，把方才撕碎的那一块补上——顿时，雨翔又落入寂静。

过了几十分钟，那片变灰的天透出一些亮意，那些亮意仿佛是吝啬人掏的钱，一点一点，忽隐忽现。

卡车多了一些，远远地，两道刺眼的光。夜的深处鸣起一声火车汽笛，然后是"隆隆"的巨响。雨翔自小爱看火车开过，再一节一节数车厢，想象它要往哪去。那声音填充着雨翔的期待。不知等了多久，火车依然没到，"隆隆"声却似乎就在身边。不知又等了多

---

① 意引自孟庭苇《真的还是假的》。

久，终于瞥见一束光，亮得刺眼。庞大的车身风一样地从雨翔身边擦过，没留意到它有多少节，只听到它拖着一声长长的"呜——"，就这么不停留地走了。

雨翔的注意力全倾注在火车上，缓过神发现天又亮了一点，但也许是个阴天，亮也亮得混混沌沌。路上出现了第一个行人，雨翔欣喜得像鲁滨孙发现孤岛上的"星期五"，恨不能扑上去庆祝。他觉得看见人的感觉极好，难怪取经路上那些深山里的妖怪看到人那么激动。

天再亮了一截。身边也热闹了，大多是给家人买早点的老人，步履蹒跚。由于年久操劳，身子弯得像只虾。雨翔看见他们走如弓的样子，奇怪自己心里已经没了同情。天已经尽其所能地亮了，可还是阴沉沉。雨翔怀疑要下雨，刚怀疑完毕，天就证明他是对的，一滴雨落在雨翔鼻尖上，雨翔轻轻一擦，说："哎，小雨。"雨滴听了很不服气，立即呼朋引友，顿时雨似倾盆。

林雨翔躲避不及，陷在雨里。路人有先见之明，忙撑起伞。然而最有先见之明的是林父，他早在十七年前就料定他儿子要淋场大雨，恐人不知，把猜想灌输在名字里。林雨翔有淋雨的福分却没有在雨中飞翔的功能，在雨里乱跑，眼前模糊一片，好不容易有一个来不及躲雨的车夫，同命相怜，让雨翔上了车。

淋透了雨的人突然没有雨淋也是一种折磨，身上湿漉漉的衣服贴着肉，还不如在雨里爽快。雨翔身上湿得非同寻常，内裤也在劫难逃。

雨翔对车夫说："市南三中！"

车夫道："哟，跑很远啊，你跑这里干什么？"

雨翔想自己这种微妙的流浪精神是车夫所无法体会的，闭口不说话。

车夫往前骑着，不住地抹甩着脸上的雨。林雨翔在车里锻炼自己的意志，为被痛斩一刀做准备。

车外景物慢慢向后移着。过了很久，雨翔才看见三中的大门。咬牙问："多少钱？"语气坚定，心里不住哀求："不要太贵，千万不要。"

车夫擦擦脸，说："两块吧。学生没钱。"

雨翔像听噩耗，半天回不过神。他在口袋里捏住十块钱的那只手缓缓松开，搜寻出两枚硬币，递给车夫。

车夫把钱放在车头上那只破箱里，扯着嗓子说："这个学校好啊，小弟弟半只脚踏在大学里了！"

雨翔把钱荣从被子里吓出来。钱荣指着他一身的水，吃惊地说："你冬泳啊？"

雨翔摇摇头。

钱荣"哦"一声，怪腔说道："社长大人，失恋了也不必这么想不开，哪个英雄把你从河里捞出来的？"说着佩服自己明察秋毫，开导雨翔："爱情诚可贵，生命价更高。留得小命在，不怕没柴烧。凡事要向前看，天涯何处无芳草，何必为一个区区 Susan 而寻死呢。By the way，Susan 她漂亮吗？"

雨翔冷漠地说："没有，外边在下雨。"然后身上像被电了一下，跳起来说："你——你，你怎么知道我和那个——我没——"

钱荣摸出一封信，说："你写给她的信。以后记着，寄信要贴邮票，否则呢……"

雨翔浑身烫得难受，夺过信，说："你怎么可以拆我的信。"想想信里的一腔真情献给了钱荣，羞得想跳楼。

钱荣说："没想到啊，一个男的深情起来这么……哎，真是没有想到，哇——cow（吓人）。"

雨翔的血液都整队集合了往头上冲，他不忍心再看那封信，逼迫自己忘了里面写些什么，骂钱荣："你太不像话了！你……"

钱荣道："你别忘了你昨天晚上在哪里逍遥？我一报告你逃夜就得处分，没告你挺好了，看一封信有什么了不起了？"

雨翔气得喉咙滚烫，肚子里积满骂人的话，可一到喉咙就成灰烬，柔柔地洒落下来："那没有人知道我逃夜？"

"至今为止，没有，我除外。"

"那你别说……"

"看你表现，哈哈……"

雨翔有把柄在钱荣手里，反抗不得，低着头出了一号室，把信撕烂，再也没鼓起给Susan写信的勇气，每次想到信就脸红心跳，像少女怀念初吻——感觉是一样的，可性质完全不同，一种回想完后是甜蜜，另一种却是愤怒，而且这种愤怒是时刻想迸发却无力迸发的，即使要迸发了，被钱荣一个眼神就唬住了，好比市场里那些放在脚盆里的龙虾，拼了命想爬出来，但爬到一半就滑了下去，哪怕好不容易两只钳攀在脚盆的口上，只要摊主一拍，只得乖乖掉回原地。

雨翔擦一下身子，换上新的衣服，躺在床上看书。外面喇叭声大作，钱荣冲出门，招呼没打一个就走了。

放下书，林雨翔睡了一觉，梦里是他小时候趴在路边数火车车厢——"一、二、三、四……"醒时眼看着空旷的屋子，怀念起那个梦境，闭上眼想做下去，只可惜梦像人的胳膊大腿，断了很难再接上，纵使接上，也不是原来那个样了。

一个礼拜没回家了，雨翔收拾一下东西，懒散地走下楼。

十九

应该说，雨翔这种创伤比较好抹平一些，因为久不见面，不会见景伤情。钱荣就难说了，他每天与姚书琴抬头不见低头见，躲也躲不掉，理论上说比较痛苦一点。钱荣一次听到一句至理名言，"治疗失恋的最好药方就是再谈一次恋爱"。钱荣满以为凭他电视台男主持的身份，别的女孩应该对他爱如潮水，就等着从中选拔，不幸的是对钱荣垂涎的女孩子大多都骚，偶尔那几个不骚的也是无奈长得太令人失望骚不起来。一个多礼拜了，那帖药方还是不见影子。

照理，姚书琴也应该有些痛苦，但姚书琴比钱荣早听到那句名言，所以早早做好准备，仿佛下雨前就补好屋顶，免去了后患。钱荣一走，那位替补队员立即填上空位，继续尽钱荣未尽的责任。

钱荣调查好久，才得知那位全才是隔壁班的一个艺术特招生，想想，既然是特招生，而且跳过了体育这关，家里一定很有钱，事实也是如此，那人的父亲是副区长，钱荣的爸斗法斗不过，钱荣在他面前自然是矮了一截。那全才属于内秀型的，外表不佳，一副眼镜七八百度，摘下来后看不见他的眼睛，恐怕不出十米就会撞死，就是这双眼看中了姚书琴，"唤醒了深埋在心底的爱"，不仅是唤醒，还像火山爆发，一天给姚书琴两三封情书，操着半熟的英语叫"You are my sun and moon"，看了让人误解太阳和月亮一起在天上，姚书琴起先反抗几下，但知道抵抗不了，仿佛苍蝇掉在水里。但她苦于找不到和钱荣分手的理由——她对钱荣已经没了感觉，可钱荣却仍在献爱，姚书琴感觉像大气压压在她身上，明知有分量却没有知觉。幸亏钱荣恰到好处提出了分手，让姚书琴省掉不少脑力。

姚书琴换男朋友基本上没有时间的间隙，那全才仿佛抗日时我党扶军旗的战士，见前一个倒下后他马上接任上去，第一天就和姚书琴并肩漫步。姚书琴的女友看不懂，问她，姚书琴顿时成为一个现实主义者："和钱荣在一起我没有安全感，时常要怕他变心什么的，时间久了我就没有感觉了，但现在这位却不会带给我这种感觉。"——其实这很好理解，譬如姚书琴在教室里吃一样好东西，定会有一帮子女生上来哄抢，但如果姚书琴在教室里吃屎，无论她吃得多津津有味，也断然没有被抢食的忧患。

于是就苦了钱荣，眼巴巴地看着姚书琴和全才亲密无间，满腔气愤，到处造谣说："幸亏我钱荣甩她甩得早，她这种人是什么眼光，挑的男生 just like ass，还整天恶心地什么'露出屁股戏弄人'（moon 的另一个俚语释义），moon 个屁，看他的脸，prat 似的，都是青春痘，像被轰炸过，ugly enough！"

一号室的住宿生都奉承："甩得好！"

钱荣脸上恢复神气："那小子还不是仗着他爹，上梁不正下梁歪，老子最恨这种人，自己没本事专靠爹。"

林雨翔经过一个星期迷迷糊糊的学习生涯，大伤初愈。这个礼拜里林雨翔做人做鬼都不行，笑都懒得笑，好像自己一笑，就对不起那颗已伤的心。文学社里也情况不妙，他发现他犯了一个错误，当初把文学社割成三块，各设一个组长，到头来等于架空了他自己的位置。林雨翔的话没人要听——刚开始对雨翔抱有一种神秘感，后来见这位社长不过如此，只是一个跑腿的。但雨翔一开始太公报私仇，现在连腿都没得跑——社员怕他私藏文章，都亲自把杰作交给万山。

寝室里的情况更不乐观，首先犯毛病的是水龙头。市南三中的水龙头像自组了一个政府，不受校领导的控制，想来就来，常常半夜"哗"一下。然后两个寝室的人练定力，虽然都被惊醒，但都不愿出力去关。雨翔功力不高强，每次都第一个忍不住起床去关，结果患了心病，做梦都是抗洪救灾。

寝室长终于斗胆向校方反映，校方出兵神速，忙派两个工人来修，无奈突然漏水这种顽症历来不治，两个工人东敲西打一阵，为学生带来心理上的保障。水管也乖了几天，寄宿生直夸两个工人医术精湛，刚夸完，那天晚上雨翔又倒霉，半夜爬起来关水。

然后是柜子。市南三中的寝室安全工作薄弱得像浸透了水的草纸，连用"一捅就破"来形容的资格都没有了，甚至可以不捅自破，经常无缘无故地就门户大开，而且多半在夜里，像极了许多发廊的营业方式。学校虽然配锁，然而那些锁只防自己人，一逢钥匙丢了就坚固得刀枪不入，真要它防盗了却经不起蟊贼一撬。学校失窃事件天天都有，除了床和柜子太重不便携带外，其他的东西几乎都遭过窃，人睡着都要提心吊胆，生怕自己给偷了。市南三中的管理人员虽然碌碌无为，但也有过辉煌，曾于一个月圆之夜奇迹般地擒住一个贼，一时间人心大快，学校不断炫耀战果，要全校学生积极防盗。那贼也是贼中败类，没偷到什么东西，因偷窃未遂被关了几天就放出来了。

最近学校放出风声说要配置校警，当然这只是一个美丽的构思，因为校领导所居的胡适楼防盗设施极佳，绝无发生失窃的可能，看来要配校警，非要等到哪位伟贼把胡适楼整幢给偷掉再说呢。

硬件上的困难是可以克服的，但相处中的摩擦就难办了。开学那几天人人和睦相处，一号室和二号室尚有外交往来，后来一号室看不起二号室，二号室看不惯一号室，索性谁也不看谁。每到晚上都吃泡面，科学家说，吃泡面可以增体力，虽然不知道这科学家是哪家泡面厂毕业的，但既已成"家"，放个屁都可以抵凡人说几摊话，所以一寝室人趋之若鹜，晚自修后大开吃戒。人撞人，人抵人，一眼望去全是人，墨西哥城市长看到这个情形心里肯定会引这个例子去说明墨城并不拥挤。人多必起争端，一次沈顾不慎把汤滴在一号室一个人身上，那人倒具备上海人少有的大方，泼还给沈顾一大碗汤，惹得两个寝室差点吵架。一进这个寝室，管你是什么人，一概成为畜生——冷不防会冒出一句："哪头驴用我的洗衣粉了？"还有："哪只猪用我的热水了？"变好畜生后，又全在中国古典小说里遨游："关我鸟事！""我操你妈！""这厮也忒笨了点。"

根据今天的消息，学校的寝室要装电话机。钱校长去了一趟南京，回来轰轰烈烈展开爱国教育，今天广播大会上念电话使用须知，只可惜实在和爱国扯不上关系，只好先介绍电话的来历，绕着舌头说电话是 Bell 发明的，为了让学生了解 Bell 这人，无谓把 Bell 拼了一遍，差点思想放松，在"l"后面再跟一个"e"[①]，让心里话漏出来。

---

① belle 与 Bell 同音，意为美女。

强忍住口，再三重申"学校为每个学生寝室装了一个电话"，意思是说，学校只是在为"学生寝室"装电话而并非给"学生"装电话。

雨翔中午一回寝室便看见架在墙上的红电话，兴冲冲跑到门卫间花钱买张五十元的电话卡。"201"电话卡专为记忆超群的人士设计，要先拨201，再拨十二位卡号，续以四位密码，总共要记住十九个数字。康熙年间的邵稼轩兴许可以做到，但林雨翔这种无才之辈手脚笨拙，绝对没有顺利无阻地打出一个电话的可能，拨起号来总是一眼看卡一眼看手，结果总是功亏一篑，眼到手不到，拨到最后人都抖了，心里都是火。

钱荣第二个上楼，听铃声不断，激动得也去买了一张卡，害怕密码让雨翔看见，拨号时身子盖着电话机，宛如母鸡抱窝。雨翔冷冷道："谁看你了，我自己也有，连密码都没改过。"

林雨翔为显示自己的大方顺口说了，只是没料到后来卡里少了十几块钱，更没料到谁干的，只当电脑有误。

林雨翔毕竟不是一块长跑的料，受不了每天的训练，给刘知章写了一封退组申请，说："本人自觉跟不上许多选手的速度，以后如果参加比赛也许会成为市南三中的耻辱，还是取我之长，一心读书，也许会有所突破，所以想申请退出。"满以为文采飞扬，用词婉转，成功在望，不想刘知章只认身材不认文采，咬定林雨翔只要好好训练，肯定会出成绩，如果真要退组，那么不如一起退学，还电告林父。林父借学校刚装电话的便利，把雨翔痛骂一顿，说："你忘了你怎么进来的？你不训练不读书你干什么！"雨翔吓得当场放下屠刀，说以后不再犯了，林父才气消挂了电话。

读书方面，林雨翔更加不行，理科脱课得厉害，考试成绩倒是稳定，在三十分上下一点，自古不变。市南三中的题目深得人掉下去就爬不上来，雨翔已经毫无信心，寄希望在以后的补课上。梅萱赏识的文章是纤柔型的，而且要头大尾大，中间宜小而精短，挑好的文章仿佛在挑好的三围。雨翔的文章三围没长好，不符合这种新兴的作文风格，自然不受梅萱偏爱。新一届的区作文比赛雨翔没被选上，幸亏了文学社社长的招牌，额外获得一个名额。

二十

姚书琴和那全才发展神速，令人刮目相看。那全才愈发胆大，晚自修时就坐在姚书琴身边，两人的情话切也切不断，雨翔直佩服两人哪里找来这么多话，然后微笑着看钱荣。钱荣被雨翔的目光灼伤，实在看不下去，站起来说："喂，这里是（3）班，请别的班里的同学出去！"全才正踌躇着该走该留，姚书琴说："我正找他问个题目，你管不着。"雨翔听了这么绝情的话也替钱荣伤心，想怎么天底下的女孩都是这样，翻脸比洗脸还快。

钱荣怨气难消，一篇周记写上去，梅萱读了马上晚自修来调查，捉奸捉双，把姚书琴和全才叫去办公室，教育道："你们是没有结果的。"说着自己也脸红，然后劝两个人好好想想，以克服青春年少的那个。两个人被释放后心有余悸，象征性地把"那个"克服了一天，忍不住又在一起，纵然如梅萱所说，没有结果，但只要开开花就可以了。

钱荣没有如愿，对姚书琴的恨比学校的题目更深，偶然走路碰到一起，破口就骂："You hit me, girlie！（你撞到我了，妓女！）"

姚书琴不回骂什么，白一眼，威力显然比钱荣的话大多了，因为钱荣的话姚书琴听不懂，钱荣只是骂给自己听；姚书琴的白眼就大不相同了，她本人看不见，只单单白给钱荣看。一个回合下来，钱荣一点便宜也占不到。

林雨翔乐意看两个人斗，斗出点事情才好呢。

钱姚斗得正凶时，林雨翔不幸生了在市南三中的第一场病。一天早上起床，身体酥得发痛，手和脚仿佛要掉下来，喉咙像被香烟烫了一下。起床走几步，头沉得要死，带得整个人东摇西晃，恨不得要卸下头来减轻身体负重。雨翔心里叫："我生病了！"满脸的恐惧，到处讨药，室友看都不看雨翔的病态，连说没有，唯谢景渊翻箱倒柜找了一会儿再说没有。

林雨翔的胃口都没了，直奔医务室，要了两包感冒药，然后笨得拿着药片讨水喝，同学一看药，把水壶藏得绝密，说："呀！你生病了？还向我要水，想传染我啊。"乞讨半天，终于碰上一个来不及藏匿水壶的，碍着面子，他只好答应，只是要林雨翔自备器皿，或者，嘴巴不准碰到水壶口。雨翔头昏得不想走动，选择后者，喝得身上一摊水，药差点呛到气管里。

实在受不了了，林雨翔怜爱自己的身体，去请病假。医生一测热度，够上请假标准，然后雨翔再去政教处申请。钱校长正忙着训人，胡姝这里没有生意，便把条子递过去。胡教导对雨翔还有残留印象，可那印象弱得像垂死病人的气息，扫描雨翔几遍，说："是林——"

"胡老师，我请个假。"雨翔的声音细得快要消失。

"这个——这里的功课很紧张啊——以前我带的班级里有一个同学发高烧，但他依然坚持上课，后来昏了过去，这种精神……"

雨翔的脸上已经倦怠不想作表情，心里却是一个大惊讶，想这次完了，非要等自己昏倒了才能休息。

胡姝轻声问："你还吃得消吗？"理想中雨翔的答案是吃得消，万没料到雨翔叹道："不行，还是休息，休息一天。"

"那好，你拿这张单子给宿务老师，然后回寝室休息。"林雨翔谢过胡姝不杀之恩，转身想走，听到钱校长那里一个耳熟的声音说："我今后不犯了。"猛别过头去，精神像被重锤一下，这个男生就是那天晚上推销随身听的那个。一时间病魔全消，想起自己一百五十块买了一堆废铁，振奋得要去决斗。

男生也觉察到气氛有些异样，不经意扫一眼，也大吓一跳，想天下如此之小，忙挪开视线，弓着身子，仿佛林雨翔的病魔全逃到他身上。

林雨翔激动得想跳出来揭穿，内心深处却有惧怕，先退出去，在门口守着，等那男生出来了，再溜进政教处，对两个教导说："老师，我要反映一个情况。"

"什么情况？"

"刚才那个同学是——"

"哦，他是高三的，你少理会他，怎么？他打你了？"

"不是，他走私东西。"

两个教导都问："什么？"

"他走私东西。"

"走私东西？"

"他大概上个——上个礼拜给我介绍一只走私的随身听，我花了二百块钱，想买下来——听英语，结果用一次就坏掉了，我认得他，但不知道他原来是市南三中的学生，凑巧。"

钱校长狠拍一下桌子，把眼前一团空气假想成那男生，直勾勾地看着发怒："市南三中怎么会有这种学生！小小年纪已经学会走私犯罪坑人！"然后吩咐胡妹把他再叫来，雨翔眯着眼手撑住头，说："我先回寝室了。"

雨翔出政教处后，从胡适楼后面开溜，生怕被他看见。那男生最倒霉，没走多远又光临政教处。他的抵赖技术比推销技术更高，拒不承认。钱校长本来想靠气势去战胜他的心理防线，让他自己招供，说什么："你老实交代，我们可是掌握了证据的！"那男生心知肚明凡这么说的肯定没有证据，说："我真的没有，你们有证据拿出来好了！"

钱校长的证据仿佛藏在英国的莫高窟文献，怎么也拿不出来；气势用光了，他的心理防线上连一个坑都没有，只好装恐怖，说："你先回去安心读书，这件事我们会调查的。"

林雨翔回到教室时，里面空无一人，都去上体育课了。他痴想那个男生的处理结果，处分应该是难免的，心里不禁替他惋惜。走到钱荣桌旁，踢几脚他的桌子，以泄怨气，突然掉下来一本黑封面笔记本。雨翔拾起来，顺手翻开，看里面都是英语，有点感叹钱荣的刻苦，再仔细一看，大吃一惊，那里面的单词句子眼熟得像是父老乡亲，譬如"God-awful、violin、celebrity、yuck"这类常在他话里出现以炫耀的英语，恍然悟出，难怪钱荣满口英语，靠的只不过是这本本子里几个事先准备好的单词，惊喜地对本子说："我终于知道了，哈……"

然后林雨翔默坐着等钱荣回来，想自己终于有讽刺他的机会了。钱荣很及时地进来，满脸的汗，看见林雨翔坐在自己的座位上，替椅子主持公道："喂，伤员，让位，你不去养病，在这里干什么？"

林雨翔天生不会嘲讽人，说："你的英语真的很不错啊。"理想的语言是抑扬顿挫的挖苦，很不幸的，情感抒发不当，这话纯粹变成赞扬。

钱荣没听过林雨翔表扬人，刚冒了个头的回骂的话忙缩回去，反而有些不好意思，说："其实也不是非常好，很 common 的，词汇量多一些，自然会……"

雨翔打断钱荣的话，主要是怕自己把 common 的音给忘了，下句话里就会增添不少遗憾，说："那么那个 common 是不是也记在你的本子里？"说着心猛跳不已。

钱荣没听懂，潜意识感到不妙，紧张地问："什么——本子？"

雨翔拿出来扬了几下，手有些抖，问："你 See？"

钱荣顿时待在原地。

雨翔顺手翻几页，念道："嗯，media 你在什么时候说过的？还有——"

钱荣魂回，一掌扬在雨翔手上，本子落到地上。钱荣把它捡起来，施展神力，把本子揉得仪表不端，咬牙切齿说："你——你这头猪怎么卑鄙得……"怕班级里同学听到，省略掉实质。

雨翔不得不揭自己的伤疤，说："你不是也拆我的信吗？嗯？"

钱荣的逻辑乱得像一觉醒来后的头发，说："那是两回事，两回事，你偷看的是我的隐私而我偷看的是你的信，un——"本来想说"understand"，现在秘密被拆穿了，说英语都不行。

林雨翔帮钱荣梳头："信是隐私吗？"

钱荣要跳起来了，吼："信是隐私又怎么了？寄出去退回来的信不是隐私，你去查……"

"我的信是封口的，你的本子没封口，哪个隐私大点呢？你说？"

钱荣想到了什么，表情一下子结实了，不去比较哪个隐私大，另辟一方天地，说："你逃夜的事情呢？"

林雨翔一身冷汗悉数涌出，责骂自己怎么忘了。他想不出要说什么补救，怪自己太冲动了，觉得万籁俱静，唯有心跳在这死寂的世界里发声。突然一阵铃声，雨翔觉得耳朵突然一收，看着怒火正旺的钱荣，做一个硬笑，飞一般逃回到了寝室里。

一个人枯坐在阴暗的角落里，揪着大腿问自己怎么办。万一钱荣说出去了，学校略微核实一下，处分难逃。一旦处分……自己好歹也背负了小镇的名誉，处分了怎么见人，人家又怎么看我……

心乱如麻中，雨翔不经意抬头看窗外，看到一片模糊，当是眼泪，揉几下眼睛才知道又下雨了。最近冬雨不断，市南三中的地被滋润得像《羊脂球》里窑姐儿的嘴唇，只差不能去吻。湿漉漉的世界像压在雨翔的身上，暗淡的天地勾得人心一阵一阵隐痛。

正绝望着，电话骤然响起，铃声在寝室里回荡，荡得雨翔的注意力全集中在铃声上，精神也飘忽了。电话那头爽快地说："喂，林雨翔是吗？我是政教处。"

雨翔人软得想跪下去，喉咙奇干，应付说："我是，什……什么事？"心里明白是钱荣告密了。像个被判了死刑的犯人，只在干等那几颗子弹。

"我们问过那个高三的男同学了，但他说没有，你回忆一下，可不可能记错，或者有什么证据？"

雨翔狂喜得冲电话喊："没有！我没有记错，肯定没有记错！"心里的恐惧依附在这几句话里排遣了出来，平静地说："我有一只随身听，是他推销的！"

"可不可以带过来？"

"可以可以！"雨翔忘了自己患病，翻出那只随身听，试着听听，声音还是像糨糊。想出门了，突然心生一计，在地上摔了一下，随身听角上裂开一块，他再听听效果，效果好得已经没有了效果。

雨翔冒着雨把随身听送到钱校长手里。钱校长一看受到非"机"待遇的机器，心里信了三分，把随身听递给胡姝说："这件事学校一定要追查到底！"胡姝看到这只苦命的机器，心痛道："市南三中怎么会有这种人！"

事情发展得很顺利，钱荣没去告政教处，雨翔吊着的心放松了些，懒得去道歉，和钱荣见面都不说一句话。他想事情应该过去了。政教处那里的调查更是风顺，下令撬开那男生的柜子，里面都是耳机线，证据确凿，理应定罪，但那男生还是死不承认，钱校长技穷，差点学派出所长宋朋文用酷刑，不料那男生到后来自己晚节不保，供认不讳。里面一条引起了校长的怀疑，把林雨翔叫来，说："他已经承认了，我们会处分他的，他那些货也不是走私的，是附近几个小厂子里拼的，这还涉及到了犯罪，我们已经通知了派出所公安部门，有几个问题要核对一下，你是什么时候，具体什么时间碰上他的？"

林雨翔不思索就说："九点半多。"

"晚上？"

"晚上。"

"星期几呢？"

"星期……五吧。"

"你第二天要参加学校里的补课讲座？"

"是啊。"

钱校长埋足了伏笔，声音高一节，说："九点半校门关了，你怎么会在外面？"

林雨翔像被蜇一下，脸色顿时变白，想不到自挖坟墓，支吾着："唔——我想想，是——是九点好像不到一些。"

"你那天有没有回寝室睡觉？"

"有，有回……"

"可记录上怎么没你的名字？"钱校长甩出寄宿生登记表，"上面没你的签名。"

林雨翔翻几页，身体上都是刺痛，汗水潜伏在额头上，蓄势待发。

"这个，我那时候正好去打水，对了，是去打水了。"

"那天你们寝室还留了一位同学，叫钱荣，我问过他了，他断定你那天晚上不在，第二天一早才回来，身上都是水……"

雨翔手脚冰凉了，除了撒谎的本能还支撑着身体，其他与死人已并无大异。他明知钱校长肯定了解他在撒谎，还是麻木地撒："哦，我那天是住在一个亲戚家里，她的电话是——我要去查查。"

"哪个亲戚？"

"我的姨妈。"

"我打个电话到你家核对一下。"

"不用不用了。"

"怎么？"

"不是，我爸妈都不在家，要晚上再回来。"

"那我晚上再打。"

"我真的没有逃夜。"

"事实说话！"

这时，沉默的胡姝化名叫"事实"说话道："林雨翔，学校是看重证据的。你本身就有一些放松自己，不严格要求自己，你的检讨还在我这儿呢。如果你真的逃夜，无论你是什么理由，学校都会处分你。你揭发的那位男同学，学校经讨论，已经决定行政记大过，而你呢？你要反思一下自己。"

钱校长接力说："我们会秉公的，你自己回想一下，现在说还来得及，过会儿就晚了！"

雨翔几度想承认，但他尚存最后一丝希望，家里人证明那晚他回家了。像一个馋嘴的人看见果树上孤零零挂了一个果子，虔诚地跪着要去接，虽然不知道那果子是不是会掉下来或者是否能接得住。

钱校长先放他回了寝室。雨翔低头慢慢走着，到自己班级门口时，遥望见整齐排列的三幢教学楼的三个楼梯走道，前后相通的，是三重门，不知道高一背了处分，还能不能升高二。梁梓君的下场怎么他也会——梁梓君家里有钱，我家——害怕得不敢想下去。

再低下头头慢慢走着，仿佛景物飞逝，雨翔耳畔又响起 Susan 的声音——"复习得怎么样了？"……一旦想到她，刚踏入空门的身子又跌进了俗尘，雨翔心里满是对那个横刀夺爱者的憎恨——都是那小子，夺去了我的——还让我在外面睡一夜，都是你害我的，都是……

雨翔思想疲惫得不想多想，拖着身子进了寝室——学校怎么能这样，教室里人那么多那么热闹不能去，非要在寝室里思过——不过也好，寝室里安静。雨翔仿佛自己是只野生动物，怕极了人类。一想到某个人就会身心抽搐。到了寝室里没脱鞋子躺着，呆滞地盯着天花板，余雄的声音飘下来——凡事要忍——"忍个屁！"林雨翔愤然从床上跃起，把枕头甩在地上，转念想到自己以后还要睡觉，后悔地捡起来拍几下，动作使然，他又想起爱拍马屁的宋世平，这小子最近像失踪了，体育训练也没来，肯定是混得不错。怎么会呢——要混得好一些非要拍马屁吗？雨翔的思想拔高到这个境界，火又冒上来，手不由理智控制，又紧抓住了枕头的角，恨不得再甩一次。

不知不觉里，正午已到。林雨翔的胃口被积郁填塞了，再也没有进食的欲望，看到窗外的人群，眼红他们的无忧无虑。钱荣吃完饭进门，决裂后第一次对林雨翔说话："你被罚不准读书啊？可怜可怜，处分单发下来了吗？"

"你说的？"林雨翔抬头，怒目盯住钱荣，钱荣正在洗碗，无暇与他对眼力，说："我也没有办法的，政教处非要我说，我想罩你都罩不住。"

"班里同学都知道了吗？"

"这个你不用操心，我会帮你宣传的。"

雨翔说不出话。

二十一

　　Susan此时有些不祥感。一个月前她说通了沈溪儿替她撒个谎，假设出一个理科尖子，还得到罗天诚的大力协助，把这个谎说得像用圆规绘出来的，本以为这样林雨翔会断了相思专心读书，他日真能清华再见。Susan太不经世，等着林雨翔的信，满以为他读到沈溪儿的信后肯定会有感而发，给自己回一封信。她当然不可能想到林雨翔心粗得——或是心急得寄信不贴邮票，干等了一个月，只有杂七杂八的骚扰信和求爱信，不知道林雨翔在市重点里发奋了还是发疯了，实在担心得等不下去，问了电话号码，这天中午跑到校外打公用电话给林雨翔。

　　林雨翔此刻正在斗气，接电话也没心思，信手按了免提，吼："喂！"

　　Susan吓得声音都软了三分，轻轻说："喂，我找——请问——林雨翔在吗？"

　　雨翔听到这声音，怔一下，明白过来后心脏差点从嘴里蹿出来，柔声说："我就是——"惊喜得什么都忘了。

"听得出我是谁吗？"这话像在撩雨翔的耳朵，雨翔装傻道："你是——Susan，是吗？"边笑着问边看钱荣，以表示自己谈情有方，免提还是开着，要引钱荣自卑。

"你最近还好吗？"

雨翔现在已经把将要处分的心事置之身外，低沉地说："还好。"

钱荣在旁边叫着注释："太好了，好得逃了夜，快处分了！"林雨翔脸色大变，弭患不及，忙拾起听筒人扑过去，那头问："他是谁？是真的吗？逃夜？"

"没……没有……"

"你说真话！"

Susan一声召唤，雨翔的真话都倾窝出动："我不是逃夜，我只在外面不小心睡了一夜，学校没理由处分我的……"

那头久久没了声息。林雨翔以为Susan气死了，催促着："喂，喂，喂，没什么的，智者千虑，必有一失，我一向是乐观主义的代表人！"说完自以为幽默，急切地等那头说话。

电话里终于有了声音，隐约地很低，雨翔倾耳用心听，大失所望，好像是呜咽声，难道——完了完了，雨翔也跟着一起悲伤，说："你不要……你……我……"

那头叹了口气，那口气像抽光了林雨翔仅剩的希望，他闭上眼睛等判决。Susan用极缓极低的声音，掩饰不住的悲哀浸润在里面，余泣未尽，说：

"林雨翔，你太不珍重自己了，我讨厌你的油滑。你知道我当初为什么意外考进区中吗？不是发挥失误，我以为你有才华，可你——我真希望你看看我的数学试卷，五道选择题我都空着——十分我没要，因为你说你会稳进区中——"

林雨翔惊得连呼吸都忘了。听她一席话，竟使自己有了身心脱离的感觉。在电话旁的林雨翔像是知了蜕的壳。壳继续听 Susan 说话——

"后来你反而进了市重点，那也好，市重点的教育比区中好多了，你这么好的机会，你在市重点里究竟在干什么！"声音有些激动，"你玩够了没有？我不想再听到你的声音！"

"等等——"林雨翔尽了挽留的义务，无奈手伸不到几十里长，挂电话的权利还掌握在 Susan 手里。

"再见——"

"别——"回答他的只剩"嘟嘟"声。

钱荣探问："怎么，继 Susan 以后又吹掉一个？你真是太失败了。"

"失败——失败。"林雨翔自语。

谢景渊也刚回来，问同桌："你怎么没来上课？今天讲的内容很重要的。"

"哼，重要——"林雨翔落魄得只会引用别人的话。

钱荣行善道："我透露你一个消息，那个高三的正到处找人，准备今天晚上你打水时揍你呢！"

"揍我——"林雨翔的手终于从电话上挪开，狠狠踢一下凳子，用脚的痛苦换得心的超脱。

林雨翔决定下午也不去教室了，静静地等消息。窗外一片阴霾，这雨像是永远下不完了。思绪乱得疲倦了，和衣睡了一觉。这觉安稳得连梦都没有。

醒来发现天气早变了，西天已经布满了红霞，可见雨过天晴时林雨翔还在睡梦里——还在睡觉。

电话铃声由这落日余晖的沾染而变得不刺身了。雨翔身上乏力，拎起听筒，却听到自己父亲的声音："你到底怎么一回事，那天晚上你——"雨翔吓得不敢听，挂为上计，料想自己父亲不出一分钟后会再打来，从柜子里带了点钱去外边散心。

门刚碰上，里面铃声骤起，雨翔有些失悔，想也许可能是 Susan 的电话，再想下去觉得不可能，她不是不想听自己的声音吗？

Susan 也正后悔中午话说得太绝，林雨翔本身应该够难受了，再经这么一刺激，怕他消沉了，想打电话去道歉，实在没人接，只好忧心忡忡挂掉。

林雨翔一路走到校门口，想自己的父母应该在路上了，兴许赵志良和金博焕会帮忙——不会，这事有辱他们的面子，断无出马的理由。那么回了家还不知怎么样呢，家人一向只看分数不看人，倒是有批评家的风范，可这次与分数无关，料不定会闹成什么样子；钱荣太可恨了，不得好死！诅咒后担心回去后罗天诚他们会如何看呢？一定是看不起。Susan 更别去想了，绝情得成了聋子，现在肯定在恨他……这么想着发现手里捏的钱湿了，是十七元，上次体育训练费，跑得太累了，太不值了。眼眶不禁湿润。

听到远方的汽笛，突然萌发出走的想法，又担心在路上饿死，纵然自己胃小命大，又能走到哪里去？学校的处分单该要发下来了，走还是不走呢？也许放开这纷纷扰扰自在一些，但不能放开——比如手攀住一块凸石，脚下是深渊，明知爬不上去，手又痛得流血，不知道该放不该放。一张落寞的脸消融在夕阳里。

初版后记

　　《三重门》写于两年以前，那时正值校园小说泛滥，有些小孩子常用字还没认全，见过的东西还没见过的教科书多，只会从一根小草里看出什么坚忍不拔的精神，就操起了长篇，但令人惊奇的是还真让他们给操了出来，光上课下课就十来万字，回家路上能走十几页，后生可畏。

　　一般而言，武林高手总是在这种乱世里杀出来的。但可惜我没赶上。不是我有耐性，我也想在热闹时当个盟主玩玩，于是开始赶字数。结果是十万个字废了。我所要的不仅仅是比写校园小说的好一点点。

　　于是我慢慢写，一不留心就成跨世纪小说了。写着写着我开始怀疑，这就是自己想要的长篇吗？内容空洞，主人公基本上没干什么事，就这么混混沌沌过着。但这就是生活。写小说的凭什么写到男女分手就得命令老天爷掉几个雨点下来？凭什么主人公思想斗争时非要正值窗外左打一个雷右闪一个电？凭什么若干年后分手的双方一定会在霓虹闪烁的街头重逢？公厕门口就不可能撞上了？这就是所谓高于生活？

尽管情节不曲折，但小说里的人生存着，活着，这就是生活。我想我会用全中国所有 Teenager（这个词不好表达，中文难以形容），至少是出版过书的 Teenager 里最精彩的文笔来描写这些人怎么活着。

至于韩寒是哪路小混混，这里有一篇我曾发在《新民晚报》上的文章可以说明，韩寒是完完全全彻彻底底反对现在教育制度的小混混。

穿着棉袄洗澡

如果现在这个时代能出全才，那便是应试教育的幸运和这个时代的不幸。如果有，他便是人中之王，可惜没有，所以我们只好把"全"字"人"下的"王"给拿掉。时代需要的只是人才。

我以为现在中国的教育越改革越奇怪了。仿佛中国真的紧缺全才，要培养出的人能今天造出一枚导弹，明天就此导弹写一篇长篇并获茅盾文学奖，后天亲自将其译成八国文字在全世界发行似的。假如真有这种人我宁愿去尝他导弹的滋味。全面发展最可能导致的结果是全面平庸。

就我而言，理科已经对我完全没有意义，尽管它对时代的发展有重大的意义。对于以后不去搞理科方面研究的人，数学只要到初二水平就绝对足够了，理化也只需学一年，如果今天的学习只为了明天的荒废，那学习的意义何在？如果我们为了高考还要不得不一把一把将时间掷在自己将来不可能有建树的或者有接触的学科上的话，那么拜托以后请不要来说教时间是什么金钱银钱之类。

至于我常听到的学习数学是为了练习逻辑思维能力的说法，我觉得那纯粹是李洪志式的歪理邪说，因为看许多侦探小说或悬念小说更能练习逻辑思维能力，怎么不开一门看侦探小说课？不开倒也罢了，为何要阻止别人看呢？这里便涉及到读书的问题，记得有一句话，所谓教科书就是指你过了九月份就要去当废纸卖掉的书，而所谓闲书野书也许就是你会受用一辈子的书。现在的教材编课实在太那个，就拿我比较熟悉的语文英语来说，乍一看语文书还以为我民族还在遭人侵略，动辄要团结起来消灭异国军队，这种要放在历史书里面。而真正有艺术欣赏性的梁实秋、钱钟书、余光中等人的文章从来见不到，不能因为鲁迅骂过梁实秋就不要他的文章吧？不能因为钱钟书的名字不见于一些名人录文学史而否认他的价值吧？不能因为余光中是台湾人就划清界限吧？如果到现在还有学生一见到梁实秋的名字就骂走狗，那么徐中玉可以面壁一下了。至于英语，我的一帮从澳大利亚学习回来的朋友说，空学了六年英语，连筷子（chopsticks）、叉子（fork）、盐（salt）等吃所必备的东西和厕所（toilet）、抽水马桶（toilet bowl）、草纸（toilet paper）等拉所必备的东西都不知道怎么说，只知道问澳大利亚人 Where are you from，How old are you 一些废问题来寒暄。真是不知道自己六年来学了些什么。不过可喜的是笔者因理科差而留了一级，有幸学到新版的 Oxford English（牛津英语），比老的教材要好多了。

最近有两个"好"消息，一是语文高考要增加作文分数。别急着乐，这就意味真正有自己的见解风格的高手只会被扣掉更多的分数。二是高考要3＋X乃至3+综合，这表示你不能放掉任何一门而去主攻任何一门，同学们一定要为将来的全面平庸打好基础啊！

我们最终需要的人才是专长于一类的，当然我们也要有各科的基础，不能从小学一年级就专攻什么，为直达目的扔掉一切，这就仿佛准备要去公共浴室洗澡而出门就一丝不挂；但也不能穿了棉袄洗澡。我曾从《知音》杂志上看见一个处境与我一样又相反的人，他两次高考数学物理全部满分，而英语语文不及格。最终他没能去大学，打工去了，所以现在教育的问题是没有人会一丝不挂去洗澡，但太多人正穿着棉袄在洗澡。

我不受语文教育，我完全不懂主谓宾定状补是怎么一回事，我完全不了解知道"凸"字的第二画有什么狗屁意义，我从来不觉得《荷塘月色》是哪门子好文章，为什么编教材的置朱自清这么多好文章不选偏选一篇堆砌词藻华丽空洞的《荷塘月色》？我永远想不通许多除考试外这辈子再也用不到三角函数的人为什么还要被逼着去学，我怎么就不明白为什么上课不准喝水，怎么就不明白为什么不能坐着回答问题。有些教育问题瞎子用屁眼都能看明白，怎么有些人就——

文章发表后引起一些讨论。讨论的文章使我明白了鲁迅的一句话：这世上就是有些动物，好像自己中了中庸之道，凡是跟自己观点有出入的都是偏激。同时让我认识了许多有识的语文老师，他们也是应试教育的牺牲品。中学语文课我一节没听过，可我就是比那些每节课都听的人出色。一切用笔说话。希望《三重门》这本书与上海人民出版社也将出版的我的文集《零下一度》能让语文教育界反思反思好好反思用心反思，中国教育部门也要反思反思好好反思用心反思。

非常感谢萌芽杂志社与北大等著名高校联合举办的新概念作文大赛，它为挑战语文应试教育打响了第一炮，现在由我来放第二炮；

感谢赵长天、胡玮莳老师的热情推荐；

感谢《上海中学生报》的徐明老师一篇全面深刻的报道；

感谢《新民晚报》能发表那篇在中庸人眼里看来十分没道理的文章，并刊发了一些在"十分没道理"的人看来非常中庸的讨论文章；

感谢《中文自修》选发了两章《三重门》，虽然为了避免遗毒学生删去许多；

感谢作家出版社及本书责编袁敏老师的慧眼识才及其魄力；

感谢北大曹文轩教授拨冗作序；

感谢自始至终未曾离开过的一些朋友；

感谢父母的理解；

感谢自己的坚持。

将一句话谨献给所有正春风得意或秋风不得意的人们，非常平凡，但你一定要坚信自己：

　　　　我是金子，我要闪光的。

一块上海大金子韩寒

2000 年 2 月 29 日